JN091447

県警の守護神

警務部監察課
訟務係

水村舟
SHU MIZUMURA

小学館

目次

プロローグ　5
第一部　H署地域課　11
第二部　本部監察課訟務係　149
エピローグ　341
第二回　警察小説新人賞選評　今野敏　相場英雄　月村了衛　長岡弘樹　東山彰良　343

装丁
大原由衣

写真
Westend61 pixhook/E+
getty images

県警の守護神

警務部監察課
訟務係

プロローグ

警察はよく訴えられる。

不当に犯人扱いされた、警察官に怪我させられた、車を傷つけられた――

民事上のトラブルは、話合いで解決できなければ法廷に持ち込まれる。警察側が被告席に座り、警察官が証人尋問に引きずり出されるのは、珍しいことではない。

そう、よくあることだ。これまでにも数多くの事件を審理し、感情を挟まず、判決を書いてきた。

しかし、どうして、今日に限って――

裁判官席で、荒城は、幾度もハンカチで額を拭っていた。嫌な汗が止まらず、胸の鼓動が速くなる。

証人尋問を中断させ、証言台にいる男を叱りつけたい衝動に襲われていた。

今さらここで言い訳をして、何の意味があるのですか――と。

「私は何度も署の幹部に言いました。相談者――原告の娘さんの身を護るため、ストーカー規制法の警告を出すべきだ、と」

証人として呼ばれているのは、生活安全課所属の警察官だ。警察が依頼した弁護士からの質問に答える形で、自らが取った行動を説明している。緊張しているのか、貧乏ゆすりがひどい。

原告席では、老夫婦が体を寄せ合い、身を固くして証人尋問の成行きを見守っている。

ストーカーの凶行に遭い、一人娘を喪った。それを防げなかったのは、警察の対応が悪かったから

――というのが原告側の主張である。

荒城は、裁判官になってから五年余のキャリアを積んでいる。当事者がどれだけ法廷で涙を流そうとも、心を動かされぬように努めてきた。

この事件でも、情に流されることなく、冷静に審理を進めねばならない。

ポイントは、この警察官が職務を怠ったのかどうか。次に、職務を誠実に遂行していたならば凶行を防げたのかどうか。それだけを考えればよい――そして、それ以外を考えてはならない。

質問者が原告側の弁護士に交代する。

「ストーカー規制法に基づく警告の発出について、いったい、何をどのように検討していたのですか。結果として、何ら有効な手立てがされないまま、凶行が引き起こされてしまった」

「……相談を受け、つきまとっているという男に連絡を取りました。すると、弁護士を連れて警察署に乗り込んできて、事実無根であるとか、警察を訴えるとか言われたのです。それで、この件はよく調べて、本部にも連絡して、慎重に対応しなくては、と……」

証人は背中を丸めて言葉を濁した。

「質問に答えてください。あなたは警告発出について検討していたと言う。どんな検討をしていたのかを聞きたいのです」

「それは、ええと……」

「答えられませんか。つまり、本当は、警告発出に向けた検討をしていなかったということですか」

弁護士が、ちらりと荒城の方に視線を投げてきた。今の発言はポイントになりますよ――と念押しをするように。

「質問を変えます。男が連れてきた弁護士は、もし警告を発出した場合、あなたをはじめ、対応した警察官を訴えると言いませんでしたか」

「……言われました」

「訴えられたら面倒ですよね。だからあなたは、本当は、法的手段によらずうやむやに丸く収めようとしていたのでは？」

証人の視線が宙を泳ぐ。

地方裁判所の建物は老朽化し、窓ガラスのアルミサッシは隙間だらけだ。エアコンの働きが悪く、法廷内の室温が上がらない。証言台の傍らには石油ストーブが置かれていた。

あの事件が起きたのも、冬の寒さが厳しい日だった——

俺が、あのとき。

裁判官という立場を気にせず警察署に出向き、刑事を呼びつけ、しっかり動けと文句を言えばよかったのだろうか。

警察の対応が鈍いという愚痴を、幾度も聞かされていたのに。

法廷では、証人と弁護士のやり取りが続いている。

証人の輪郭がぼやけてくる。荒城は眼鏡を外し、右手で目をこすった。

荒城は、スーツの上から黒いシルクの法服を纏っている。黒は、何物にも染まらないという公正さの象徴だ。裁判官が証人尋問で心が乱されるようなことは許されない。

気がつけば、原告側の弁護士が反対尋問を終え、席に戻っている。荒城は眼鏡を戻した。

「最後に、裁判官の荒城からも質問をします」

証人の男が背筋を伸ばした。

「教えてください。どうすれば、あなたは、男が連れてきた弁護士の脅しに屈せず、速やかに、原告の長女を護るための行動が取れたと思いますか」

「は……？」

「あなたの考えで結構です。お聞かせください」

一段下の机に座っている書記官が、真っ先に振り向いて荒城を見た。

わかっている。

証人尋問は、証人が自分自身で見聞きしたことを尋ねる手続だ。個人的見解を質す場ではない。そんなことはわかっている。

「警察にも法務部門があるでしょう。弁護士の対応などはそちらに任せて、あなたは、市民を護ることに専念できなかったのですか」

被告席には、弁護士のほか、警察本部の訟務担当が二人座っている。そちらを意識してか、証人の声が小さくなった。

「訴訟が起きたら大変だ、何とか現場で収めろ、と言われるばかりで……そんなこと言われても……」

「警察官のあなたは国民を護る。そして、あなたが訴えられたら、警察の訟務担当があなたを護る。そういう仕組みですよね？」

荒城は被告席に視線を投げた。訟務担当の二人は答えずに、目配せを交わし、嫌な役目を押しつけ合っている。

荒城は目をつぶった。

俺は裁判官だ。

俺の仕事は、事件が起きてから、冷静に、後追いで審理すること。裁判官のままでは、出来ることはない。

そう、裁判官のままでは——

第一部

H署地域課

1

独身寮の玄関を出ると、冷たい空気が頬を刺した。

空はまだ薄暗い。桐嶋千隼（きりしまちはや）は腕時計を見た。

六時三十二分。

警察官になり、昼夜を徹して勤務するようになってから、日の出・日没の時刻に敏感になった。いまは十二月下旬。警察署に着く頃には明るくなっているはずだ。

原付バイクでの通勤途中、赤信号で停（と）まると、傍らのコンビニでは、店員が外にテーブルを並べて店頭販売の準備をしていた。

今日は十二月二十四日だ。クリスマスケーキやチキンがたくさん売れるのだろう。

そういえば、私の家には、サンタが来なかったんだよね——

ふと、千隼の脳裏に、幼き日の記憶が蘇（よみがえ）った。

千隼の両親はともに警察官で、駐在所に勤務する「お巡（まわ）りさん」だった。夜、警察の制服を脱いだ後でも、不意の出動に備えて酒を口にすることはなかった。

まして、クリスマスイブの夜となると、どこかで騒ぎを起こす人がいて、本署の応援に召集され、食べかけのケーキを置いたまま出ていくことばかりだった。

千隼がひとりで布団に入り、目覚めても、両親はまだ戻っておらず、枕元にプレゼントはない。

やがて帰ってきた父親は、プレゼントの包みを抱えている。既に千隼が目を覚ましているのを知り、残念そうに言ったものだ。

――外に置いてあったよ。サンタのやつ、今年も家に入れなかったんだね。うちは戸締りが完璧だから仕方ないね、なにしろ、うちは警察の駐在所だから――

私の家は、友達のところとは何かが違う。

幼い頃は寂しかったけれど、年を重ねるにつれ、いつしか千隼はこう思うようになった――お巡りさんは特別で、大事な仕事なんだ。私もいつかお巡りさんになるんだ、と。

勤務先のH署へ着き、駐輪場に原付バイクを置く。千隼は、裏口から署内へ飛び込んでいった。

今日はこれから、翌朝までの当直勤務。

背中のリュックは着替えやタオル、夜中にこっそり食べるつもりのお菓子等々で膨(ふく)れている。

更衣室へ向かう途中で、副署長の野上(のがみ)と出くわした。

「クリスマスイブの夜に泊まり勤務させることになって、すまんな」

野上は無愛想に言った。千隼は、今日は本来ならば非番なのに、休暇取得者の交代勤務のため呼び出されたのだ。

「本部からの指示でな……このような特別な日には、小さい子どものいる職員を優先して帰らせることになった。警察も、いまや働き方改革が必要ということだ。恨むなら本部の連中を恨むように」

「いえ、大丈夫です。私、この仕事が大好きですから」

千隼は二十六歳だが、まだ研修を終えて数か月の新人だ。新人は「交番のお巡りさん」からスタートという鉄則に従い、R県警のH署地域課に配属され、今は乙戸(おっと)交番に勤務している。

高三のときに警察官採用試験を受けたが、学科で不合格となり、一度は夢破れた。

自転車競技では国体優勝するほどの実力者だったので、関係者に乞われてプロレーサーの道へ進んだ。十九歳で競輪選手となり、ガールズレースを戦い、年間賞金女王の称号を三回も獲得している。ナショナルチームにも選出され、オリンピックのケイリン競技で銅メダルを獲った。

すると、生活が息苦しくなった。取材が殺到し、幾度もカメラの前に立たされる。競技団体のＣＭキャラクターにまでされてしまい、素顔のままで街を歩くのが怖くなった。

そこで、猛勉強して幼い頃からの夢に再チャレンジしたのだ。電撃引退の理由を聞かれ、千隼はこう答えた――「やっと警察官採用試験に合格できたから」と。

警察官の制服に身を包んで街頭に出れば、緊張もするが、まだまだ晴れがましい気分の方が大きい。それに、毎年クリスマスイブには地元の不良少年がバイクで暴れるという話を耳にして、うずうずしていたところだ。文句を言うつもりはない。

「そんな理由で呼び出されたんですか」

背後から低い声が聞こえた。振り向くと、いつの間にか国田リオが立っていた。

「あ、おはようございます。あれ？　リオさんは今日、非番のはずでは？」

彼女は二十歳だが、高校卒業後すぐに警察官になっており、警察学校の卒業が千隼より半年早い。千隼にとっては先輩に当たる。本来は「国田さん」と呼ぶべきかもしれないが、つい、響きのよい名前で呼んでしまう。

「そう、非番だったのに、さっき電話で呼び出されたの」

「急用で休暇を取得した者がいる。国田は署内で最年少なのだから、経験を積む機会が増えたと思って、喜んで勤務に励むように」

「予定をキャンセルしてきたんです。命令には従うけど、喜べと言われても無理です」

野上は、リオの反論に応じることなく、彼女を睨みつけた。

「……国田。その服装は何だ。いつも言ってるだろう。警察官は、私生活においても、きちんとした服装で行動すること」

その言葉に、千隼は横槍を入れそうになった——こんなに格好良いのに、どうしていけないんですか、と。

私服姿のリオはまるでモデルのようだ。脚が長くて顔が小さく、千隼より頭ひとつ分以上は身長が高い。髪はブラウン、瞳は綺麗な青。母親がアメリカ人だと聞いたことがある。

服装はいつも黒基調のストリート系だ。黒いパーカーの胸元に描かれた悪魔のイラストや、シルバーの髑髏をあしらったピアス。それらに野上が忌々しそうな視線をぶつけているが、リオに怯む気配はない。

「すぐ制服に着替えるんです。この服装で勤務するわけじゃない。何が問題なんですか」

「口答えするのか。新任でまだ何も知らない女が——」

野上は大声を出したが、途中でやめた。副署長という立場を思い出したのだろう。幾度も大きく息を吸い込んでから言った。

「……巡査が副署長と対等に議論することは認めない」

野上は頬を引き攣らせていた。警務課の職員が通りかかったが、不穏な気配を察したのか引き返していった。H署の署長は、初期のがんが見つかり療養休暇を取っている。署長不在のいま、全権を握っているのは副署長の野上だ。野上が爆発すれば、止められる者は誰もいない。

野上は、千隼の方を向いて怒声を発した。

「桐嶋！　どうして、俺にこんなことを言わせるんだ」

「えっ？　私、何かしましたか」

「まずは地域課の先輩であるおまえが、後輩の国田に対し、警察官の心構えをしっかり指導すべきだろう。俺は忙しいんだ。副署長である俺の手をわずらわせるんじゃない！」

千隼は首をすくめながら言った。

「違います……後輩は私です」

覚えていなかったのか、と内心で呆れてしまう。H署には大勢の警察官がいるが、副署長なんだから、いくら忙しくてもそのぐらいは覚えていてほしかった。

リオが野上の脇をすりぬけ、女子更衣室の方へと消えていく。

「可愛くないな。だから評判が悪いんだ」

「……別にいいじゃないですか。可愛くなくても」

黙ってやり過ごせばいいとはわかりつつ、千隼もつい口を開いてしまう。

自分の心を騙して口をつぐんでいるのは苦手だ。競輪選手時代には、インタビューで思ったことを強気にズバズバ言ってしまい、炎上したことも多々あった——ぶっちぎりの脚力と愛嬌ある丸顔のせいで、大規模に燃え広がることはなかったが。

「リオさんは、すごく活躍しています。職務質問で覚せい剤所持者を捕まえたり、警視庁からの指名手配犯を見つけたり」

「確かに、あいつは実績をあげている。警察学校卒業後二年目の女性警察官としては、目覚ましいと言ってよいだろう」

　千隼はうなずいた。口にしたことはないけれど、国田リオに早く追いつきたいと思っている。

「とはいえ、男性には体力で劣る。現場の警察官に必要なのは執行力、すなわち強さだ。国田ひとりで出来ることは限られている。それなのに、礼儀に欠け、協調性がない。周囲への感謝も見えない。警察社会で好かれる要素がない」

　千隼が何かを言い返そうと言葉を探している間に、野上は言った。

「桐嶋。人の心配より、自分の心配をした方がいい。おまえは、まだ危険な現場に居合わせたことがないだろう。凶器を持った相手と遭遇したことがあるか？　薬物中毒で正気を失った暴漢と対峙したことがあるか？」

「ありません」

「おまえは、競輪界ではスター扱いされていた。オリンピックのメダリストでもある」

　千隼にとって、競輪選手は寄り道でしかなかった。警察官採用試験に落ち、やむなく進んだ道。過去を話題にされることすら不快だ。

「……それ、何か関係があるんでしょうか」

「おまえの経歴は凄い。けれども、女性同士の闘いの勝者、というだけだろう」

「たしかに、自転車競技は男女別ですけれども」

「警察の現場は男女別じゃない。初動で現場に駆けつける地域警察において、か弱い女警はウィークポイントになりえる。それだけじゃない。今では六十過ぎの再任用警察官も増えた。そういうやつらが増えていく……必然的に警察が弱くなっていく」

「大丈夫です。逮捕術をみっちり仕込まれてきました」

「体格差のある男相手には、何の役にも立たない」

そのように言う野上は、身長百九十センチを超えているだろう。柔剣道のいずれにも秀でた強靭(きょうじん)な肉体。先週、警察署内の道場で行われた逮捕術の訓練を思い出した。地域課の男性警察官が五人、まとめて野上に転がされていた。確かに、千隼が全力で警棒を叩(たた)きこんでも効きそうにない。

「いいか。もしおまえがひとりで、凶器を持った男を制圧しなければいけない場面に遭遇したとするだろう。新任の女警とはいえ、警察官だ。一一〇番通報してのんびりパトカーの到着を待つことは許されない。どうする？」

問いかけてきたのに、野上は千隼の答えを待たなかった。

「おまえが相手を制圧するには、拳銃を使うしかない。一瞬の判断の遅れが命取りになる」

「え……いいんですか？」

千隼は戸惑いを覚えた。今まで教わってきたことと大分違う。

拳銃の適正使用。その意味は、使わなくて済むのが一番ということだ、と色々な人から言われてきたのに。

「拳銃を使うと、確かに後で色々面倒な手続がある。しかし、力に劣るおまえたちは、そうするしかないだろう」

野上の声から感情が消えていた。

「ためらわずに使え。その後は、何があっても警察署の方で必ず護ってやるから」

「はあ」

野上の本音を聞いてしまった後では、煮え切らない返事しかできなかった。

この人、本当は女性や再任用の警察官が増えてほしくないと思っている。つまり、私を邪魔者だと思っているじゃないか！

護ってやる。そんな言葉を、信頼しがたい上司から冷たく心のこもらない声で言われても――戸惑いが増すだけだった。

2

千隼は、制服に着替えてから保管庫に行き、取扱責任者から拳銃を受領した。

樹脂製の拳銃ケースに五連発リボルバーを収めると、ずしり、と体に重みが加わる。勤務中は常時携行しているので、その重さには慣れている――はずなのに、野上のせいで、いつもより存在を意識してしまう。

朝礼が行われている間、千隼はどこか上の空だった。

地域課長の長谷は、野上に早速怒られたのか、警察官たるもの私服は地味で清潔なものを着るように、と繰り返している。

この説教は自分には関係ない――千隼は目立つのが嫌いで派手な服は買わないし、今では髪形も黒のショートヘアで、ピアスもネイルもしていない。

集中力が続かない。かわりに、頭に浮かんできたことがあった。先月、朝礼で、青山優治巡査部長が拳銃を抜いたという話を聞かされた。不良少年の喧嘩を止めようとして抵抗され、金属バットで殴られそうになったので拳銃を抜いてしまった――そう話す地域課長の口調は、咎めるようなものだったと記憶している。

千隼と青山は、地域課内での所属班が異なるから、勤務ローテーションも別であり、顔を合わせる機会は少ない。しかし、今日の千隼は、非番を返上して別班のローテに入っている。休暇を取得したのは青山とペアを組む先輩なので、今日は、青山と行動することになるだろう。

朝礼が終わった後、各交番へ出発するため地域課員が散る。

青山の姿を探したが、見当たらなかったので、千隼は、内勤の佐川絵里巡査長をつかまえて聞いた。

「青山さんをまだ見かけていません。休みですか？」

「そう。今日は休み……だけどね、青山君は、昨日付けで、別の交番へ転属になったの」

ひと回り年上の佐川は、人付き合いがよく、署内の事情に通じている。顔を近づけ、千隼に耳打ちをした。

「彼、また、やらかしちゃったのよ。青山君は、すぐに『これだから女は』とか、『女は下がってろ』とか言うタイプでしょ。千隼ちゃんも怒っていたでしょう？」

千隼は、小太りで背の低い青山を思い浮かべた。

「ええ、まあ。どちらかというと嫌いです」

「それ、刑事課の小林由香ちゃんにも、言っちゃったのね。彼女、そういうの許せないから、すぐ本部の監察に通報したそうよ。副署長を飛ばして本部へというのが、彼女らしく合理的でいいわよね」

千隼はうなずいた。確かに、あの野上副署長に言ったところで、対処してくれるとは思えない。

「それで、本部から、青山君はしばらく女警とペアを組ませるな、とお達しがあったわけ。彼もねえ……今どき、そんなこと堂々と言ったら、どうなるかわかっていなかったのかな。信じられない」

千隼は、先ほど野上から言われたことを思い返した。

「私たちって、邪魔者なんでしょうか。みんな、本音では女性警察官はいらない、と思っているんでしょうか」

佐川は既婚者で子どもが三人いると聞いたことがあるが、華奢（きゃしゃ）で幼く見える。野上の中では、彼女もまた、警察を弱体化させるひとりと分類されているのだろうか。

「ん？　何があったか聞かないけれど……そう考えている人もいるよね。野上副署長も、本部捜査一課の班長だったときなんか、ひどかったのよ。捜査本部への応援要員に女性が行くと、女なんか出すな、取り替えろ……とか。今は、副署長で人事管理する立場になったから、口に出しては言わなくなったようだけど」

そこで佐川は顔を綻ばせ、千隼の肩に手を置いた。

「でもね、警察の仕事も色々あるんだから。強さが全てなら、警察には機動隊だけあればいい、ということになっちゃう」

「私、交番の方がいいです」

「そうよね。千隼ちゃんのやりたいように、頑張ればいい」

千隼は、佐川に向かって頭を下げた。

「でも青山さん、お休みなんですよね。聞きたいことがあったんですけど……」

「気を付けてね、彼、ずいぶん落ち込んでいたから。刑事になると言い続けてるけれど、三十歳になっても交番勤務のままでしょう。それでまた問題発生だもの。もう、厳しいかもね」

勤務に就くと、朝から交通事故が重なったこともあり、忙しかった。

急きょペアを組まされた牧島（まきしま）巡査部長は、定年が近く、億劫（おっくう）がって何でも千隼に対応させようとする。息つく暇もなく体を動かしているうちに、日が暮れた。

夕食には、警察署近くの食堂からデリバリーを頼んだ。店主は、千隼に直接は言わないが、競輪好きで千隼のファンだったという。

「クリスマスイブに仕事かい。せめてチキンでも食べたら？　チキン南蛮と鶏（とり）唐揚げがあるよ。大盛りサービスするよ」

電話越しにそう言われたので、千隼は、どちらもクリスマスらしくないと思いつつも「両方ください」と言った。

定食でオーダーしたので、ご飯とみそ汁も二つずつ届いた。千隼がデスクをいっぱいに使って二人分の定食を並べ、平然と食べ始めたのを見て、牧島は、呆れたように言った。

「そんなに食べて、これから何をするつもりなんだい」

「今夜は、バイクで暴走する少年たちが出てくるんですよね？　朝まで動きっぱなしかもしれないから、しっかり腹ごしらえを……」

「うちは行かないよ。暴走族の対応は、隣接交番の連中がやる。近隣の交番が空になるから、うちは、特別な通報事案がない限り、交番を離れるなと言われているんだ」

「本当ですか」

あなたが交番から出たくないだけじゃないでしょうね、と言いかけたのを呑（の）み込んだ。

日付が変わる時刻が近づくと、遠くからバイクの爆音が聞こえてきた。警察署員が交わす無線が騒がしくなる。それでも本当に牧島は動こうとしなかった。

夜が更けていく。

せっかく非番を返上して勤務に就いたのに――と千隼は悔しくなってきた。何もせず、空しく夜が過ぎていくことに耐えられない。他の交番の人たちは、バイク数台で暴走行為を繰り返す不良を取り締まるため、寒空の下を駆けまわっているというのに。

「私ひとりでも行かせてください。何か仕事がしたいです」

「よほど体力が余っているんだね」

牧島は、持参してきた豆を使い、自分のためにコーヒーを淹れていた。

「それなら、パトカーを洗車してきてくれないか。先週、地域課長に、パトカーに汚れがあるって怒られちゃってね……頼むよ」

不承不承、千隼は交番の外に出た。

たまに車が通るが、交番の前でもスピードを落とさず、闇の中を疾走していく。

交番のパトカーは、トヨタ製一三〇〇CCのコンパクトカーだ。

「そんなに汚れていないし。洗うにしても、朝、当直明けの時間でやればいいのに」

制服の袖をまくり上げ、バケツに水を溜めて、冷水に浸したタオルを両手で絞る。指先が凍てつくようだ。千隼はパトカーにホースで水をかけ、優しくタオルで汚れを落としていった。

勤務中は常に無線機のイヤホンを装着している。流れてくる男たちの声は興奮気味だ。

――浜貫交番一号より。対象は第三中学校前を南方向へ進行中。あ、また信号無視しやがった。三回目です。

——こちら中央三号。南谷交差点で待ち伏せする。他に来てくれるPCいませんか？

——本署から各員へ。中央三号に集中運用せよ。待ち伏せで捕まえろ。絶対に逃がすんじゃねえぞ。

「私ら、応援行けるじゃん。あーあ、行きたいな。行きたかったな」

定食をひとつ余計に食べて蓄えたパワーが体内に余っている。スクワットの動作を交えながら、乾いたタオルで車体を拭き上げていった。

交番の中から電話の呼出し音が聞こえた。千隼はタオルを放って駆け出した。

ガラス戸を開けると、すでに牧島がデスク上の電話機で話をしていた。

「万波町の五二三番、ハイツナガオカ三階付近。女性の悲鳴が聞こえたとの通報があった……」

出動指令とわかった瞬間、気持ちが切り替わる。千隼はパトカーへと駆け戻り、運転席に滑りこみ、聞き取った住所をナビに入力した。現場までの距離表示は約四キロ。緊急走行で向かえば五分もかからないだろう。

牧島がガラス戸に鍵をかけ、太った腹を揺らしながらのっそりと歩いてくると、運転席のドアを開けた。

「どいて。俺が運転するから」

「大丈夫です。私もパトカーの運転資格あります」

「だめ、だめ。やる気のある若者の運転は怖くてね……知ってる？　警察官の殉職は、交通事故が一番多いんだよ」

牧島には何を言っても無駄のような気がして、千隼は運転席を譲った。助手席に移り、赤色灯とサイレンのスイッチに手を伸ばす。

「一一〇番通報じゃないから、緊急走行はいらないよ。今の電話は副署長からだ。警察署に匿名の電話があったから、様子を見てこいというだけ」

　牧島がゆっくりアクセルを踏む。千隼は車が来ないのを確認して「右よし」と呼称したが、牧島は聞いていないようだった。

　パトカーは制限速度ぴったりで走っていく。もどかしくてたまらず、千隼は、ナビの距離表示と腕時計の確認を繰り返した。

「そんなに頑張らなくてもいいから」

「だって、このパトカーを待っている人がいるんですよ！」

「桐嶋さんは女警、それも有名人じゃないか。無傷で交番勤務を終えれば、好きな部署に行ける。白バイでも刑事でも内勤でも、好きなところを選ばせてもらえるさ。手柄をあげるため頑張る必要はないよ」

「なぜ私は特別扱いなんですか」

　千隼は青山のことを思い出した。青山は刑事志望を公言し、上にアピールするため、職務質問や交通取締に血道（ちみち）をあげている。しかし夢は叶（かな）っていない。

「女警はまだまだ数が少ないからね。それに、地域課の外勤は、色々と危険な現場も多い。新任のうちは仕方ないけれど、女警がずうっといるところじゃないよ」

「私、部署を変わりたくないです。次は、自動車警ら班を希望するつもりです」

　自動車警らは、パトカーで巡回し、一一〇番通報があればいちはやく現場へ駆けつけるのが任務だ。

「それでは今と同じ地域課だ。制服勤務で当直もある。内勤と違って土日休みじゃないし、刑事のように威張れもしないよ」

「でも、誰かが助けを呼んでいるところへパトカーで駆けつけていくのって、一番やりがいがあると思うんです」

「桐嶋さんは、新任でまだ現場の怖さを知らないから、そういう気楽なことが言えるんだよ」

この人も私を邪魔者だと思っているのかもしれない——胸に苦々しいものが広がる。千隼は、野上の話を思い出し、右手で拳銃ケースを触った。

「いざとなれば拳銃があります。ためらわずに使えと言われました」

「怖いのは犯人だけじゃないよ。うちの会社は、失敗したやつに厳しいよ」

ナビの指示どおり左折すると、街路灯の数が減り、前方の暗闇が深くなった。

道幅が広くなる。この道路は、工場誘致のため県が造成した広大な土地を中央に貫く。法定の規格を超えた大型トレーラーでも通行しやすいよう、高速道路のように片側二車線で中央分離帯が設けられている。

右側を見れば、旅客機の格納倉庫のように巨大な建物が並んでいる。事務機器会社の物流倉庫だ。対照的に、左側の区画はまだ売れておらず、平原が広がっている。

「現場に一番乗りしたやつが初動対応を失敗して、容疑者を逃がしたとか、怪我人が出たとか……そうなったら責任を取らされる」

「給料を減らされるとか……？」

「扱いが変わる。交番に戻されて、課長が自分にだけ厳しくなって、小さなミスでもみんなの前で怒られて、他の仕事を探せ、とか言われる。周りも何となく察して、飲み会なんかに誘われなくなる。

かといって、辞めるのも怖い。熱心に仕事していた警察官ほど、あちこちで恨みを買っているからね。警察の看板を失ったら、どうなることか」

千隼はそっとナビに目をやった。到着予定時刻が先ほどより遅くなっている。

「拳銃を使った場合、本部あての書類をたくさん作り、警察庁にまで報告が上がっていくんだよ。すごく面倒くさい。警棒で対処できなかったのか、逮捕術の訓練が甘かったんじゃないのか、所属ではどんな指導をしていたんだ……と県警の幹部が怒りだす」

牧島の語りが終わらない。千隼はじれったい気持ちで腕時計を見た。出動の指示を受けてから、もう五分が経過している。こっそりとサイレンのスイッチに指を伸ばしていったが、牧島に気づかれ、手を払いのけられた。

「……急ぎましょうよ！」

「失敗しないコツは、頑張りすぎないことなんだよ」

ハイビームが前方の暗闇を照らしている。路肩にバンが停車しているのを見て、牧島は慎重にハンドルを操作し、バンの脇を通り過ぎた。

牧島が左右に視線を走らせた。

パトカーが風を切る音に混ざって、オートバイの音が聞こえてくる。ブォン、ブォンという爆音だ。千隼は後方を振り返り、暗闇の中にオートバイを探したが見当たらない。

空には雲が垂れこめていて、月が見えない。闇がひときわ深い夜だ。

国道との交差点まで約一キロメートル。左右両側とも工場を建設中で、白く塗られた鉄塀が続いている。その鉄塀が終わったところで、不意に、左から黒い影が飛び出してきた。

瞬間、ヘッドライトがオートバイの横側を照らしだす。

「おおっと！」

牧島が素早くブレーキを踏んだ。急制動の衝撃でシートベルトがロックされ、千隼の身体が締めつけられた。

紫色に塗られたガソリンタンクがライトを反射し、ひときわ明るく闇に浮かぶ。

乗っているのは、半帽型のヘルメットを被り、ジャンパーを着た少年だ。

少年がこちらを振り向く。千隼と視線が合った。

パトカーのタイヤが甲高い音を立てている。タイヤと道路との摩擦が失われ、パトカーの車体が道路上をすうっと滑ってゆく。

少年の顔――驚きに目を見開いた顔が迫ってくる。

千隼が小さく悲鳴を上げたとき、パトカーがようやく停止した。牧島が荒く息を吐いている。

オートバイは、左へと旋回してパトカーの前を走っていった。二度、三度と少年が振り返る。こちらがパトカーだと気づいたのだろう。少年は道路に唾を吐いた。それから、アクセルグリップを忙しく動かし、パトカーを威嚇するように、小刻みにエンジンの空ぶかしを繰り返した。

マフラーが途中で切られており、排気音がやかましい。

少年はパトカーの行く手を遮るように蛇行運転をはじめた。テールライトの赤い光が左右に揺れた。

「ちっ、クソガキが。遊んでいる暇はないんだよ」

先ほどとは打って変わり、牧島はパトカーの速度を上げ、オートバイとの距離を詰めた。オートバイが眼前に迫ってきて、千隼は「危なっ……」と口走った。

牧島がパトカーのクラクションを鳴らす。

「ほれ、どけ。早く行ってしまえ」

右へ、左へと蛇行を繰り返しながら、少年がこちらを振り返る。危険を感じたのか、速度を上げて逃げようとした——しかし、車体を傾けたままの体勢で、ギアを落とそうしたとき、急にバランスを崩した。オートバイの挙動が乱れ、少年が振り落とされた。

「うぉっ」

牧島の叫びが車内に響く。

タイヤが再びの急ブレーキに悲鳴を上げ、パトカーのボディが傾ぐ。千隼は反射的に体を硬直させ、両足を踏ん張った。耳障りな轟音がしてオートバイが倒れ、少年が視界から消えた。

パトカーが止まった。路上にオートバイが転がっている。

乗っていた人はどこに——千隼は暗闇に目を凝らした。

二車線道路の右側、パトカーの数メートル先に、誰かがうずくまっている。

千隼は、パトカーを降りようとしてシートベルトを外した。

しかし、ドアハンドルに手をかけたところで、牧島に腕を摑まれた。

「待て」

「早くあの人を救護しないと」

「相手は族車だろう。乗っていたのも不良っぽいガキだ」

「それがどうしたというんですか」

千隼は構わずに降りようとしてドアを開けた。しかし、牧島が力を緩めず、千隼を車内に引き戻そうとする。牧島の声は上ずっていた。

「少し待とう。オートバイは壊れていないようだ。乗っていたやつに大した怪我もないだろう。不良は、パトカーを見ればすぐに逃げ出す」

「逃げる？」

「大ごとにしたくないんだ。直接ぶつかっていないと思うが、このまま署に報告すれば、パトカーと二輪車の交通事故扱いになってしまう」

牧島は体を左右にひねって、周囲を見渡していた。

「事故扱いにしたら、二人とも、当事者として交通課の取調べを受けるんだよ。そんなの嫌だろう」

「何てこと言うんです！」

「誰も見ていない、大丈夫だ。あいつが逃げ出すのを待とうよ。追う必要もない。そうすれば、何もなかったのと同じだから」

　それ以上は聞いていられず、千隼は、牧島の腕を振りほどいた。車外へ出て、道路上でうずくまる少年に駆け寄っていった。少年は、千隼に気づくと、道路に手をついて体を起こし、逃げ出そうとする。

「動かないで、頭を打っているかもしれない」

千隼は屈（かが）みこんで、少年の肩を優しく押さえた。

「警察です、大丈夫だよ。すぐ救急車を呼びますから」

牧島の姿を探して、後ろを振り返った。

何かが高速で接近してくる気配がした。ヘッドライトで目が眩（くら）み、千隼の視界が白く焼けついた。

視界を奪われた中、自分が道路上にいることを思い出す。

牧島の言葉も思い出した——警察官の殉職は交通事故が一番多い。

「あ、危な……」

立ち上がろうとしたがもう遅く、轟音と風が千隼を包んでいった。

「や、やだ……」

これから起きようとすることを理解する間もなく、反射的に、体を防御しようと両手を突き出した。

全身を衝撃が襲う。体が宙に浮いたような気がした。右肩に二度目の強い衝撃。路上に落ちた千隼の体は、アスファルトの上を転がりながら滑走した。

脳内に幾度も稲妻が走り、頭が痺(しび)れた。

起きないと。早く現場に行かないと……

しかし、金縛りにあったように体を動かすことができない。

薄れてゆく意識の中、救急車のサイレンを聞いたような気がする。

ストレッチャーに乗せられ、病院の廊下を運ばれた気がする。

医師のような恰好(かっこう)の人が、大勢待ち構えていたような気もする。

それから、ゆっくりと闇に包まれていった。


千隼は子どもに戻っていた。

山奥の駐在所が千隼の住まいだ。

父と母のどちらも警察官。顔がぼやけて像を結ばないけど、凜々(りり)しい制服が憧れだった。

——私もなりたい、どうすればその制服をもらえるの？

なんという答えが返ってきただろう。勉強して、たくさん食べて、体を鍛える。そして、嘘をつかず、いつでも正しいことをしなさい、と……

時たま、うっすらと目を開ける。

看護師らしき人が動き回っていて、ひとりが自分を覗き込んでいる。ああ、病院にいるんだな、と思う。

すぐにまた目を閉じる。

眠っているのに、記憶が迸っていく。

自転車で山を駆け下りるときの風。上るときの苦しさ。駐在所に帰り着いた時に飲む冷水の美味しさ。

スクールバスが駐在所まで来ていなかった。だから、どんな天気の日でも、学校まで、往復三時間の山道を自転車で駆けた。

高校で勧誘されるままに自転車部へ入ると、あっという間に全国トップクラスへ。だけど、競技場で感じる風はどこか刺々しくて、好きじゃなかった。

自転車部の顧問だった楢崎先生。

好きな先生だったのに、警察官採用試験に落ちたことを報告したとき、一瞬だけ笑顔になったのが忘れられない。すぐに競輪選手の試験を受けさせられて……

悪寒が走る。大量の汗で全身が湿って気持ち悪いのに、体が動かない。逃れたくて千隼は呻いた。

競輪選手になってからの記憶は、霧に包まれたように不鮮明だ。

上半身を小刻みに揺らしながら、レーサーのペダルを踏み込む。全力でもがいて先を行く選手を右側から一気に抜き去る。

ゴールを通過した後は、顔を伏せる。

レースが終われば、必ず、賭けたお金を失った人がいる。勝っても負けても、誰かに不幸を届けてしまっている。フェンスの向こうから「無敵のハヤブサ！」と声を掛けられても、絶対にお客さんの方を見たくなかった。

こんなことを幾度繰り返しただろう。

トップスターとしてもてはやされるたび、憧れだった両親の背が遠くなるような気がした。

ケイリン競技の日本代表に選ばれ、オリンピックで三位入賞。

競技を続けてきてよかった——と感極まったのも束の間、生活が一変した。メディアへの露出量が桁違いに増え、街中で声をかけられたり、無断でスマホを向けられるようになり、息苦しさに耐えきれず、逃げるように辞めた。

そこから急に霧が晴れ、記憶が鮮やかになる。

受験勉強も頑張ったけれど、警察は、銅メダリストを採用試験で落とすことはなかった。

警察学校で過ごして、乙戸交番でお巡りさんになって——

回り道したけれど、やっと警察官の制服をもらえたんだ。

寝ている暇なんて、あるものか——

千隼は瞼に力を入れ、目を開けた。

焦点が合わず、視界がぼやける。

起き上がろうとすると、看護師が気づいて歩み寄ってきた。

「だめですよ、寝ていてください」

「ここはどこですか。今、何時ですか」

声が小さく、かすれていることに驚いた。右半身の感覚が鈍い。痺れがあり思うように動かない。看護師が優しく手を添え、千隼を再びベッドに横たえた。

医師が早足で病室に入ってきた。

「自分の名前を言ってください。年齢はいくつですか。こちらの言っていることがわかりますか」

「私、仕事に戻らないと。すみませんが、H署に連絡してください」

「何があったか、覚えていますか」

「……事故に遭ったような？」

「そうですよ。やっと意識が戻って、我々もひと安心です」

首を動かす。壁にカレンダーを見つけた。物の見え方がおかしくて、数字が二重にだぶって見える。ようやく読み取ることができたとき「あっ」と小さく叫んだ。年が変わって一月になっている。

「やばっ。私、どれだけ仕事を休んじゃったんだろう。すぐ退院します」

「だめですよ。右肩の骨折、打撲、擦過傷などが治るまで、二か月は加療を要します。それに、頭部を強く打ったようなので、入院したままで経過観察しますから」

再び首を動かして、自分の体を見る。右肩や脚のほか、頭にも包帯が巻かれている。

医師に左袖をまくられ、注射を打たれた。急にまた眠気が襲ってきた。

「あの……私、警察官なんですけど、治ったら仕事に戻れますよね」

した。

「きっと大丈夫ですよ」

眠気に抵抗できず、千隼は目を閉じて眠りに落ちた。

数日が経つと、上体を起こして、自分で食事が出来るようになった。

千隼は看護師が通りかかるたびに聞いた。

「私と一緒に、事故に遭った男性が運ばれてきませんでしたか。おそらく未成年なんですけど」

誰も答えは同じで「知らない」と言うのだが、幾人かは口ごもったり、答えるまでに間があったりした。

千隼は、医師が渋るのをどうしてもと頼み込んで、自分のスマートフォンを届けてもらった。

電源を入れると、大量の未読メッセージが溢れてきたがすべて後回しにした。

検索サイトを開き、キーワードとして、まず十二月二十五日の日付を入れた。

事故に遭った警察官の氏名は公表されないはず。だけど所属先ぐらいは公表されているだろう。

「H警察署」と入れた。

指先が震えた。検索実行ボタンを押すのが怖かった。思わず目を閉じたくなるのを我慢する。

「ん……？」

予想外の検索結果が表示されている。

――防犯カメラがとらえた女性警察官発砲の瞬間！

――いまや交番の警察官が犯人にいきなり銃弾をお見舞いする時代なのである。

――この警官、めちゃくちゃ拳銃うまくね？　やっぱ警察怖いわ。

ニュースよりも、まとめサイトやブログの方が上位に表示されてくる。検索条件を変えて、対象をニュース記事だけに絞った。

地方新聞の記事が表示された。

『十二月二十五日午前三時頃、万波町のマンションで、男が元交際相手の女性を刃物で切り付けようとしたところ、駆けつけた警察官が拳銃一発を発砲し、右手に全治二週間の怪我を負わせた。男はその場で殺人未遂の疑いで現行犯逮捕された。H署の野上副署長は、拳銃の使用は適正だったとの見解を示している』

きっと、私があのとき向かっていた現場だ――

急いで他の記事も読んでいくと、自分が寝ている間に起きたことが理解できてきた。

発砲の瞬間が動画に残っており、それがネット上に拡散しているらしい。個人のブログを幾つか表示していくうちに、動画へのリンクがすぐに見つかった。

動画は、粒子の粗いカラー映像だった。マンション共用部の廊下が映っている。天井から見下ろすような画角から、防犯カメラの映像とうかがえる。

再生開始後、すぐに右側から警察官が走ってきた。女性用の丸い制帽を被っている。すぐに立ち止まる。上背があるのだろう、顔がフレームアウトし、画面には肩から下だけが映っている。

左手が右腰に回った。拳銃ケースのカバーを外すときの動作だ。

動きが素早い。拳銃が画面に現れるまで一秒も要さなかった。右手に握った拳銃をすうっと上げ、左手をグリップに重ねる。わずかに腰を落とした瞬間、銃口がぴょんと跳ねて白煙が出た。

拳銃を保持したまま警察官は前に進み、画面から消えていく。

画面に映るのがマンションの廊下だけになったところで、動画は終わった。

「きっと、リオさんだ……」

あの夜、H署で勤務に就いていた女性警察官は、千隼の他に彼女しかいなかったと思う。

動画を見る限り、全くためらうことなく撃っていた。相手は右手の怪我だという。刃物を持った手に当てたのだろうか。

「凄いなあ——」

千隼は嘆息した。人に向けて撃てるのは、警察官職務執行法などの規定に適合するときだけ。決まりを無視すれば、撃った警察官が罪を問われる。だから誰もが慎重になり、ギリギリまで拳銃を使わずに解決する方法を考えるのだ。牧島のように、そもそも使う気がない者も大勢いるだろう。

あの日、野上副署長に言われたことが頭をよぎる。もし自分がこの現場に到達していたとして、リオのように行動できただろうか。

スマホに指を滑らせる。今度は、弁護士を名乗る人物のブログが目についた。

『「警察官職務執行法」「拳銃使用及び取扱い規範」は、原則として、いきなり撃つことを認めていない。予告または威嚇射撃を欠いて直ちに射撃することは極めつけのレアケース。それが偶然にも映像に記録されていたことで、警察の今後の対応が注目される』

他にも、問題点を指摘する記事がいくらでも見つかる。

千隼は天井を見上げ、目をつぶった。

私のせいだ――

牧島と自分が現場に到着できていれば、こんなことにはならなかったのに。

悔しい気持ちが襲ってきて、スマホを投げ出そうとしたけれど、最初にやろうとしていたことを思い出した。

先ほどと同じように「十二月二十五日」「H署」と入れ、それに「事故」というキーワードを足した。地元新聞社のニュースが出てきた。

『事故現場で轢き逃げ。一人が死亡、一人が重傷』

その見出しが目に入ったとき、息が詰まった。

『バイク事故の現場に車が突っ込み、バイクを運転していた少年と、居合わせた警察官が撥ねられた。車はそのまま現場から逃走し、現在、H署が捜査している。警察官は全治二か月の重傷、少年は』

震える指で、画面をスクロールさせる。

『搬送先の病院で死亡が確認された』

体温がすうっと下がったような気がして、手から力が抜け、スマホが布団の上に落ちた。

「……嘘でしょ……やめてよ」

曖昧な記憶を辿る。自分はパトカーを降り、救護に向かったんだ。それなのに警察官の方が助かって、相手が死んでしまったなんて――

千隼は、体をよじって布団に潜りこんだ。

口元を枕に押しつけて、繰り返し、自分を罵る言葉を叫んだ。

むせび泣きが、いつしか慟哭に変わっていたのだろう。看護師が駆け込んできて、布団をめくろうとした。千隼は、布団を後ろ手に摑んで抵抗し、うつぶせのまま体を震わせ、叫び続けた。

やがて看護師の数が増え、布団を剝がされると、左腕にチクッという注射針の痛みを感じた。

再び、千隼は不快な眠りに落ちた。

時おり目を覚ましても、何時であるかわからない。消灯時刻を過ぎて真っ暗だったり、食事を配膳するワゴンの音が聞こえていたり——悪夢にうなされ続けていたような気がする。

今度は警察学校の学生に戻っていた。

教官の厳しい叱責。警察官の責任をわかっているのか、市民のため身体を賭す覚悟があるのか、辞めてしまえ——

もう警察学校は卒業したはず。何を言われても、食らいつき、諦めなかったはず。それなのに今、夢の中では、教官に何ひとつ言い返すことができなかった。

「大丈夫？　とても苦しそう」

ベッドの傍らに誰かがいる。看護師だろうか。布団を被ったまま、悪夢を振り払うように、幾度も寝返りをした。

何があったの。話を聞かせて、話せば楽になるものよ——と優しく問いかけられたような気がした。

「ごめんなさい、私、警察官なのに人を救うことができませんでした」

とめどなく涙が溢れて止まらない。

あの夜の出来事が次々と浮かんでくる——

ふと我に返り、布団から頭を出してみる。

乾いた病室の空気があるだけで、そこには誰もいなかった。

変な夢を見た——そう思い、頬を拭うこともせず、千隼は再び眠りに落ちた。


翌日、野上副署長がひとりで病室を訪ねてきた。

寝たまま話をするわけにもいかず、千隼は、のろのろと身を起こした。

野上は、型どおりの見舞いを言った後、体調を尋ねることもせずに言った。

「全治二か月の診断書が出ている。二月末まで療養休暇だ。しっかり体を治すように」

千隼は「はい」とうなずくほかなかった。野上は、クリップ止めしたA４サイズの紙束を出した。

「事故処理に関して、おまえの供述調書が必要だ。署名してくれ」

「私の調書？」

千隼は、野上の手から書類を取ろうと手を伸ばしたが、それを野上が制した。

「本来は、捜査担当の交通課員がおまえから話を聞いて作るものだが、その体では無理だろう。処理を急ぐ必要があるから、こちらで作った」

「私から話を聞かないうちに、どうして私の調書が作れるんですか」

「おまえが何を見たかは、現場の状況からおおよそ推測できる。内容はほぼ正確なものになっている」

「読ませてください。間違ったことが書いてあったら大変ですから……」

野上が大きなため息をつき、腕時計に目を走らせた。

「時間がないんだ。この後、国田リオの拳銃使用事案に関して、県警本部に呼び出されている。すぐに行かなくては」

千隼は顔を上げた。

「リオさんは大丈夫なんですか。処分されたりしませんよね」

「そうならないよう、皆で頑張っているところだ」

「すみません。私にも責任があると、思ってます……」

「おまえに責任はない。何ひとつ悪くない」

野上は調書の最後の頁(ページ)だけ抜き出して、余白の部分を指で示した。サインペンを千隼に握らせてくる。

「安心しろ。調書には、おまえが不利になるような記載はない。おまえは轢き逃げされたんだぞ。悪いのは、後ろから突っ込んできて逃げた車の運転手に決まっているだろう。交通課で鋭意捜査中だ」

おまえは悪くない——その言葉が、弱りきった心にずるりと侵入してきた。

「警察官として取るべき行動は取った。早く体を治して、また一緒に働こうじゃないか」

千隼は思考を止め、黙ってペンで名前を書いた。

急に気だるくなり、体が重くなったような気がした。野上が出て行くのも待たず、ベッドに体を横たえて、眠りに落ちた。

3

『R県警記者クラブ　三月当番幹事社　X新聞　→　加盟社各位
記者会見のお知らせ

日時：本日午後一時より
案件：R県警に対する民事訴訟について
会見申込者：丸山京子弁護士（第二東京弁護士会）』

メールを受けとった加盟社の記者が、県警本部二階にある記者クラブに、ぽつぽつと集まってくる。

地元新聞紙記者の高崎が、行きつけの居酒屋で知り合いになった池田を見つけ、隣に腰を下ろした。

池田は全国紙の記者で、東京から転勤してきて間もない。

「池田さんが最前列に陣取るとは。この弁護士、何者なんですか？」

「丸山弁護士は、警察相手の訴訟のエキスパートを自認している。警視庁やK県警あたりでは疫病神扱いされている女だ」

池田は、体を近づけて声を潜めた。

法律を武器に警察を糾弾することをライフワークとしている。訴訟にできそうなトラブルを探して全国を飛び回り、関係者にその気がなくても言葉巧みに焚きつけて訴訟を起こさせ、代理人におさまる——そう説明すると、高崎は感心したように言った。

「へえ。そんな稼ぎ方があるんですね」

「金は、所属する法律事務所……アウトローに重宝されているきな臭い事務所で、たんまり稼いでいる。警察相手の訴訟は、個人で受任していて、金目当てじゃないそうだ。勝敗を気にせず訴えてくるから、警察にとっては始末が悪い」

「知らなかったです。地元紙の俺が初耳なんだから、うちの県警とやりあったことはないと思いますよ」

「変な経歴でね……かつては六本木のクラブで働き、億を稼ぎ出す人気ホステスだったという噂だ。何があったか知らないが、それから、法科大学院経由で弁護士になったそうだ」

午後一時は、記者クラブが弛緩する時間帯だ。夕方のテレビニュースも、明日の朝刊も、まだ締切が遠い。

集まった記者たちは、疲れを隠せなかったり、眠そうだったりと、気だるい雰囲気を漂わせている。しかし、定刻ちょうどに丸山京子が現れると——皆がスマホを手放し、メモを取るためにパソコンを準備した。池田の持っているような情報を知らないはずの記者たちも、ただの弁護士とは違うオーラを敏感に察知したのだろう。慌てて、本気で取材する構えを整えはじめた。

丸山京子は、セミロングの黒髪をかすかに揺らしながらテーブルへと歩き、立ったまま一礼する。

装いは、脚の長さとスタイルを強調する純白のパンツスーツ。

洗練された優雅な所作、そしてキリッとした眼差し——

記者の目を十分に惹きつけてから、集まってくれたことへの謝辞を述べ、椅子に座った。

「昨年十二月二十五日、ひとりの少年が交通事故で命を落としました。警察の発表は、パトロール中の警察官がバイク事故を発見し、救護活動中、後続車が突っ込み、バイクの少年が死亡。後続車は逃走し、いまだ捕まっていないというものです」

手元にタブレットを置いてあるが、そちらに目を落とすことはない。記者たちに等分に視線を送りながら、淀みなく話した。

「しかし、警察はいくつもの事実を隠蔽しているのです。ご遺族は、警察署の説明に不信を抱き、当職に調査を依頼しました。当職は、警官の不正を民事訴訟で暴くことを自らの使命としており、豊富な経験を有しております。当職の調査により、とんでもない事実が判明しました。事故は、警官の過失によって引き起こされたのです」

丸山京子の声はよく通り、記者クラブの空気を支配している。

「現場にいた警官が適切に行動していれば、少年が落命することはなかった。すなわち、事故の原因には、逃走した後続車のみならず、警官の過失も影響しているのです。そのため、当職は、ご遺族から委任され、国家賠償法一条に基づき、損害賠償請求訴訟を提起するに至りました」

丸山京子は言葉を切った。室内には、記者たちがキーボードを打つ音が折り重なっている。

「その警官の氏名を申し上げます。H警察署乙戸交番勤務、桐嶋千隼巡査、二十六歳」

とたんに記者たちの手が止まり、部屋の中が静まり返った。

「桐嶋千隼という人物の来歴は、非常に知名度の高いアスリートでしたので、今さら、説明は不要かと思います。本件訴訟において、加害公務員として責任を問われるのは、その桐嶋千隼です。彼女は、まず、パトカーの運転を誤ってバイクを転倒させた。次に、赤色灯をつけずにパトカーを路上に停め、後続車による事故を誘発した。さらに、少年を救護すべきところ、暴走族であると誤解し、少年を取り押さえようとして、危険のある道路上から退避するのを妨害した。そして、危険を察知するや、いちはやく自分のみ退避し、少年を路上に放置した」

静寂の中、丸山京子がわずかに息を吸い込む。

「逃げた後続車も悪いけれど、桐嶋千隼巡査はそれ以上に悪い。さらに、警官の過失を隠蔽した警察も糾弾されるべきです」

池田が手を上げた。

「証拠はあるのですか」

「目撃者を証人として確保しています。訴訟方針については、本日のところはこれ以上お話しできません。法廷へ傍聴に来てください。民事訴訟の場で、すべてを明らかにしてみせます。第一回口頭弁論の日が決まりましたら、皆様にお知らせいたしますので」

丸山京子は席を立ち、ぶら下がろうとする記者を相手にせず、記者クラブを出ていった。

まだ記者クラブに騒めきが残っている中で、池田が高崎に聞いた。

「このR県警には、警視庁のように、独立した『訟務課』はないのだろう」

「小規模の県警本部ですからね、そこまでの人員は割いてません。警務部監察課の中に『訟務係』があるだけです」

訟務担当の任務は、警察が訴えられた場合に事件を処理すること――要するに、裁判に勝つことだ。警察官は公務員なので、弁護士資格がなくても、事件ごとに指定されれば、訴訟代理人として法廷に立つことができる。しかし、訴訟には専門知識と経験が要求される。どこの警察本部でも、監察部門には、刑事、交通、公安などの各分野からエース級の職員が送り込まれているものだが、警察官だけで全て処理することは難しい。

顧問弁護士に事件処理を委任してサポートに徹するか、あるいは、警察官だけで訴訟追行するにしても、顧問弁護士の指導を受けた上で行うことが多い。

「R県警の顧問弁護士は、どんな人?」

「日弁連の役員も務めたベテランがいますよ。ですけれどね」

今度は、高崎が内緒話をするように身を屈めた。

「この県警には、弁護士資格を持った職員がいるそうなんですよ」

「ほう、警察では珍しいな。行政では、任期付職員として弁護士を任用することが増えてきているそうだが」

「いや、任期付じゃなくて、プロパーの警察官なんです。階級は巡査長のようですから」

「ますます珍しい。どうして警察官なんかに」

「それは知りませんが……ここぞというときは、外部の弁護士を使わず、彼に担当させているようです。無敗で、内部では『県警の守護神』なんて呼ばれているようですよ」

4

記者会見からさかのぼること三週間前——二月半ばに、千隼は退院していた。

独身寮に戻ったが、二月いっぱいまで療養休暇を命じられていたので出勤はできない。

体力を戻すためにジョギングやジム通いを始めたが、一週間ほどで運動量が物足りなくなった。

原付バイクで帰宅する途中、頬を打つ風が春のぬくもりを帯びてきたことに気づくと、久しぶりに自転車に乗りたくなった。

競輪選手だったときは高価なフレームやパーツを何台分も持っていたが、引退時に全て同地区の後輩にあげてしまった。

仕方ないので、ネット通販でロードバイクを一台買った。サイクルジャージとヘルメット、それに、顔を隠すためのサングラスも揃えた。

最初の数日は、幹線道路を二、三百キロ走るだけ。しかし、その程度は、かつて基礎トレーニングとして毎日こなしていた走行量だ。すぐに物足りなくなり、県北の山岳地帯へ行き、日が暮れるまで、ひたすら登っては降りてを繰り返した。

標高約八百メートルの山を登る道を、麓から一気に駆け上がる。

小学校のスクールバスとすれ違う。子どもたちが「がんばれぇっ！」と声をかけてくれる。

最初は、頂上付近の展望駐車場に着くと、息苦しくて倒れ込むぐらいに辛かったが、数日で平気になった。

ぐいぐいと急坂を上っていく千隼に、もう、スクールバスの車内から応援は聞こえてこない。子どもたちは「凄い、速ええっ、格好いいっ……！」という驚きの声をあげている。

千隼は、息を弾ませながら、片手でサングラスを下げ、微笑みながら手を振り返す。

――もう大丈夫だ。私は元気！

山頂からH署に電話し、すぐにでも療養休暇を打ち切り、復職させてくれるよう願い出た。


翌週、千隼は久しぶりに出署した。

朝礼では、その日交番勤務に就く十数名の警察官が、長谷地域課長の訓示を受ける。千隼を意識してか、長谷は、受傷事故防止を徹底し、くれぐれも警察官自身が事故の当事者にならぬようにと指示をした。

千隼は、朝礼の最後に皆の前に立ち、一言だけ挨拶をした。

「ご迷惑をおかけして申し訳ありませんでした」

負傷したのは自分だけれど、その処理に奔走してくれたのは、警察署の先輩たちだ。轢き逃げ犯は捕まっておらず、交通課がまだ捜査中と聞いている。そう思えば自然とお辞儀が深く、長くなった。

まばらな拍手に促されて、千隼は、やっと上体を戻した。

ようやく復帰だ――腹に力を入れて廊下へと歩きはじめる。

そのとき、ロビーの方から小走りに近づいてくる男の姿を、視界にとらえた。

「桐嶋さん。あなたの事故に関して、訴訟が起きたことをご存じですか」

見知らぬ男を警戒し、千隼は立ち止まった。男との間合いを測り、不意に攻撃されてもかわせるだけの距離を保つ。

「昨日、県警本部で、弁護士が記者会見したんですよ。パトカーを運転していたあなたは、オートバイを転倒させ、無灯火でパトカーを路上に停め、後続車による事故を引き起こした。弁護士はそう言ってましたが、いかがですか？」

「え、ええっ？」

予想外の質問に、千隼の思考が止まった。男が足を踏み出し、千隼との距離を詰めてきたのに、体が反応できなかった。

騒ぎに気づいたのか、野上副署長が大股で歩いてくる。

「高崎さん、地元新聞といっても、係員を勝手に取材するな。俺を通してくれ」

「副署長、警察が訴えられたことは、知ってますよね？」

高崎はスマホを示した。

「丸山京子という弁護士のブログです。昨日、記者会見の前に、訴状を提出したそうなんですが」

野上の顔色が変わった。野上は、高崎を押し戻しながら千隼に指示した。

「中へ戻れ。地域課内で待機していろ」

一緒に朝礼を受けた他の警察官たちは、交番へと出かけていく。ぽつんと残された千隼は、嫌な胸騒ぎを覚えた。

野上は、高崎と言葉を二つ三つ交わしてから、すぐに戻ってきて千隼に言った。

「拳銃を戻せ。訴訟が起きたそうだ。片付くまで、おまえは外に出せない。しばらく内勤に回す」

「あの、怪我ならもう大丈夫です。すっかり治っていますから」

そう訴えても、野上は千隼を見ようともしない。

「怪我は関係ない。マスコミがおまえを狙っているんだ。それに、相手の弁護士が接触してくるかもしれない。交番には出せない」

「私、余計なことは喋りません」

「だめだ。くそ、あの事故で訴訟が起きるとは……」

野上は、ため息をつきながら瞼を押さえた。長谷が、気遣うように言った。

「私の記憶の限り、Ｈ署が訴訟に巻き込まれたのは初めてです。野上副署長の在任中にまさか……不幸なことです」

「……私が悪いんでしょうか」

幹部二人の様子があまりに深刻なので、千隼は、おずおずと言った。

「記者の方、まるで私がパトカーを運転していたかのような口ぶりだったんですが、私は……」

「もういい、黙れ。訴訟の対応は、本部の訟務担当の仕事だ。おまえは、黙ってそこのデスクで仕事しているように」

野上は、新聞紙や書類ファイルが積まれた空き机を指さして、長谷に言った。

「桐嶋に何か仕事を与えておけ」

「了解。では、ちょうど、防犯協会の役員に連絡する仕事がありますので」

「外線電話は使わせるな。警電もだめだ」

警察電話は、全国の警察施設を専用回線で結んでいる。部外者からの着信はない。いわば、大きな内線電話のようなものだ。

「それから、うちの署員にも、桐嶋とは接触しないように言っておけ」

「それじゃ私、何もできないじゃないですか」

長谷は、野上の顔色をうかがいながら言った。

「確かに、それでは、できる仕事が限られてしまいますが……」

「長谷課長、地域課のリスク管理はどうなっている。マスコミや弁護士が、警察内部に情報源を飼っている可能性もあるだろうが」

「申し訳ありません。では『交番だより』の編集作業ぐらいしかありませんが、そのあたりで……」

自らが遭った事故に関して訴訟が起きた。

そう聞かされても、遠い世界の話のような気がして、実感が湧かなかった。

しかし、現実に千隼は、交番へ出してもらえず、警察署内へ押し込められることになってしまった。

翌日、翌々日、一週間、二週間と経過しても――

警察署を出ることなく、薄暗い地域課の部屋で、白いワイシャツにネズミ色のネクタイ、ベストとタイトスカートという内勤用の制服を着て、ぽつんと座っているだけの日々が続いた。

地域課の警察官は、警察署に出勤しても、すぐ制服と装備を着用して所属交番に出かけてしまう。日中、署内に残っているのは、課長と二名の庶務係だけだ。

机に座ってノートパソコンを睨んでいると、眠くなってしまう。

佐川が気遣ってたまに話しかけてくれるが、五時半の定時まで、孤独に仕事をするだけだ。「交番だより」の編集だけで時間が埋まるはずもなく、ため息をつきながら、ついネットで「警察　裁判」などと検索してしまう。

表示されるニュースを拾っていけば、全国で、色々な立場の警察官が色々な理由で訴えられていることがわかる。

裁判に巻き込まれるって、そんなに悪いことなんだろうか。不安を覚える。

「いつ裁判が始まって、いつ終わるんだろう……本部の裁判担当の人、早く来てくれないかな……」

夕方、午後五時三十分の定時で席を立ち、更衣室で制服を脱ぐ。

三月が終わりに近づいていた。警察署の裏手は公民館である。千隼は、フェンスの向こう側に立っている桜の老木に、ピンク色の小さなつぼみを見つけた。

桜の開花が近い。千隼はふと、昨年の春を思い出した。まだ研修期間中だったけれど、非番の日でも志願し、毎朝のように交差点に立ち、誘導棒を手に、ランドセルの重さにまだ慣れず覚束(おぼつか)ない足取りで小学校へ向かう新一年生たちを見守った。

「お巡りさんありがとう」と手を振ってもらえると、やっと警察官になれたという実感が湧き、涙がこみ上げて子どもたちに不思議がられたものだ。

今年の小学校の入学式はいつだったろう。気になりはじめると、早く交番に戻りたいという想いが溢れてくる。

千隼は署内へ戻り、佐川に聞いた。

「本部の裁判担当って、どこの何という課にいるんですか？」

「そんなこと聞いてどうするの。千隼ちゃんは電話に出るな、どこへも自分から連絡するな、と言われているでしょう」

すでに、千隼の手にスマホが握られているのを見て、佐川は眉をひそめた。

「勝手なことしちゃだめよ……って、言っても聞かなそうね」


千隼は、駐輪場の壁に隠れて、県警本部の代表番号にかけた。

「警務部監察課の訟務担当係をお願いします」

保留メロディーが流れてくる。手に汗が滲んできた。余計なことは聞かない。いつH署に来てくれるのかを聞くだけだ。野上の顔が脳裏に浮かぶ。緊張に喉が渇くのを感じた。

「はい。こちらは訟務担当」

男の声がした。

「あの、私——」

息が詰まって、声が途切れてしまう。命令違反かもしれない。だけど、自分の身に降りかかった災厄のことで事実を確認するだけだ。誰にも迷惑はかけない——いや、裁判が起きている時点で迷惑をかけているのかもしれないけれど、悪化することはないはず。

電話の相手は、言葉を発しない。こちらの様子をうかがっているようだ。

千隼はスマホを口元から遠ざけ、左手を胸に当て、深呼吸をしてから言った。

「私、H署地域課の桐嶋といいます」

「なに？」

「突然電話してごめんなさい、でも、教えてもらいたいことがありまして——」

男が驚いたような声を出した。

「桐嶋千隼なのか、本当に？」

「は、はい」

「警察学校長期課程百五十二期、H署乙戸交番新任配置、桐嶋千隼巡査。卒業成績は、十番だったか？」

千隼の同期生は十五人だ。

「……もう少し下だったと思います」

「卒業試験の出来が悪すぎて、追試験を特例で四回も受けた、あの桐嶋千隼か？」

「三回目で合格しました。四回も受けていません」

「どうやら、本物のようだな」

千隼は、男の声に聞き覚えがあるような気がした。記憶を手繰(たぐ)ろうとしている間に、男が言った。

「瀬賀(せが)だよ。久しぶりだな」

あっ、と口元を押さえる。脳裏に、瀬賀俊秀（としひで）警部補の丸顔が浮かんだ。

「教官ですか。どうして。訟務担当係に電話したのに」

在校中、瀬賀からは、数えきれないほどの叱責を受けた。厳しかったが、法学や英語の勉強に苦しんだ千隼を、見放すことなく、卒業に導いてくれた教官だ。

「警察学校にいたのは昨年度までだ。今年、警務課に転属した」

胸に安堵（あんど）が広がり、緊張が解けていった。スマホをしっかりと握り、今度は勢いよく言葉を発した。

「電話に出たのが瀬賀教官で、本当によかったです。私、色々と教えてもらいたくて」

「いや……まず、おまえ、大丈夫なのか？」

「怪我は、すっかり治ってます」

「桐嶋千隼は、事故のショックに加え、訴訟で糾弾されることに怯（おび）えて、心身の不調を訴えている。とても訟務担当に面会させることはできない――副署長の野上さんに、そう言われたんだが」

「は？　私、本部から訟務担当係が来るのを、ずっと待っていたんですが」

「俺たちは二週間前にH署を訪問した。副署長はもちろん、地域課長と交通課長からもヒアリングした。もちろん、牧島巡査部長からも、事故当日の話を聞いている」

頭の中が真っ白になった。

「……知りませんでした」

「桐嶋はとても事故のことを話せる状態じゃない、と副署長が言っていたのだが」

翌朝、千隼は買い置きの食パンを一枚だけ食べ、重い足取りで出勤した。

なぜ訟務係に嘘を言ったのかを、野上副署長に聞かねばならない。

更衣室でのろのろと制服に着替えた。

野上はきっと怒るだろう。あのギロッとした目で私を睨み、余計なことを聞くな、と怒鳴り散らすのだろう。想像するだけで憂鬱になる。

だけど、地域課のデスクで眠気をこらえる日々が続くよりは——

千隼は、自らを鼓舞するようにいつもより大股で歩き、二階の更衣室を出て階段を降りていった。

八時二十分、まもなく窓口業務が受付を開始する。ロビーのベンチには、早くも、運転免許や車庫証明の手続に来た人の姿がある。夜間は無人だったカウンターに職員の姿が現れ、ざわめきが増してくる。

そんな中、ロビーに二人の男が入ってくると、カウンターには目もくれず一階の奥へ向かってきた。

先頭の男は瀬賀だった。千隼は反射的に駆け寄っていった。

「よっ、久しぶり」

瀬賀は、親し気な笑みを浮かべている。背は低めだが、筋肉質で体の横幅は広い。紺色のスーツに白のワイシャツを着て、かっちりとネクタイを締めている。

千隼は背筋を伸ばして姿勢を正し、上体を傾けて一礼した。人の良さそうな丸顔は相変わらずだが、警察学校で毎日会っていたときより、額の生え際が少し後退したような気がした。

「桐嶋千隼か。警察官の制服を着ているのは初めて見た」

もう一人の男が、遅れて歩いてくる。瀬賀より頭二つ分は身長が高く、スラッとした細い体つきで、シルバーフレームの眼鏡をかけていた。スーツの下は青いボタンダウンシャツで、ネクタイをしていない。瀬賀は手ぶらだが、こちらはアタッシュケースを右手に提げている。

「意外と小さいんだな。もっと身長が高いような気がしたけど」

男の顔に見覚えがない。千隼は半歩さがって身を固くし、男を見上げた。

「どこかでお会いしましたか？」

「競輪場で何度かレースを見たことがある。無敵のハヤブサ」

「ああ、フェンス越しのお付き合いでしたか。それは、どうも」

千隼は少しだけ頭を下げた。自分より幾つか年上で、階級も年次も立場もすべて上であるはずだろうに、つい、無愛想な声になってしまう。

「駆け引きをしない選手だったよな。前から突っ張って先行するか、後手を踏んでしまったら、すぐ巻き返そうとして全力でまくるだけ。もうちょっと頭を使え、とよく思ってたよ」

「あなた、競輪場に行ってギャンブルをするんですか。警察官なのに」

「おまえが受け取ってきた賞金の原資は車券の売上げだぞ」

「もう引退しました。今は、税金からお給料を頂いていますので。教官、この人、何ですか？」

初対面なのにすごく失礼なんですけど。現役選手だったときですら、そんなこと、面と向かって言われたことないんですけど——瀬賀に注意をしてもらいたくなった。

「荒城巡査長だ。おい、あまり失礼なことを言うなよ」

瀬賀は、荒城という男をたしなめるように言った。

「荒城に競輪の知識があるとはね。驚いた、考えたこともなかった」

「あれは、複雑な要素が絡み合う、高度な推理ゲームですよ。頭の体操にちょうどいい。ただし、脚力が人一倍あるくせに頭が空っぽの選手が交ざると、推理が成立しなくなるんだよね」

「それって、私のことを言ってるんですか……」

荒城という男は、もはや千隼に用はないというように、さっさと歩き出していた。カウンターの中へと入り、一階フロアの奥へと進んでいく。

警務課員のデスクが並ぶ先に署長室があるが、黒光りする木製のドアは閉じられていた。そのドアの傍らに副署長席がある。

野上は、デスクの上に用箋挟みを置き、赤鉛筆を片手に決裁書類に目を走らせていた。荒城がまっすぐに進んでいくのを、慌てた様子で瀬賀が追う。千隼もその後をついていった。

「おい、荒城、きちんと挨拶しろよ」

瀬賀は荒城を追い抜くと、野上の前に立ち「おはようございます」と深く頭を下げた。

「まだ、何か用事があるのか」

荒城が瀬賀を横に押しのけ、野上に正対する位置を奪った。

「副署長、この間、俺たちに何と言いました？　桐嶋千隼は、心身の不調で話ができないということでしたね。だけど元気そうじゃないですか。おかしいな、H署では、職員を休ませる基準がよそとは違うんですか？」

「訟務係は、俺を疑っているのか。瀬賀も偉くなったもんだ」

野上に視線を向けられ、瀬賀は首をすくめた。

「とんでもないです、野上副署長には若かりし頃、刑事としての心構えからご指導いただきまして……」

「瀬賀さん、こちらの副署長が刑事畑の大先輩だというのは聞いたけど、今は仕事に徹してください。

訴訟に関しては、俺たちが所属を指揮する立場だ」

「所轄は本部に従え、というのか」

「そうですよ。小細工はやめてください。この間も言ったでしょう？」

荒城は、周囲の署員を意識してか、わずかに声を落とした。

「訴訟に勝つのが俺たちの任務です。別に、あなた方が嘘をついていても、それを咎めるのは俺たちの仕事じゃない。民事訴訟は、裁判官の事実認定が全てだ。真実はどうあってもいい。俺が気にするのは、嘘であっても、それを裁判所に信じてもらえるかどうか。そして、その嘘を最後までつきとおせるかどうか――それだけです」

野上は、デスクの上で両手を組み合わせた。

「やはり、訟務係は、我々を疑っているようだな」

瀬賀は、いったん背筋を伸ばしてから、野上に向かって深々と頭を下げた。

「申し訳ありません。しかし、そのようなことは決して」

「だけど、彼女は昨日、自分で電話してきたんですよ。落ち込んだりもしたけれど、私は元気です、ってね」

荒城が振り向いて、千隼を指さした。

野上の舌打ちが大きく聞こえた。千隼は顔を伏せたくなったけれど、野上から目を逸らすのが悔しくて、目を開いたまま我慢した。

「上官である俺に伺いも立てず、勝手に本部に電話し、おまえたちに連絡を取りやがった……新任の巡査のくせに、誰にも相談せず、勝手に……」

野上は、手で瞼を押さえ、ため息をついた。

「瀬賀、警察学校での桐嶋は、どうだったんだ。教官の命令を素直に……いや、内心で疑ったとしても、命令どおりにきちんと受け入れるタイプだったか？　それが出来ないならば、なぜ篩い落とさなかった」

瀬賀は、答えに窮したようにうつむいている。

「訟務係の荒城。評判は聞いている。訟務係になってから無敗、『県警の守護神』なんて呼ばれているそうだな。多少強引な手段も使うと聞いている」

「お褒め頂き光栄です」

「……だけど、警察官にも色々なやつがいる。おまえのような若手が、本部風を吹かして上からものを言っても、言うことを聞くやつばかりじゃない」

「ご心配なく。そこをコントロール出来ているから、無敗なんですよ」

八時三十分のチャイムが鳴った。恐々と様子をうかがっていた警務課の職員が、朝礼をどうしましょうか、と伺いをたてに寄ってくる。決裁を待つ職員が、ひとり、また一人と増えていく。

野上は、小さくつぶやいた。

「くそっ、どうしてこんな訴訟が起きたんだ……悪いのは、後ろから突っ込んできた轢き逃げ犯に決まっているのに」

「副署長、構図が見えないんですか？」

野上が荒城をじろりと睨む。

「轢き逃げ犯は捕まっていない。遺族にしてみれば、損害賠償請求の相手がわからないでしょう。仮に捕まったところで、支払い能力があるかもわからない。だけど、警察官の行動も事故の原因だとすれば、轢き逃げ犯と警察官の共同不法行為になるでしょう」

荒城の説明によれば――その場合、両者が連帯して少年に損害賠償義務を負う。

警察官が百パーセント悪いとはならないだろうが、それは両者間の過失割合の問題だ。遺族側からすれば、まず警察側に損害を全額請求するから轢き逃げ犯の責任分も警察が立て替えろ、後で轢き逃げ犯から返してもらえ、という主張もとりうる。

瀬賀が感心したように言った。

「なるほど。警察を巻き込んで勝訴判決を得れば、R県の予算から確実に金を取れるのか」

「まさか、瀬賀さんもわかってなかったんですか？」

野上は腕組みをし、天井を見上げた。

「事故で死んだ少年の遺族は、母親ひとりきりだ。特に法律に詳しいようには見えなかったが……」

「相手の丸山京子弁護士は、警察相手の訴訟ネタを鵜の目鷹の目で探していると聞きます。情報網に引っかかったのでしょう。そうでなければ、いきなり訴訟にはなりませんよ」

野上は、疲労が浮き出た顔を両手で覆った。

「……絶対に、訴訟に勝てるのだな？」

「ええ。それが俺たちの任務ですから。桐嶋から話を聞きます。会議室を使わせてください」

野上は席を立った。

「取調室で十分だろう」

千隼は、取調室の鍵を借り受けて、瀬賀と荒城を三階の取調室へと導いた。

瀬賀は、荒々しく椅子を引いてどかっと座り、荒城を睨みつけた。

「言ったじゃないか。野上副署長には、くれぐれも失礼のないように……と。あの方は、警察庁への出向も経験したエリートだ。今でも警察庁幹部と個人的に連絡を取れる大物で、将来は刑事部長まで上り詰めるだろう。失礼はできない」

「何度言わせるんです。瀬賀さんは、刑事が本業で、監察課へは出向で来ている意識なんだろうけど……今は訟務担当なんだから、自分の仕事をきちんとしてください。それとも、近いうちに、また刑事に戻るような人事異動があるんですか」

荒城は椅子の背に指をかけ、床を鳴らすことなく手前に滑らせた。

「瀬賀さんは甘いんですよ。この間、桐嶋千隼はメンタル不調で出せないと言われたとき、なぜ食い下がらなかったんですか。訴訟のため必要ならば引きずり出してくれ、と俺は言ったのに」

「職員のメンタルヘルスの管理は、副署長の大事な職務だ。野上さんは間違ったことを言ったわけじゃない」

「結果として騙されていたじゃないですか。それに、訴訟に負けたらどうなります？　警察官として誤っていたという法的評価が確定するんですよ。本人にとって、それが一番最悪だと思いませんか」

瀬賀は言い返さない。学生のときは畏怖の対象でしかなかった瀬賀教官がやり込められているのを見て、千隼は、たまらず言った。

「荒城巡査長。ちょっと、瀬賀教官に失礼が過ぎませんか？」

瀬賀は苦笑しながら言った。

「ありがとうな、でもいいんだ、言わせておけ。荒城は弁護士資格を持っている。訴訟のプロだ。俺とは役割が違う」

「あなた、弁護士なんですか？　警察官じゃなくて」

どうりで体が細いと思った——と続けようとしたが、瀬賀に遮られた。

「荒城は、警察学校短期課程百十五期卒業。れっきとした警察官だよ。ただし、桐嶋と同じように転職組だ。荒城は裁判官をしていた」

「裁判官から転職してきたんですか？　わざわざ？」

千隼が驚きの声を上げると、荒城が顔をしかめた。

「瀬賀さん、余計なこと言わないでくれ。それに、おまえに言われたくない。競輪界のトップレーサーの座を捨てて、初任給二十万円ちょっとの警察官になったそっちの方が、よほど変わってるだろうが」

「いえ、私は最初から警察官になりたくて……」

反論しようとしたが、荒城に遮られた。

「もういい、座れ。訴訟に関して、どこまで聞かされているんだ」

「何も聞いてません」

「牧島巡査部長とは、訴訟の件で話をしたか？」

「いいえ。仕事に戻ってから、一度も会っていません」

千隼は、荒城と瀬賀の間に視線を往復させた。

「……裁判が終わるまで、仕事をさせてもらえそうにないんです。何が起きているんですか」

荒城がアタッシュケースを開き、ホチキス綴めされた三十枚ほどの紙を取りだし、机の上に放り投げた。

Ａ４サイズ横書きの書類で、一頁目の冒頭に大きなフォントで「訴状」と書かれていた。その下には、被告の代表者として、県知事の名前が記されている。

「読んでみろ。おまえは訴えられたんだ。相手が嘘を言っているとして闘うのか、それとも、逃げるのか決めなくてはいけない」

「私が、ですか」

「そうだよ。加害公務員は、おまえだ」

「かがいこうむいん……」

禍々しい言葉の響きに、体が固まってしまった。飾りの一切ない取調室に、千隼の喉が鳴る音が響く。瀬賀が別の書類を取り出した。

「まずこちらを見てくれ」

それは、県警本部内や警察庁へ訴訟事案発生を速報するため、訟務係が作成したレポートだった。

『報告：訴訟提起について（速報）
事案：国家賠償法一条による損害賠償請求
原告：県内在住、亡宮永瑛士相続人、宮永由羅
代理人：丸山京子弁護士（第二東京弁護士会、植松法律事務所）
請求の趣旨：損害賠償一億円、及び、遅延損害金の支払い

請求原因の概要：昨年十二月二十五日、亡宮永瑛士が二輪車で走行中、パトカーに追突されたことが原因で交通事故が発生（第一事故）。これにより負傷したところ、警察官が救護義務を果たさず、かつ、殊更に危険な路上へ留め置いたため、後続車による事故が発生（第二事故）、同事故のため死亡。第一事故は、警察官の故意または重大な過失によって起きたものであり、このことが、亡宮永瑛士への不法行為に当たる。

また、第二事故においても、同様に警察官は有責であり、後続車運転手との共同不法行為が成立する。

この不法行為により、亡宮永瑛士には慰謝料、逸失利益等の損害が生じ、同人の死亡により、当該債権は法定相続人である原告が承継した。

加害公務員とされた職員：H署地域課係員、桐嶋千隼巡査』

千隼は、顔から血の気が引いていくのを感じた。書類を持つ手が小刻みに震えだす。息苦しさをこらえて、やっとかすれ声を絞り出した。

「……私、こんなことしていません」

「相手は、そう主張しているんだ。すべておまえが悪いから、一億円払えと言っている」

「全然違う。それに、どうして私だけ！　パトカーを運転していたのは私じゃなくて牧島部長です。私は助手席にいました」

「何だと？」

瀬賀が身を乗りだしかけたのを荒城が制した。

「俺たちが先日、副署長、原田（はらだ）交通課長、長谷地域課長から聞いた話は――いや、これを見てもらった方が早いか」

荒城は、また別の薄い紙冊子を取りだすと、パラパラとめくってみせた。

「俺がH署の幹部連中から聞かされた話は、ここに書いてあるとおりの内容だ。瀬賀さんが事前にアポを取ったから、あいつら、資料を作って待っていやがったんだ。いつもなら予告なしで行って、有無を言わせず書類をおさえるのに」

「……ガサ入れとは違うんだから。俺の立場も考えろよ」

千隼は、荒城の手から資料を奪い取り、目を走らせた。

一頁目は、事故が起きた日の行動履歴が書いてある。

そこには、パトカーを運転していたのは「桐嶋千隼巡査」で、助手席の相勤務者が「牧島理一（りいち）巡査部長」と記載されていた。

両名が暴走族の取締りに従事していたところ、不審な二輪車を発見した。

停止を求めたところ、逃走を図ったため、緊急走行で追尾した。

二輪車が運転を誤って転倒したため、桐嶋千隼巡査が救護活動に向かい、牧島巡査部長は無線連絡のためパトカーに残った。

そこへ後続の自動車が来て、パトカーに接触後、桐嶋巡査他一名を撥ね、逃走した――

「……何よこれ」

配られた資料は、右肩に、二週間前の日付が入っている。訟務係の訪問に合わせて準備されたようであり、現場に出た警察官が実際に作成した書類は、含まれていない。それらを簡潔にまとめ、写真を幾つか貼り付けただけの体裁だ。

　荒城はため息をついた。

「これはＨ署の公式発表をなぞっただけの内容だ。当時の書類や写真を洗いざらい見せろ、と言ったが拒まれた。パトカーのドライブレコーダーの映像も、係員の操作ミスで、消去してしまったとさ」

「牧島部長からも話を聞いたんですよね……？」

「聞いたよ。そこに書いてあるとおりの話だった。警察署の幹部、そして、現場にいた警察官が、運転していたのは桐嶋巡査だった、と口を揃えている」

「そんなこと、あるはずが……」

　千隼は必死に思い出そうとした。事故の後、意識が戻ってから、自分は何をどう話したか――「あっ」と小さく叫び、両手で口元をおさえた。中身を見ずに供述調書に署名をしただけで、誰からも話を聞かれていない。

「私が話したことになっている調書、見せてください。何が書いてあるんですか」

　千隼が顚末（てんまつ）を話すと、荒城はわずかに表情を歪（ゆが）めた。

「おまえが今ここで、何をどう説明しようとも無駄だ。署名したんだろ。以上、自分が話したことに相違ありません、という一文の下に名前を書いたんだろ？　俺たちは、その内容を事実として考えるほかない。俺にとって、嘘つきはおまえだ」

「なんてことを言うんです……」

　千隼は、頭がじんわりと熱くなっていくのを感じた。

「だって、そうだろ。現物を見たわけじゃないが、警察署の説明には供述調書という証拠の裏付けがある。一方、おまえには何もない。訴訟に巻き込まれ、責任を逃れようとして嘘をついている可能性もある」

「調べてください！　そうすれば、きっと真実がわかるはず」

思わず、千隼は両手でデスクを叩いてしまった。荒城に動じた様子はない。眼鏡の奥で、すうっと瞳が細く、鋭くなった。

「警察組織を舐めているのか？　誰が運転していたかという点については、結論が出ているんだ。今さらひっくり返せるものか」

「……これでは、私、裁判に協力できません」

千隼は、助けを求めるように瀬賀を見た。瀬賀が何かを言うより早く、荒城が厳しい声で続けた。

「協力？　勘違いするなよ。訴えられたのはおまえだ。法律の規定で、形式上、桐嶋千隼巡査の使用者であるR県が被告とはなっている。しかし、本来の損害賠償責任はおまえにある。立場を間違えるな。俺たちは、おまえを護るため、力を貸そうとしているんだ」

荒城は訴状を手に取り、千隼の方へと放り投げた。

「闘うならば手を貸す。そうでなければ、俺たちは手を引くだけだ」

千隼はおずおずと訴状に手を伸ばした。

一枚目には当事者の氏名が書かれている。被告はR県、代表者として県知事の名前が続く。次の頁を開けば、法律用語らしき難しい漢字が並んでいる。

書いてある日本語の意味すら、正確に理解できる自信がない。自分ひとりで、どうにかなる事態ではない――その実感が、底冷えする取調室の冷気と共に迫ってくる。

さらに進むと、事故に関する記述が出てきた。荒城が身を乗り出して、ある部分を指さした。

「ここを見ろ。おまえの行為を目撃した、という人物の話が出てくるから」

「目撃者がいるんですか。ならその人が、私は悪くないと証言してくれるはずです……」

「どこまで単純なんだよ。その目撃者は、原告が、加害公務員である桐嶋千隼の不法行為を証明するために連れてきた人物だ。おまえの味方じゃない」

訴状には、あらゆる文章の主語として「本件加害公務員桐嶋千隼」が繰り返されている。見慣れている名前が禍々しく見えてきて、吐き気がこみあげてくるのを感じた。

「読んでみろよ。そいつは、おまえが事故直後、路上に倒れた人物の上にのしかかろうとしていたのを見た、と言っている」

千隼は記憶を辿る。明確な映像は浮かんでこない。暗闇と冷気、それに少年のうめき声が思い出される。確かに、自分は逃げ出そうとする少年の体に手を触れた。でもそれは、彼を安心させようと思ってしたことだ。

「……違う、と思います」

「俺にそんなこと言っても、意味がないんだよ。裁判官に言え。この目撃者は嘘を言っていて、事実は自分の話したとおりです、と主張しろ」

「いえ、私、その人が嘘を言っているとまでは思いません。私の行動が、この方にはそう見えたのかもしれない。でも、私にはそんなつもりはなくて」

「だめだめ、それじゃ負ける。訴訟は闘いだ。相手の主張や証拠を徹底的に潰して、裁判官にこちらの主張を採用させるんだ」

「……どうすればいいんですか」

「例えば、おまえが……私は、運転手に指一本触っていません、路上に倒れている人物まで五十センチの距離まで近づくと、怪我をしているのがわかりましたので、立ったまま、救急車を要請するために無線を使おうとしました、そのとき後続車が突っ込んできて、それより後の記憶はありません……そのように言うとするだろう」

「私、倒れた人に触ろうとしました。それは間違いなく覚えています」

「それでも、今のように話すんだよ。そうすれば、訴訟代理人の俺は、桐嶋巡査がのしかかった事実はない、原告側の証人は虚偽の内容を陳述している、と主張していく」

「……嘘をつけ、というんですか」

相手を嘘つき扱いするため、己の記憶に蓋をして嘘を言う——それが闘うということなのか。

「嫌ならいいんだよ。俺たちは手を引くぞ」

荒城は椅子を引き、踊るような仕草で脚を組みなおす。

「もう一度、請求の趣旨を見てみろ。負けたら一億円の損害賠償。いったんは県が支払うが、立て替えるだけだ。国家賠償法の規定に基づき、おまえに求償する」

千隼は、荒城から目を逸らした。

「おまえが闘わないならば、請求認諾するしかない。即座に、損害賠償義務が確定する」

荒城は立ち上がった。革靴の立てるコツ、コツという足音をことさら大きく取調室内に響かせながら千隼の背後に回りこんでくる。

「一億円。大金だな。自己破産しても免責はない、逃れられない。生涯かけて返していく、それだけがおまえの人生になる」

千隼は、膝の上で拳を握りしめた。小刻みに拳が震えだし、やがてその震えが全身へと広まっていく。怒りが手足の隅々まで行きわたり、肌がピリピリと熱を帯びてくるような気がした。

「俺たちは帰るぞ。帰っていいのか。何か言うことがあるんじゃないのか？」

背後で荒城が身を屈める気配がした。

荒城は、千隼が座っている椅子の背をノックするように叩いてきた。

「……やります、助けてください、生意気言ってすみませんでした……なんてことを言わなくていいのか」

からかうような口調が不快でたまらない。

さらに荒城が距離を詰めてくる気配。今度は、千隼の肩を叩いてくる。

その瞬間、怒りが沸点を越え、千隼は勢いよく立ち上がった。

後頭部が何かを弾き飛ばした——

「ぐおっ……」

振り向けば、荒城が上体を大きくのけ反らせ、よろめいている。はからずも、荒城の顎に頭突きを食らわせた形になってしまったのだ。荒城が崩れ落ち、床に膝をついた。

「もし本当に私が悪いのなら弁償しますよ！」

取調室に千隼の大声が響きわたった。

「……一億円だぞ……簡単に言うけど、新任の巡査に弁償できるわけが……」

あまりの衝撃に、荒城は身体に力が入らないようだ。起き上がりかけて、また両膝を床につく。千隼は、そんな荒城に手を貸そうともせず、憤怒の形相で見下ろしていた。

「くそ……すごい石頭だな」

「私、一億円ならすぐに用意できます。競輪選手だったときの貯金があるので、ご心配なく！　だから……絶対に嘘はつかない」

千隼は取調室の扉へと大股で歩いていったが、どうにも昂りがおさまらない。部屋を出る直前に踵を返し、荒城の前に戻ってきた。

「だいたい、闘う手段が嘘をつくしかないって信じられない。あなた、本当に警察官なんですか。私は闘うけど、正々堂々とやりますから！」

瀬賀が愉快そうに笑った。

「いつもの手が効かなかったな。払えるってさ。どうするよ」

起き上がれないままの荒城を助けようと手を伸ばす。荒城は、呻きながら、その手を払いのけた。

5

——私の裁判なのに、私が参加できない？　あんな男に任せるしかない？　そんな馬鹿なことある？

長谷地域課長のところに行ったが、何も説明してくれなかった。

次に千隼は交通課へ行き、交通取締りの業務指導で面識のある小島警部補をつかまえた。小島は四十前後の大男で、交通機動隊の白バイ乗りだが、昇任に伴う人事異動でＨ署交通課に来ている。

「私の事故に関する捜査書類、見せてください」

「おっ、桐嶋ちゃんか。何かあったの？」

小島は、椅子を軋ませながら動かし、千隼の方に体を向けた。

「裁判になったんです。それで、色々確認したいんです」

「まだ轢き逃げ犯は捕まってねえよ。情けねえ。早く捕まえないと、H署はバカ揃いと思われちまうな」

小島の声は大きかった。顔は千隼に向いているが、背後に座っている交通課長の原田にわざと聞かせているようだ。小島を遮るように、原田が怒声をあげた。

「出ていってくれ。桐嶋は部外者だ、捜査情報を教えることはできない。書類も見せられない」

「桐嶋ちゃん、飴食べるか」

小島は、何も聞こえなかったかのように態度を変えず、抽斗を開け、のど飴を一粒取りだした。スナップを効かせて千隼に放り投げてくる。千隼は右手でキャッチし、すぐに銀色の包みを剥がして口に放り込んだ。

「轢き逃げした車両は、現場から採取した塗料痕から、トヨタ車と推定される。白のハイエース。県内だけで何万台も登録がある。対象車両の特定は困難……ということになっている。迷宮入りやむなし、というのが原田課長様の見立てだ。というわけで桐嶋ちゃん、まだ犯人がわかっていないんだよ。裁判が始まるわけないだろう」

「いえ、犯人を罰するための裁判じゃなくて、私が、損害賠償請求で訴えられたんです」

「出ていけ。聞こえないのか」

原田が席を立ち、近寄ってきても、千隼はその場を動かなかった。

「私の調書だけでも見せてください」

「これ以上言わせるな。だめなものはだめだ。それとも、元有名人だから特別扱いされたいのか？」

「そんなこと、私は絶対に……」

こみあげた怒りを、必死に体の奥底へと押し戻した。警察学校で、教官連中にさんざん言われたせりふだ。そのたびに、こんなことを言われるなら競輪選手になるべきじゃなかった、と悔しくなる。

のど飴のミント風味が口内に広がっている。最低限の冷静さを取り戻すと、室内用の敬礼をして、千隼は交通課を後にした。

地域課の部屋に戻り、休暇を願い出て、警察署を出た。

「私は闘う。闘いたい……だけど、どうすればいいんだろ」

大型書店に行き、法律関係の書棚をのぞいてみる。「裁判はひとりでできる！」といったタイトルの本を手に取ってみたが、何か違う気がした。

図書館に行ってみると、お金の貸し借りや、交通事故で揉めたときに、裁判をどうやって起こすか、あるいは訴えられたときにどうするか、という本は数多く見つかった。

国家賠償法の本もあったが、損害賠償が認められる裁判例が色々と載っているだけだった。加害公務員として名指しされた哀れな警察官向けの指南書は存在していなかった。

千隼は自販機でお茶を買い、図書館前のベンチに座り、夕闇が迫る空を見上げた。

いま千隼が思いつける手段は、ひとつだけだった。

「会いに行ってみよう」

相手が連れてくる証人と話をしたいと思った。

何を見たのか、自分がどのように見えたのか、本音を聞いて、説明し、誤解を解きたい――

6

「丸山さんという弁護士がお見えです。アポイントはないそうですが、どうしますか？」

受付からの連絡に、瀬賀は戸惑った。

警察に恨みを持った当事者が押しかけてくるならともかく、弁護士が県警本部に出向いてくることは珍しい。

荒城を伴ってエントランスフロアに降りていき、受付のゲートを出た。ゲート外のオープンスペースに、「市民相談室」という名で、来客対応用の個室が用意されている。丸山京子はその一室に通されているという。

瀬賀と荒城が入っていくと、丸山京子が立ち上がり、一礼をした。

丸山京子は、黒のスーツに白いブラウスという姿だった。スーツの生地が上質な艶を誇っている。ブランド名はわからないが、服装にも、靴にも、身だしなみにも、惜しげもなく大金を投じているのだろう。瀬賀は、刑事に戻ったような気持ちで丸山京子を観察した。

丸山京子が名刺を取りだし、両手を添えて差し出してくる。瀬賀は、警戒心を悟られぬよう、とぼけた表情を作りながら名刺を受け取った。

「どうぞ、お座りください。弁護士さんが、訟務係に何の御用ですか」

「こちらが瀬賀警部補。そうすると、貴方（あなた）が荒城勇樹（ゆうき）さんね。こちらの県警には、元判事の訟務担当がいるという噂を聞いていました」

名を呼ばれ、荒城の眉がわずかに動いた。

「A地裁の民事部にいらっしゃったのよね。どうして警官なんかに転職したのか、一度聞いてみたかったんです。法曹資格があれば転職先は色々探せるでしょうに、よりによって、警官なんかに」

「こちらも、丸山先生の噂は伺っています。俺が警察に入ったのはね、あなたのような悪い弁護士から、警察官を護るためですよ」

「そちらからすると、私は『悪い』弁護士なんですか。褒(ほ)めて頂き、ありがとうございます。強い弁護士ほど嫌われるものですから」

丸山京子は、口元だけに笑みを浮かべていた。瞳には暗い炎が宿っている。

「でも、こちら側から見れば、貴方こそ、警察なんかのために働く悪者なのですけどね」

「なぜそんなに警察を嫌うんです。噂以上だ。……で、ご用件は？　事件に関しては何も話しませんよ。すべて法廷で主張する。法廷外でのやり取りは拒否します」

「当然でしょうね。だけど、そちらがルールを破ったので、抗議に来たんです。一昨日(おととい)、桐嶋千隼巡査が、当方が証人申請を予定している樫村善利(かしむらよしとし)氏の自宅を訪問した。そして、証言を自分にとって都合よく変えるよう、強要したのです」

「なんだって？」

驚きの声をあげたのは瀬賀だ。

「あちらこちらの警察本部と訴訟をしてきましたけれど、警官が直接、証人を威迫(いはく)しに来たのは初めてです。とんでもないことをするんですね。荒城さんの指示ですか」

「俺がそんなことするはずないでしょう」

「謝罪を要求します。それと、訴状では樫村氏の住所を開示していないのに、どうやって、自宅まで来ることができたのか。警察の保有する個人情報を、不正に目的外で利用したとしか思えないんですよね。この点についても調査を要求します」

荒城は、左手で額を覆いながら、膝に視線を落とした。

「冗談じゃない……あんなやつのために、警察が謝罪できるものか。本人に直接言ってくれ」

丸山京子は、すました顔で大きな封筒をテーブルに置いた。

「謝罪要求書と調査報告要求書を提出します。速やかな回答を求めます」

7

県警本部からH署へは、南へ約七十キロ。高速道を使って約一時間の道のりだ。

瀬賀は、制限速度をオーバーすることなく、訟務係の公用車である型落ちのクラウンを走らせていった。

荒城には運転をさせない。荒城は目的地まで最短距離で行くことにこだわり、間断なく道路情報を聞いてくるので、自らハンドルを握る方が気楽なのだ。

リアシートには、丸山京子が置いていった封筒が投げ出されている。

「言うことを聞かないだけじゃなく、邪魔もするなんて。とんでもないやつだ。瀬賀さん、警察学校でどういう指導をしていたんですか」

「……野上さんにも同じような質問をされたよ」

やがて荒城は、アタッシュケースを開き、小さな携帯型タンブラーを取り出した。中に入っているのは飲料ではなく、チョコレートと保冷剤である。

荒城は立て続けに一粒、二粒、三粒と口へチョコレートを放り込む。いったんはタンブラーの蓋を閉めたが、再び開けて四粒めを手にした。

いつもの荒城ならば、せいぜい一粒か二粒でやめている。

「……ストレス満載、怒りが収まらないという感じだな」

「瀬賀さん、もっとスピード出してください」

「無茶言うな」

瀬賀は話題を変えた。

「H署では、樫村から目撃証言を取っているんだろうか。H署からの説明には、目撃者を確保したという話はなかった。それなのに、丸山弁護士は、どうやって目撃者を見つけた？」

「色々とノウハウがあるのでしょう。保険会社にも、そういう事故調査のプロがいる。証人をでっちあげたのかもしれない……やりようはあります。あるいは、H署の初動捜査が甘かったのかもしれませんがね」

「ま、事故当日は、H署管内で別に警察官の発砲事案もあったからな……大変だったんだろう」

H署に着いたのは午後二時。来客用の駐車場が混雑しており、停める場所が見つからない。瀬賀は空くまで待機しようとしたが、荒城は、ひとりで降りてH署に入っていき、すぐに、千隼を連れて出てきた。

荒城が後ろのドアを開け、千隼をリアシートに押し込んでから、助手席に戻ってくる。

千隼は、膝に手を置き、身を固くしていた。

「……まずいことをした、というのは自分でもわかっているようだな」

瀬賀が言うと、千隼はしおれたような小声で答えた。

「樫村さんに会いました。でも、正直、思い出したくない記憶がひとつ増えたというか」

千隼は、ぽつぽつと話をはじめた。

樫村の住まいは、古びた公営住宅の五階だった。六十を過ぎた男が出てきたので、千隼がH署の警察官と名乗ると、樫村はあからさまに警戒し、無言でドアを閉めようとしたという。

「去年の十二月に交通事故を目撃した件でと言ったら、完全にドアを閉められてしまいました」

「それで、どうした」

「ドアを叩き続けました。私はそのとき轢き逃げされた警察官なんです、お話聞かせてください、裁判の書類を見て、樫村さんが事故を目撃したと知りました。そのときの様子を、教えてもらえませんか、と言って……」

「本当におまえは、前に突っ込むだけで、駆け引きができないんだな。警察学校で何を学んできたんだ。競輪選手のときから全く成長していない」

荒城がそう言っても、千隼から反論はなかった。

千隼によると、根負けした樫村が出てきたので、こんなやり取りをしたという。

——轢かれたのは、乙戸交番のお巡りだったよな。それがあんたなのか。

——そうです。樫村さんには、何がどう見えたのか、直接お伺いしたくて。事実と違うところがあると思うんです。

――あんた、俺が弁護士に頼まれて、作り話をしたと思っているのか。

――そうではなくて……何か、誤解をしているようなので。

――話を変えろと言うのか。それとも、余計なことを言うなと、脅しに来たのか。

――私は警察官です。そんなことは言いません。乙戸交番に勤務していて、この市営住宅も、担当地区です。樫村さんを護る立場にあります。何かあれば、すぐ駆けつけます。

――なんだよ。ずっと俺を見張っているから、些細なことでも駆けつけてきて、すぐ逮捕するぞっていうのか。

――違いますよ。必要なければ来ませんし。

――おい、それはつまり、俺に何かあって助けを呼んでも、助ける必要ないから警察は来てくれないってことか？

――違いますってば！

――「はい」とは言えねえよな。だけど汚ねえぞ。お巡りってのは、自分を護るためなら、何でもするんだな。

――私は、樫村さんが何を見たのか、聞きたいだけです！

――わかったよ。どうせ警察には勝てねえんだ。俺は何も見なかった。裁判での証言も断る。それでいいんだろ。

話が終わると、荒城は感心したように言った。

「樫村氏は証人を降りると言ったのか。大したものだ、うまく脅したな」

「そんなことしてません！」

「民事訴訟とはいえ、警察を敵に回すというのは、相当な覚悟が必要だ。まして、樫村氏は自分が被害を受けたわけじゃない」

訴状には、樫村は新聞配達店に出勤するため、対向車線をミニバイクで走行していたと書いてあった。倒れたバイクと警察官を見たというだけで、止まらずに走り去ったから、千隼が撥ねられた瞬間は見ていないとある。

「おそらく、丸山京子に説得されて、嫌々、話をさせられたんだろう。誘導されて、自分の記憶とは違うことを書かれたのかもしれない。後ろめたさもあったところへ、自宅へいきなり管轄交番の警察官が来て、色々言われれば嫌になるに決まってる」

リアシートから千隼のため息が聞こえた。

「私、悪いことをしたんでしょうか」

「俺は褒めてやろう。相手の証人を盤外戦術で退場させたんだ。しかも警察権力をちらつかせて……なかなか出来るものじゃない」

「だから違いますって！　樫村さん、きっと、警察を嫌いになったと思います。後悔してます」

「気にするな。そいつは、もとから警察嫌いだよ。薬物と窃盗で前科五犯だ」

荒城の言葉に、瀬賀ははっとなった。

「おい、何でそんなこと知っている。おまえも盤外戦術を取るつもりで、樫村氏のデータを調べていたのか」

「桐嶋のおかげで面倒がひとつ片付いた。訟務担当に向いているんじゃないか」

「私、もう仕事に戻ります」

「待て。忘れものだ。それを持っていけ」

荒城は、リアシートに放ってあった封筒を指さした。

「証人を潰された丸山京子が、カリカリして謝罪その他諸々を要求している。処理方よろしく」

「……これは、訟務係ではなく、警察署の方で対応するんですか」

「H署じゃない。桐嶋千隼、おまえが個人で対応しろ」

荒城は冷たく言い放った。

「樫村を脅迫したのは、勤務外におまえが個人で行った行為だ。県が責任を負うのは、公権力の行使に当たる公務員がその職務を行う場合についてだけだ。職務外のことは俺たちに関係ない」

千隼が弱々しげに目を伏せた。

「それからな、これ以上、余計なことをするなよ。闘うとか言うけれど、おまえに出来ることはないんだよ。法廷で丸山京子と対峙できるのは、県の指定代理人である俺たちだけだ。おまえは、法廷に来ても傍聴席に座って見ていることしかできない」

「そんなの変です。私の裁判なのに」

「そういう制度なんだ。おまえが法廷に入れるのは、証人として証言台に立つときだけだ。いっさい俺の指示に従うと約束するならば、そうしてやる。そうでない限り、絶対に呼んでやらないからな」

千隼はそれ以上言い返せず、降りようとしてドアハンドルに手をかけた。

「教官……この封筒はいったん預かってもらえませんか。郵便で、寮の方へ送ってください。こんなもの地域課に持ち込んで、見つかったら交番に戻してもらえなくなるかも……」

瀬賀は黙ってうなずき、封筒を受け取ってからクラウンを発進させた。

H署からの出口で一時停止し、県道に出ていくため、車の流れが途切れるのを待つ。ルームミラーには、立ちつくしたままの千隼が映っている。

「少しは弱ってきたかな」

ミラーを覗き込み、荒城は笑みを浮かべていた。

「桐嶋は俺たちをどう思っていることやら」

「悪いのは、俺の言うことを聞かない桐嶋です。もっと追い込んで、訟務係でコントロールできるようにしたいですね」

「一応は警察学校での教え子なんだ。寝覚めが悪いよ」

「瀬賀さん、そういうのはやめましょう。桐嶋千隼ひとりの問題ではないんです」

急に声が硬くなった。荒城の顔から笑みが消え、ミラーに映る千隼をただ見つめている。

「警察は、訴訟で負けてはならない」

「……まあ、負ければニュースになるからな」

「それだけじゃない。警察官の行為が違法認定された裁判例は、すぐに広まる。悪しき前例になる。こういうことをすると訴えられて負けるのか……と、警察官の行動を萎縮させるタネをひとつ増やしてしまうんだ」

クラウンが動き出した。ルームミラーに映る千隼の姿が小さくなり、やがて見えなくなった。

「俺たちは、ひとりの警察官——桐嶋千隼を護るのと同時に、警察組織を、ひいては国民を護っているんです」

8

民事訴訟は、公開の法廷において口頭により主張を述べ合うことが原則だ。

しかし、主張の内容を書面でまとめ、事前に提出するのが通例である。

こういった書面の作成に荒城は時間をかける。いったん作業に入ると、極端に口数が減る。与えられた個室――狭い物置部屋に机を入れただけの部屋であるが、そこに籠って書面作成に没頭した。

瀬賀に手伝いを求めることはなく、出来上がるまでは見せない。瀬賀も一切手を出さない。

以前、簡単な事件――宇宙人に襲撃されたのに警察が逮捕してくれなかった云々を主張する男の裁判において、「絶対に負けようがない事件だから、瀬賀さんやってみてください」と言われ、入門書と首っ引きになって答弁書を作成した。しかし、荒城に「うーん、小学生がお父さんの手伝い頑張りました、のレベルですね。警部補の給料を受けている人ならば、これじゃちょっと」と言われ、赤ペンで原形を留めず修正された。

瀬賀は訴訟に関しては素人だ。私情を胃薬とともに呑み込んで、丸一日かけて、荒城が書き込んだ判読しがたい文字を、目を凝らして読みとき、入力していった。そのときの形容しがたい感情は、いまも忘れられない。

以来、瀬賀は、荒城の作業中は電話番に徹することにしている。

「瀬賀さん、出来た」

誤字、脱字がないかどうかといったチェックは、瀬賀の役割だ。

荒城が作成したのは、「訴状」に対する「答弁書」である。

答弁書ではまず「原告の請求を棄却する判決を求める」と記載し、全面的に争うことを宣言。次に、原告の主張に対する認否を記載する。訴状の記載を一文ごとに精査し、それに対して「認める」「否認する」「争う」などと書いていく。

牧島と千隼が乙戸交番に勤務する警察官であることなど客観的な事実は、そのとおりと「認める」。その他、千隼の行動など事実関係については「否認」。千隼の過失により損害が生じたなどの主張は「争う」。

その次は「被告の主張」を記載する。

荒城は、H署からの説明内容に沿って、事故の前後の経過を記載していった。

パトカーを運転していたのは桐嶋千隼。

不審なオートバイを発見し停止を求めたところ、逃走を図り、自ら転倒した。千隼が車外へ出て救護活動を開始しようとしたところ、後続車が突っ込み、パトカーと接触後、オートバイの運転手と千隼が撥ねられた——

読み進めていくうち、瀬賀は首を傾げた。

「現場は片側二車線の道路。その右側車線に、パトカーは止まっていたんだよな」

「H署の連中は、そう説明していましたね」

「桐嶋たちが撥ねられたのも右側車線上だ。二人はパトカーの前方にいた。パトカーが壁になる。後続車が右車線を走ってくれれば、パトカーに衝突して止まるんじゃないか?」

荒城は現場の図面と写真を広げた。現場の道路は工業団地のために作られたものだ。法定規格外のトレーラーも通行できるよう、左右の路肩が広くなっている。右車線と中央分離帯の間にもゼブラゾーンの空間があった。

「交番のパトカーは、クラウンじゃなくてミニパトです。道路を幅いっぱいに塞ぐことはできない。パトカーと路肩の間には、相当の空間があったはずだ。パトカー右後部に接触した後、中央分離帯との間をすり抜け、路上にいた二人に直接ぶつかっても論理的にはおかしくない」

「実際はどうだったか、調べなくていいのか」

「H署の非協力的な態度を忘れたんですか？　調べるとしたら、あいつらが嘘をついているという前提で、監察を動かして、嘘発見器などを持ち込んで大がかりにやるしかない」

「そこまで大ごとにするつもりはないが……しかし、他にも突っ込みどころはある。H署によると、パトカーは緊急走行中で、赤色灯を点けていたのだろう。なぜ、後続車は気づかずに突っ込んだのか」

「スマホでも見ていたんじゃないですかね」

「日中ならばともかく、深夜、街灯もほとんどない暗闇だ。真横を向いていたとしても、赤く強い光源に気づかないはずはない」

「じゃあ、居眠り運転かもしれない」

瀬賀の頭に、ふと、ひとつの可能性が浮かんだ。

「もし、停車したパトカーの赤色灯が消えていたとしたら、どうなる？」

「こちらの大きな過失になりうる」

荒城はきっぱりと言った。

「暗闇の中、路上に障害物を放置したのと同じですよ。事故直後でやむを得なかった、移動させる暇がなかったなどの主張を立てたとしても、過失ゼロとはならないでしょうね」

「そこを攻められたときは？」

「大丈夫。相手方にそれを証明できる手段はない。証人になるはずだった樫村氏は、桐嶋が潰してくれたのでね」

「こちらの立証は、どうするつもりだ」

「証人を出せる。現場にいたのは、二人の警察官と死んだオートバイの運転手。こちらは証人を用意できるが、あちらは幽霊を連れてくるほかない」

まるで、相手が死んでいて助かった、というような言い方である。瀬賀は顔をしかめた。

「もう一人、現場を見た人物がいるぞ」

「誰？」

「轢き逃げ犯」

「そいつは捕まっていない。証人として出てくる可能性はない。俺たちにとっては、存在しないのと同じですよ」

荒城は瀬賀の手から書面を取り返した。ざっと見返して、机の上に放り出す。

「次は、証人尋問に備えて、陳述書をつくりはじめます。後で、H署に電話して、牧島巡査部長を呼び出す日程を調整してください」

「証人は、牧島ひとりで良いのか。桐嶋はどうする」

「正直、迷うところなんですけれどね。牧島巡査部長をどう思いますか？」

荒城が意見を求めてくるのは珍しかった。瀬賀は、牧島の頼りない顔と太った腹を思い浮かべた。

「あのおじさんか……もう定年だろう。気になるのは、再就職のあっせんだけという感じだったよな。上の命令だからやってます、という雰囲気を隠そうともしていなかった」

「彼は、現時点では加害公務員として名指しされていない。いわば他人事だ。そんな男が法廷で、裁判官の面前で嘘をつきとおせるかどうか。反対尋問では丸山京子からも突きまわされるんです」

「では桐嶋を呼ぶのか」

「今のままではね。もう少し協力的な態度にさせてからでないと……あいつの弱点知りませんか」

瀬賀は目をつぶり、腕組みをした。

「勉強は壊滅的にできなかった。このままの成績では警察学校をクビになると説教すると涙ぐむんだ。警察官になりたくて仕方がなかったんだろうな……警察学校を卒業できた今となっては、弱点とは言えないか」

「じゃあ、訴訟に負ければ警察官をクビになると脅してみますか」

「いやいや。桐嶋は、警察官をまるで『正義のヒーロー』のように考えている。嘘をついてまで警察官を続けたくない、辞めると言い出しかねないよ」

「騙してでも、こっちの思いどおりに動かせませんか？　あいつはまだ、瀬賀さんのことを信頼する警察学校の教官だと思っているようですし」

「……そこまでする必要があるのか」

荒城が何かを言いかけたが、電話の音に遮られた。

瀬賀が受話器を取り、メモ帳を引き寄せてペンを走らせ、短く礼を言い電話を切った。

「何かありましたか」

「例の轢き逃げ事件について、犯人を名乗る男が、H署に出頭したらしい」

瀬賀は、机の上に置かれた書面を指した。

「前提条件が変わってしまった。書面、修正する必要があるか？」

「いや。逮捕されたなら、証人として出廷するのは難しいでしょう。状況は何も変わっていない」

「出頭したのは一昨日のことだ。H署はまだ逮捕していない。交通課が、替玉出頭を疑って、慎重になっているらしい」

荒城が瀬賀の手元からメモ帳を奪った。

木暮恵一(こぐれけいいち)、六十五歳。無職。前科あり。暴力団員。今は組織を抜けているが、県警データベースから登録は消えていない。家族あり。顔色や体つきから、重度の肝臓病疑いあり。

「話の辻褄(つじつま)が合わないらしい。なぜそこを車で通っていたのかも説明できていない。そもそも健康状態が極悪で、車の運転をできるかどうかも怪しいようだ」

「自分がやりました、って言ってるんでしょう」

「供述だけで物証がない。事故車両も見つかっていない。小浜(こはま)運動公園の近くに乗り捨てたというが、確認されていない」

「ハイエースでしたよね。盗まれる車種ランキング上位の常連だ。怪しい事故車でも、放置してあれば、すぐに誰かが持っていくだろう」

荒城は、電話を瀬賀の方に押し出した。

「すぐ逮捕するよう言ってください。一刻も早く。丸山京子に押さえられたら、余計なカードを与えることになる」

「言っただろう。H署の交通課は疑念を持っているんだ」

「その木暮が本当の犯人なのかは、いったん棚上げしましょう。逮捕して、裁判に出てこないよう身柄を丸山京子の手の届かないところに置く必要がある」

「交通課の連中は民事訴訟に関係ない。現場の警察官にとっては、訴訟より、真犯人をあげることの方がはるかに大事だ」

「訴訟に勝つためです。犯人捜しなんか、少し待ってもらうよう指示してください」

「犯人捜し『なんか』だと？　いくらなんでも、おまえ、警察官がそんなこと言うんじゃない――」

「桐嶋千隼を護るためです。訟務係にとって、それ以上に大事なことはありません」

瀬賀は、椅子の背もたれに体を預け、荒城から顔を背けた。

壁の石膏（せっこう）ボードはスチール製の書棚に隠されている。並んでいるのは法律の専門書。民事訴訟法、行政事件訴訟法、行政不服審査法……刑事畑の瀬賀には縁のなかった分野ばかりだ。刑事部門とは異なる世界にいることを思い知らされる。

「……おまえの仕事熱心さには、頭が下がるよ。桐嶋のこと、色々と気に食わないだろうに」

「あいつは嫌いだけど、うちの県警の警察官でしょう。護ります。それが任務です。個人的にこの被害者は嫌いだから捜査は手を抜こうとか、瀬賀さんはそういうことをするんですか？」

「するわけないだろ」

「俺も同じです。詰まらないこと言わず、さっさとH署に電話してください」

荒城は、瀬賀に向かってさらに電話機を押し出した。

9

「桐嶋ちゃん、ちょっとこっちに来てくれ」

マグカップを片付けるため給湯室に行ったところで、千隼は、交通課の小島に呼び止められた。電話で呼びつければ済むところ、小島は、廊下の影に張り込んで千隼を待ち構えていたのだ。内緒の用事があるんだな、と想像がつく。

取調室に連れていかれると、痩せた色黒の老人が椅子に座りうつむいていた。小島に促(うなが)され、やっと顔を上げる。

老人の顔色は黒く、目は黄色に濁っていた。汚れたトレーナーの腹部が、骨ばった体格とは不釣り合いに膨らんでいる。

「木暮さん、どうだ？　あんたが撥ねたという警察官は、この人じゃないか？」

千隼は息を呑んだ。

木暮は、焦点の定まらぬ目で千隼を見た。椅子をガタリと鳴らして、顔を千隼に近づけようとする。小島が、千隼の背を押して、木暮との距離を詰めさせた。半開きの口元から漂う腐臭が鼻をつき、千隼は息を止めた。

「あ、ああ……そうだ、この人だ」

「本当か。よく見ろ」

「見たよ。間違いない……」

木暮の声にわずかな安堵感がこもっていた。小島は、廊下の様子をうかがってから、部屋を出た。

人目を避けるためか、隣の空いている取調室に千隼を連れ込む。

「轢き逃げをしました、と自首してきた男なんだ。だけど、まだ逮捕していない。話が合わないんだ。それで、面通しを仕掛けてみた。あなたが撥ねたのはこの人ですか、と」

小島が言うには、交通課の巡査、免許受付の事務職員、交通安全協会の嘱託と、三名の女性を順番に連れていったところ、いずれも、木暮は顔を舐めるように見て、違うと首を振ったというのだ。

「撥ねた相手の顔なんて、はっきり覚えているものなんですか」

「色々なケースがあり一概には言えないが、あいつは桐嶋ちゃんを見てすぐ、この人ですと言いやがった」

「今の私、事故の時とは、着ている制服が違います。それにあの時は活動帽を被っていました。それでもすぐわかるのかな……」

「俺には、誰かに桐嶋ちゃんの写真を見せられ、あんたが轢いたのはこの女だぞ、と仕込まれたようにしか思えん。そうでなければ、あんな反応になるものか」

「替玉ということですか？」

「桐嶋ちゃんは、運転していた人物を見ていなかったか。あいつだったか？」

千隼は首を振った。ライトに目が眩み、次の瞬間から記憶が途切れている。

「だけど被害者は亡くなっているんです。重罪です。替玉なんて、誰が引き受けるというんですか」

「あの爺さん、肝臓かどこかを患っている。収監できるかも怪しいぞ。誰かから、人生最後に、まとまった金を手にするチャンスを貰ったのかもしれない」

「まさか。そんなこと、いったい誰が……」

「知らん。ただ、本部の訟務係が、早く逮捕しろ、と圧力をかけてきた。裁判はどうなってるんだ？関係あるのか」

千隼の体に震えが走った。

丸山弁護士が――まさか、そんなことするはずがない。訴訟の証人に使うため、「偽物」を轢き逃げ犯に仕立て上げるなんて。

小島は千隼に礼を言い、地域課の連中には黙っているようにと念を押してから、先に部屋を出ていった。

廊下に複数の足音が聞こえた。男たちが言い争っている。

「本部が何と言ったって、まだ逮捕しませんよ。だいたい、あの爺さん、逃げようとしていないんだ。帰宅させても、また翌日には、呼んでもいないのに出頭してくるんだから、身柄を押さえる必要がないでしょ」

怒声は小島のものだ。そこに、野上副署長の声がかぶってくる。

「本部が、木暮恵一の逮捕状を請求しろと言っているんだぞ」

「副署長、俺は交通の人間だ。訟務係なんてところに命令される筋合いはない」

「では、副署長として命令する。抗命は許さん。署内の人事権は私にある。今日の午後から地域課の交番勤務に配置換えになるのと、どちらがよいんだ」

「あんたは副署長だろうが」

「署長の療養休暇中は、俺の判断がすべてだ」

足音が遠ざかっていく。

千隼は胸元に手を当て、荒く呼吸を繰り返した。

轢き逃げ犯をでっちあげるなんて——それも、民事訴訟のために。

H署が木暮を逮捕しなければ、彼が証言台に立つのだろうか。

あのお爺さん、丸山弁護士の言うとおりに喋って、私を悪者にしようとするのだろうか——

いまの千隼には闘う術がない。

このままでは、本当に濡れ衣を着せられ、加害公務員として、責任を押しつけられてしまうような気がした。そうなった場合、警察官を続けることができるのだろうか。

「でも——私は、事故のときに、目の前で倒れた人を助けられなかった」

それなのに一切自分は悪くないと主張していいのだろうか。

千隼は、更衣室のロッカーへ行ってスマホを取りだし、通用口から警察署の外へ出た。パトカーが並ぶ車庫棟の陰に身を隠して、電話をかけた。

相手は瀬賀だ。警察学校の生徒に戻ったかのように、千隼は、胸の内を隠さず瀬賀にぶつけた。

「訟務係としては、桐嶋に証人になってもらいたい。一緒に闘ってほしい」

「でも、私、嘘は絶対に……」

「丸山弁護士は、本当のことを言っているか？」

「いいえ、嘘ばかりです」

「嘘も方便、などと言うつもりはないが……こちらも、覚悟を決めるしかないんじゃないのか。相手は名うてのプロだ。自分が正しいと裁判官に言わせるためには、手段を選ばず何でもやってくるぞ」

千隼は返事ができなかった。

「それに、今後のおまえのためでもある」

「でも、嘘をつけ、なんて命令には従えません」

思わず涙が出た。ぐすっという声が聞こえないよう、スマホを顔から離す。雰囲気を察したのか、瀬賀が咳払い（せきばら）をした。

「このままではだめだ。ともかく、訴訟を見に来ないか。来週の月曜日が第一回口頭弁論だ。勤務はどうにでもなるだろう。傍聴席に座って見ていなさい」

「行っても、私は何もできないんですよね」

「おまえが出来ることは、証言台に立つことだ。それは第二回目以降の裁判で行われる。一回目を見て考えてからでも間に合う」

衣擦れのようなノイズがした。瀬賀のスマホが誰かに渡ったようだ。

「桐嶋、瀬賀さんの言うとおり、見に来るんだ。身に覚えのないことで自分が糾弾されているのを目の当たりにしろ。それでも自分を貫くというならば勝手にしろ」

一番聴きたくない男の声。千隼はスマホを耳から遠ざけた。

10

月曜の朝は雨が降っていた。

裁判所のロビーでは、報道の腕章を付けた記者が数名、中年の痩せた女性を取り囲んでいる。その女性はフォーマルブラックの喪服を着ており、目に涙を浮かべつつ、途切れ途切れの言葉で、質問に答えている。その傍らには、丸山京子が付き添い、時おり女性を励ましていた。

開廷は午前十時。

千隼は、女子トイレの個室に隠れ、腕時計のデジタル表示が九時五十八分になるまで待った。廊下へと出る前に、鏡で身なりを再確認した。大きめのパーカーとジーンズを身に着け、顔は眼鏡とマスク、ニットキャップで完全に隠してある。

三階の薄暗い廊下には誰の人影もない。傍聴席のドアを静かに開けると、法廷内には、廊下の冷たい空気とは真逆の熱気が籠っていた。傍聴席に詰めかけた人々がその熱源だ。

空席は最後列にしか見つけられなかった。千隼はそこに体を屈めて座った。前の人の頭が邪魔で、視界が遮られる。

こんなに大勢の人が、何を期待してここに来ているのだろう。

まさか、私が裁判で虐(いじ)められるのを見ようとして——

額に汗が滲んできてニットキャップを脱ぎたくなった。

ガタンと大きな音がして、裁判官席の真後ろにあるドアが開いた。

「ご起立ください」

書記官のかけ声で全員が立ち上がり、黙礼をする。黒い法衣を纏った白髪の裁判官は、着席すると、手元の書類に目を落としながら言った。

「原告は訴状を陳述でよいですか」

原告席は、傍聴席から見て左壁沿いにある。丸山京子が立ち上がっていた。

「お待ちください。はじめに、原告である宮永由羅氏が、なぜこの訴訟を提起するに至ったかを、お話しします」

うながされて、隣に座っていた女性がおずおずと立ち上がる。

「私の子、宮永瑛士は、交通事故で命を落としました。轢き逃げをした人が一番悪いのはわかっています。だけど、実は警察も悪い、警察は身内をかばって、本当のことを隠しているんだ、ということを知りました」

最後列に座る千隼からも、女性の体が小刻みに震えているのが見て取れた。

「弁護士の丸山先生と一緒に、警察署へ行きましたが、何も教えてくれませんでした。現場にいた警察官に落ち度はなかった、というばかりで、具体的な説明は何もなし。その警察官に会わせてくださいと言っても、かなえてくれませんでした」

千隼は思わず身を乗り出しそうになった。

それを知っていれば私は絶対に会った。そして、瑛士さんを助けられなかったことを謝った――今ここで名乗り出たくなる衝動を必死に抑えた。

「警察が動いてくれなければ、どうしようもない。悔しいけれど諦めるしかない。だけど、丸山先生が、裁判で闘う方法がある、と教えてくれたのです。瑛士がどうして死んでしまったのか、私は本当のことを知りたい。そのために、丸山先生に裁判をお願いすることにしました」

裁判官は、感情のこもらない目で宮永由羅を眺めていたが、満員の傍聴席を気にしてか、途中で止めずに終わりまで喋らせた。

宮永由羅は話し終えると、力を使い果たしたのか、その場に崩れ落ちそうになった。丸山京子に支えられ、椅子にへたりこむ。

「次に、原告代理人丸山から、請求の趣旨、及び、当方の主張を申し上げます」

「刑事訴訟ではありませんから、その必要はありませんよ。訴状を陳述でよいですか」

「いいえ。『陳述する』とだけ言えば、訴状の記載内容を法廷で読み上げたのと同じ扱いになりますが……それでは、私たちの主張を傍聴席の皆様に伝えることができない。私は、警官がどのような非道を働いたのか、法廷内の皆様と共有したいのです」

「時間も押しているんですがね。被告、ご意見はありませんか」

裁判官の問いかけに、荒城は立ち上がって答えた。

「丸山先生がいつも、そのような手をお使いになることは聞いています。異存はありません。ご主張をじっくりと聞かせてもらう……いや、聞いてもらいたいと思います」

荒城が傍聴席を見渡す。千隼は、荒城が自分を探しているような気がした。


「本件は、亡宮永瑛士氏が、H署に勤務する警官、桐嶋千隼の不法行為により、落命するに至ったため、損害賠償を求めるものです」

今日の丸山京子は、地味な黒のスーツ姿だ。メイクは薄く、リップも抑えた色合い。しかし、目つきと舌鋒(ぜっぽう)は鋭い。

「……加害公務員の桐嶋千隼は、亡瑛士氏が負傷しているにもかかわらず、逃走を図るものと誤信して、捕まえようとのしかかり、路面に押しつけたのです」

千隼には、丸山京子が弁護士ではなく検察官であるかのように見えた。あたかも、これは刑事裁判で、検察官が自分を断罪すべしと、裁判官に厳しく迫っているかのようだ。

「……後ろから迫る車のライトに気づいた時、加害公務員桐嶋千隼は、逃げることだけを考えたのでしょう。警官であるのに、自分の身に危険が及ぶや否や、自分が助かることだけ考え、目の前にいる市民を救助する義務を放棄し、逃げたのです」

千隼は耳を塞ぎたくなるのを必死にこらえた。

自分の名前が出るたび、心臓が跳ね上がりそうになる。

丸山京子は、視線を裁判官に固定していない。時には被告席に厳しい視線を送り、あるいは、傍聴席の反応を確かめるにように、間を空けたりもする。そのうちに、最後列の千隼のあたりで視線を止めることが多くなった。

気づかれたのかもしれない。

平静を装って背筋を伸ばしたが、耐えきれないほどの息苦しさが襲ってくる。

法廷に来るべきじゃなかった——下を向いて目をつぶり、この時間が早く終わるよう願った。

「桐嶋千隼には、証人としてこの法廷に立ち、嘘をつかず、一片の良心でも残っているならば、故人のために、真実を語ってくれることを望みます」

丸山京子が座ると、裁判官は、被告席の荒城に向かって言った。

「被告は答弁書を陳述でよろしいですか」

「はい。ただし、原告代理人は、訴状に記載していないこともずいぶんと付け足した。訴状に記載のなかった事項については、否認ないし争います」

「事故に係る事実関係については、原告の主張を一切認めないということですね」

「もちろん。原告の主張は、虚偽または根拠のない思い込みに過ぎない」

「立証はどうしますか。原告は、桐嶋巡査を証人とするよう述べていましたが」

「本事件において、警察官の過失を証明すべきは原告側です。立証責任を負う原告側が、まず証拠を提出すべきだ。それを見てから、必要に応じて検討します」

「こういうケースの場合、警察の方から、積極的に証拠を提出したり、証人として警察官を出廷させようとすることが多いんですがね」

荒城はすました顔で裁判官から視線を逸らせ、返事をしなかった。その態度が気に喰わないのか、裁判官がわずかに顔をしかめた。

「原告代理人はいかがですか。今のところ提出された証拠は……原告代理人が作成した事故現場見取り図、事故直前の様子を目撃したという人物の陳述書……目ぼしいものはそれぐらいですね。この、樫村さんという目撃者の証人尋問はどうしますか？」

「予定しておりません。本人が拒否しているので」

「そうですか。ほかに何かありませんか」

裁判官の声にため息がまじった。これだけの証拠ではどうしようもない――暗にそのような雰囲気を漂わせていた。千隼は息を呑んで裁判官を見つめた。

このまますぐ裁判が終わってくれたらいいのに――

しかし、その願いを断ち切るように、丸山京子の声が聞こえてきた。

「本日、追加で提出したいものがあります」

丸山京子が書類を書記官に手渡した。

「後続車の運転手、木暮恵一氏の陳述書です。事故を目撃した――いえ、まさに当事者が事故の様子を述べたものです」

「……被告代理人にお尋ねしますが、轢き逃げの犯人はすでに特定されているのですか？　犯人が検挙されたような報道を見た記憶がありませんが」

裁判官の問いかけに瀬賀が素早く立ち上がった。

「捜査中の件につき、お答えいたしかねます」

「原告代理人の丸山から説明します。まだ逮捕はされていません。しかし、H警察署に自首しました。任意での取調べを受けています。当職は木暮氏から、起訴された際には刑事弁護の依頼をしたい、と相談を受けています」

傍聴席がざわめきを帯びた。

「木暮氏は証人となることを了承しています。陳述書を読んでください。木暮氏はこう説明しています——現場は暗く、路上にパトカーが止まっているのに気づくのが遅れた。パトカーの赤色灯は消えていた。暗闇の中、無灯火の自動車が路上に放置されていたのです。これは事故の大きな原因です。さらに、木暮氏はもっと大事な事実を述べています」

丸山京子が言葉を切り、法廷内をぐるりと見渡し、傍聴席からの視線をひきつけた。

「木暮氏は、パトカーに気づいてハンドルを左に切り、車線を変えて避けようとした。しかし、そのときパトカーが急にバックしてきた！　それを避けるため反射的にハンドルを右に切り直し、パトカーに接触後、路上にいた人を撥ねてしまった。これが真実です」

千隼は懸命に記憶を辿った。

暗闇の中、千隼は路上でうずくまる少年へと駆け出した。車が高速で接近する気配に気づくまで、後ろを振り向いていない。

パトカーを降りてから意識を失うまで、十数秒ほどが経過していただろうか。

自分の視界には入っていないところで、牧島がパトカーをバックさせていたのか——車道左側の路肩に寄せて停車するためと考えれば、不自然な行動ではない。

それが事故の原因で、そして、H署によって事実が隠蔽されていたというのか。

いいえ、待って——千隼は顔を両手で覆い、激しく首を振った。考えても混乱するばかりだ。

交通課の小島は替玉出頭を疑っていたではないか。

木暮の話は嘘かもしれない。嘘であってほしい。嘘を言わせたのは、この丸山京子かも——

「木暮氏は、気が動転して現場から逃走したことを大変反省しております。罪は償う、と述べておられました。だけど、こうも言っておりました。一番悪いのは逃げた自分だが、警察だって悪い。責任を自分一人に押しつけられるのは、悔しくてたまらない、と」

「その主張によれば、パトカーを動かした警察官に過失があることにもなりますが」

「はい、もうひとりの警官によるパトカーを動かした行為も、不法行為のひとつとして主張を追加します」

「原告は木暮恵一氏を証人申請するのですか」

裁判官の問いかけに、丸山京子が答えた。

「はい。そのほかに、現場にいた警官を尋問したいと考えます」

裁判官が、どうしますか、というように荒城を見た。

千隼は、固唾を呑んで被告席を見つめた。

瀬賀の視線が落ち着きなく動いている。内心の動揺が外に出てしまっていた。

一方、荒城を見ると——全て予定どおりとでもいう風に、憎らしいほど落ち着き払っていた。

「被告は、警察官を証人として申請します」

「現場にいた二人、両方ともですか？」

「いえ、一人で十分です」

荒城は立ち上がると、迷わず、視線を傍聴席最後列に向けてきた。

その先に何があるのかと、傍聴席の人々が振り返る。不意に満場の視線を浴び、千隼は凍り付いた。

荒城が千隼を指さした。

「そこにいる桐嶋千隼巡査を、証人として申請します」

突然の指名に、頭が真っ白になった。じんわりと後頭部が痺れていく。

まだ裁判は終わっていない。しかし、傍聴席前列の方で、何人もが席を立っている。パソコンやカメラを手にした報道関係者だ。千隼は、足を震わせながら立ち上がった。

廊下に出ると、背後から幾つもの声が追いかけてくる。

「桐嶋千隼さんですか？　来ていたんですね」

「話を聞かせてください」

「身の潔白を証明できますか？」

千隼は階段を駆け下りた。後ろからの足音が大きく響く。口が乾き、呼吸が苦しくなる。

裁判所の建物を出ると、本気で走った。五百メートル先の公園まで全速力で走り、何とか振り切った。物陰のベンチに座って脱力し、膝に顔を埋(うず)めた。

スマホが振動した。指先が震え、やっとのことで通話ボタンをタップした。

「どうする？　闘うか、逃げるか」
荒城の声だ。あなたのせいで――と怒鳴りつけて電話を切りたかった。
しかし、丸山京子の声が脳内で不気味に木霊している。もう、他に選択肢はないような気がした。
「……お願いします」
千隼の手からスマホが滑り落ち、道路に転がって嫌な音を立てた。

11

独身寮から五分ほど歩くと、自動車教習所の前にバス停がある。千隼は、そこから高速バスへ乗った。

午前八時過ぎの便には通勤利用の乗客が多く、誰もがスマホやタブレットに目を落としている。千隼もスマホを手にしたが、何も見る気がせず、目をつぶって車体の振動に身をゆだねた。

県警本部監察課の執務室には、所属職員以外は入室できない。千隼は荒城に迎えられ、同じフロアの打合せ室に連れていかれた。机と椅子があるだけで装飾は一切なく、カレンダーすら見当たらない。

「次回の口頭弁論で証人尋問を行う。おそらく、それで結審して一か月後ぐらいに判決が出るだろう。民事訴訟の進行としてはかなり早い」

裁判が終わる。そう思うと、沈んでいた心に光が射したような気がした。

「じゃあ私、また交番に出られるんですね」

「警察署でおまえが何の仕事をするかは、俺の決めることじゃない」

「……私は、裁判が起きたので内勤に回されたと思っていたんですが」

「おまえが勝手に動き回って、余計なことを知るのが嫌だったんだろう。H署の連中は、何か隠しているらしいからな」

荒城が手にしたカップから、コーヒーの香りがふんわりと漂っている。リラックスした荒城とは逆に、千隼は顔が強張ったままだ。

「私もH署の一員なのに」

「信用されていないんだろ。内部告発されるとでも思っているんじゃないのか」

「私は警察官です。もし悪いことを隠そうとしたなら絶対に見逃しません」

「だから仲間外れにされるんだよ」

荒城は立ち上がり、部屋を出て行った。戻ってきたときにはお茶のペットボトルを手にしており、それを千隼に投げてよこした。

「少し落ちつけ。嚙みつきそうな顔しやがって」

よく冷えているお茶を一息で半分以上飲んだ。

「おまえはこの訴訟で証人になる。いいな」

千隼はうなずくしかなかった。荒城がノートパソコンを開いた。

「今日来てもらったのは、陳述書を作るためだ。証人が話そうとする内容をあらかじめ書面にして提出するものだ。いわば証言の台本といっていい。当日までに、しっかりと暗記してもらう」

証言中は、何のメモも見ることを許されず、ただ自分の記憶のみを頼って証言をし、裁判官等からの質問に答える。

ただし、あらかじめ、どういう内容の話をしようとするのか、事前にわかっていた方が効率が良い。

そのために、裁判実務上は、証言のあらましを「陳述書」として提出しておくという。

「その前に、知りたいことが色々あるんです。事故の原因は何だったんですか。木暮は本当の犯人なんですか。牧島部長はパトカーをバックさせたんですか。それから……」

「そんなの、俺が知るか」

「じゃあ、調べてください」

「今さら遅い。もう、第一回口頭弁論で、H署の公式発表どおりに主張をした。撤回はできない。次回の証人尋問は、その主張を裏付けるためのものだ」

「でも、あっちの言うことが真実かもしれないですよね……」

「それはどうでもいいんだよ」

「よくないです！」

荒城はため息をつき、腕時計を見た。

「仕事が進まないじゃないか。民事訴訟のルールを教えるから、よく聞け。裁判官は、原告と被告の言い分を聞いて、どちらの話がより本当らしいかどうかで決めるんだ。真実と異なる話をしても、裁判官を説得できれば勝てる」

「まるで……勝つためには嘘をついてもいいと言っているように聞こえるんですけど」

たまらずに、千隼は当夜の記憶を喋りだした。指令を受けて交番を出たこと。運転していたのは牧島で、緊急走行をしなかったこと。オートバイは自損事故だったこと。自分はすぐ救護に出たこと。宮永瑛士を安心させようと体に触れたこと……

「嫌な気配がして振り返ったら、車のライトで目が眩みました。体が飛ばされて、後はもう、覚えていません」

「おまえが見た事実は、そのとおりかもしれない。でも、俺はそのとおりに陳述書をつくるわけにはいかない。H署は、おまえがパトカーを運転していたと記録している。当時の報道を見返すと、『パトカーを運転していた女性警察官が救護のため路上へ出たところ、撥ねられた』ともなっている。H署がそのように公表している以上、今さら、違うとはいえない」

「どこかで、間違いがあったに違いありません。今からでも訂正すれば……」

「H署の幹部がそうしてくれるならばね」

野上副署長の顔を思い浮かべ、千隼は唇を噛んだ。

「それにおまえは、パトカーは緊急走行していなかったと言う。それじゃまずいんだよ。木暮恵一は、パトカーが赤色灯を点けていなかったと言っている。本当にそうならば、警察側の過失になりうる。それを否定したいのに、おまえの話は、相手の主張を裏付けるような内容だ」

「事実ですから……」

「牧島がパトカーをバックさせたかどうかは、見ていないんだろ。それもよくない。最大の過失になりそうなポイントについて、何も証言できていないじゃないか」

「私じゃなくて、牧島部長に聞けばいいじゃないですか。証人は私ひとりじゃないですよね」

「証人は少ない方が望ましい」

千隼は、その真意がすぐに理解できなかった。目撃者は多ければ多いほどよい。だから、事故や事件の現場では、一人でも多くの目撃者を探せ——警察学校ではそう教わった。

「見たとおり証言させるならば、多い方が望ましい。しかし、ストーリーを作って勝負するときは逆だ。証人同士の話に矛盾が生じるリスクがある。そこを反対尋問で崩されたら悲惨なことになる」

「……やっぱり、私に嘘を言わせるつもりなんですね」

「闘うんだよな？」

荒城が念押しをしてくる。千隼はうなずき、お茶のペットボトルを手にした。飲み口と唇がうまく合わず、顎にお茶がこぼれた。

「まず、宮永瑛士君だけど、住所は、乙戸交番の管轄内だったよな。面識はあったか？」

荒城がパソコンのキーを打つ。荒城は、千隼の返事を待たずに続けた。

「あったことにしよう。暴走族に加入している不良少年として、おまえは彼を知っていた。改造バイクで走り回る、近所迷惑な人物だった。交番に相談が度々あり、警戒対象として認識していた」

「していませんけど」

「当日、おまえは、他の交番と連携して、暴走族の取締りに従事していたんだ。まず、相手が暴走族であったことをはっきりさせよう」

「私、彼が暴走族だったかどうかなんて、知りませんでした」

「知っていたことにするんだよ。どうせ本人から反論は返ってこない」

死者に鞭打つような物言いに耐え切れず、千隼は立ち上がって叫んだ。

「やめて！」

「俺は、おまえが闘うというから、そのために知恵を絞っているんだ」

荒城は冷たく、無表情に千隼を見返していた。

「おまえに覚悟がなければ、いつでも俺は降りる。どうする。続けるのか？」

名指しで責められているのに、裁判に関して自分は何もできない——理不尽さに腹が立つ。

「私も裁判担当に入れてください。そうすれば私も、法廷で色々と話ができるんですよね」

「訟務係へ異動したければ、所属長を通して希望を出せ」

「間違っても、こんな嫌な仕事希望するものですか。この事件だけでいいです。私も代理人に入れてください」

「無理だね。新任の巡査が指定代理人になるなんて、ありえない……」

デスクの上に置いたスマホが震えていた。

「ちょっと待て。瀬賀さんからだ」

通話は二言、三言で終わった。

「H署が木暮恵一を逮捕した。あいつら、やっと言うことを聞きやがった」

千隼は交通課の小島を思い出した。小島は木暮を替玉だと疑っていた。そのことを話しても、荒城はうっとうしそうに手を振るだけだった。

「そいつが真犯人かどうかは関係ない。逮捕して身柄を拘束することが大事なんだ。これで、木暮が証人として出廷することはなくなった。法廷で証言台に立つのはおまえ一人だ。しっかり頼むな」

荒城が右手の拳を差し出してきたが、千隼は思いっきり払いのけた。

荒城は気にすることもなく、ノートパソコンを引き寄せた。

「おまえは振り返った。パトカーの赤色灯が点灯しているのを見た。パトカーは停車したままだった。そこへ車が突っ込んできた——わかったか？」

私はそんなこと見ていない、聞いていない——言葉は聞こえているけれど、頭にとどまらず霧散していく。

荒城は腕時計を見て、ノートパソコンを閉じた。

「今日はもう帰れ。明日は別の裁判で忙しいから、明後日（あさって）また来い。おまえの記憶が完全に上書きされるまで、徹底的につきあってやる」

12

警察署に出勤して地域課のデスクにいても、相変わらず、千隼には仕事がない。県警本部への呼出しが重なっても、誰に迷惑をかけることもなかった。

出かけるためスーツに着替えて更衣室を出ると、廊下で佐川に声をかけられた。

「今日も本部へ行くの？　私もよ。乗せてってあげる」

佐川の自家用車はミニバンだ。子どもが三人いるというので、車内には、プラスチック製の玩具が転がり、掃除しきれなかったお菓子の食べかすも目につく。

「散らかっていてごめんね。裁判の準備はどうなの。順調？」

千隼は、すぐに返事ができなかった。察してくれたのか、佐川は明るい笑い声を立てた。

「余計なこと聞いてごめん。大変に決まってるよね」

「ともかく、訟務係の人が嫌な感じなんです。顔見るだけで、げんなりするというか」

「本部には、勘違いして威張っている人がたくさんいるからねえ。出張でちょっと立ち寄るだけでも、なんか憂鬱だわ」

「本部のどこへ行くんですか？」

「会議があるの。面倒くさい会議なんで、押し付けられちゃった。ちょっと愚痴を聞いてくれる？」

先日、県警のトップである本部長の指示で、あるプロジェクトが起ち上がった。

メンバーに名を連ねるのは本部の部長や課長だが、実際の作業はワーキングチームに丸投げされる。佐川はそこに選抜されてしまったという。

「お題はね、『拳銃の適正使用の推進』ですって」

思いがけない言葉に、千隼は佐川の横顔を見つめてしまった。

「私たちは拳銃を携行するけれど、現場で人に向けることなんて、まずないでしょう？　退官まで一度もそういう経験をしない人が圧倒的に多い。だけどね……これからは、それじゃだめなんだって」

「積極的に使え、撃て！　とでもいうんですか」

「治安は悪化する一方で、女性警察官や、定年延長で六十歳を超えた警察官も増えていく。若年層でも、人材は多様化していて、必ずしも武道に秀でた男性ばかりとは限らない。市民を守るためには、おそれず、拳銃を使っていけ……ということなんだけど」

同じような話を聞いた。十二月二十四日の朝だ。あのときは、野上が自分を邪魔だと言いたいがための話かと思っていたけれど――

「現場はなかなか変われないわよ。拳銃は最後の手段だ、使わずに現場を収めるんだ、使ったら警察庁まで報告だぞ、所属に迷惑かけるぞ……っていう感覚が染みついているんだから」

「青山さんや……国田リオさんが、私たちのお手本ということになるんですか」

佐川が苦笑いを浮かべた。

「青山君は、本当に間が悪いというか、ツキもないのよね。結果として、彼は拳銃を使って、金属バットを持った少年を脅しただけ。悪い事例なんだけれど、このプロジェクトが起ち上がった今なら、理屈をつけて擁護されたかもしれないのに」

ミニバンが赤信号で停まった。佐川は停車中にスマホを手に取ることもなく、周囲に目を配っている。リオについても聞きたかったが、佐川は話を続けなかった。

「その会議では、どんなことを話し合うんですか？」

「私が聞きたいわよ。何をすればいいのか、誰もわからない。でも、全国的に他の県警でも、同じようなプロジェクトが起ち上がっているみたいなの。今は情報収集ばかりね。よそは何をしているのか、真似（まね）できるものはないか……ってね」

「佐川さんって、実は凄い人なんですね。そんな大事な会議のメンバーに入るなんて」

「巡査長は私だけ。仕方ないのよ。うちが震源地だもの、誰か出さないとね」

震源地。その意味を考え、千隼は首を傾げた。

「国田リオさん。彼女の一件がきっかけ、ということですか？」

「……そうか。ちょうど千隼ちゃんが入院していた時期だから、わからないよね」

「すみません。意識が戻ったとき、ネットを見たこともあったんですけど……その後はしばらく、ニュースを見たりするのが怖くなっちゃって……」

リオが発砲する動画が拡散され、物議を醸していたのは一月の頃だ。肯定的な意見もある一方で、日本の警察官として相応（ふさわ）しくないという声も多かった。

警察庁の見解が示されたのは国会でのことだったという。警察に批判的な野党議員が、国会の予算委員会で政府の見解を質したのだ。

そこで、警察庁の審議官である古藤誠一がきっぱりと答弁した。H署の発砲事案は、適正使用であり問題ない。むしろ、犯罪が凶悪化する昨今、臆することなく拳銃を使用するよう指導していく……と。

「同じように考えていた人も結構いたんでしょうね。その答弁を受けて、あちこちの警察本部で、よし、古藤審議官の言うとおり、やり方を変えていこう……と動き出しているというわけ」

千隼はうつむき、小声で言った。

「すみません……」

「どうしたの。千隼ちゃんが謝ることないのに」

「本当は、私があの現場に行くはずだったんです」

「ええっ、そうだったの？　じゃあ、本当なら千隼ちゃんが撃っていた……いや、撃たなかったのかもしれないのか」

「現場はどんな状況だったんですか」

佐川は答えなかった。千隼がそっと表情をうかがうと、眉が上がり、口元がへの字に曲がっていた。秘密なので言えないというより、もう思い出したくない、という感じだった。

クリスマスの夜に、警察官も撥ねられるという重大死亡事故が発生。そこへ、警察官による発砲事案も重なってきた。H署は当夜から処理に追われ、佐川も、クリスマスや正月を返上して大変な日々を過ごしたことだろう。

その両方の事件に、自分は関わっている。

「すみません……すみません」

「やだ、大丈夫だってば」

佐川がハンドルを切って国道沿いのレストランに入った。ランチでも三千円を下らない店で、昼時でも駐車場は満車になっていなかった。

「お昼ごはん食べよ、ご馳走するわ。お店を勝手に決めてごめんね。だけど、子どもたちと一緒じゃ入れない店に行きたいの」

佐川の明るい声が救いだった。

もうこれ以上、自分のせいで迷惑をかけることはできない。千隼は強くそう思った。


しかし、荒城の前に出ると体が拒否反応を示す。

作り上げられた嘘のストーリー。いったんは荒城が文書にまとめたものを、千隼は、自らの手でタイプしなおすよう強いられた。

「記憶を上書きしろ」

荒城はそう言うが、忘れようとするほど、本当の記憶がより鮮明になって脳裏に刻み込まれていく。自分でタイプした「陳述書」をプリントしても、その中身はまったく頭に残っていなかった。

空で暗誦するよう命じられても、出てくるのは冒頭の自己紹介部分までだ。

「私は昨年警察学校を卒業し、H署地域課乙戸交番に配属され、現在に至るまで同交番で勤務する警察官です」

そこで言葉を詰まらせてしまう。無理に口を動かそうとしても、つい自分の見聞きした本当のことを喋ってしまいそうで、息を呑みこんでしまう。

「おい、しっかりやってくれよ。こんなに出来の悪いやつは初めてだ」

荒城が苛つきながら指先でデスクを叩く。

「警察学校に入れたんだから、最低限の記憶力はあるんだろう？　まさか、競輪選手時代のコネで、無試験で裏口入学したとか言わないでくれよな」

「いつも、こんなことをしているんですか」

千隼は荒城を睨みながら言った。

「他の人は、うまくできるんですか。記憶を上書き……いいえ、改ざんして、すらすら喋ることが」

「俺は、自分が指定代理人になった訴訟で負けたことはない」

「……それはつまり、他の人はみんな、うまく法廷で嘘をつけた、ということなんですか」

荒城はいきなり口調を変えた。

「テストだ。なぜ、あなたは、パトカーの赤色灯を点灯していなかったのですか？」

千隼は言葉に詰まる。

「それは、牧島部長が、緊急走行しなくてよいと言ったからで……」

「違うだろ」

「あっ。赤色灯は、点灯していました」

「いつから点灯していましたか」

「ええと……陳述書にそんなこと書いてありましたっけ」

「証人尋問では、こんなやり取りを二、三十分続けるんだ。大丈夫かよ。おまえ、俺の連勝記録を止める気か」

千隼は、気持ちを落ち着けようとして、鞄からチョコレートの小袋を取り出した。ストレス低減効果が謳われている製品だ。

袋を開けたところで、荒城に奪い取られた。荒城はざらざらと手にチョコの粒を広げると、一気に口に放り込んだ。

13

帰りの高速バスでは、人目を避けて最後列に座った。目を閉じてバスの揺れに身を任せていると、涙が溢れてきた。

今の千隼に課せられた仕事。それは、思い描いた警察官の仕事とかけ離れすぎている。

裁判が終わっても、もう、交番に戻る資格がないような気がした。

例えば——交通違反者を捕まえて文句を言われたとき、私は以前のように、毅然と「誰でも決まりは守らないといけません、決まりを破った人を警察が見逃すことはできません」と言い返すことができるのだろうか。

荒城に言われるがままにするうち、警察官であることの意味を失ってしまったような気さえした。

せめて、誰かにこう言ってほしい——

私たちは本当に悪くない。丸山京子に言いがかりを付けられているだけだ。

正義は警察側にある。勝つために手段を選ばずとも、悪いのは向こうなんだ、と。

バスを降りて寮に着いたが、部屋まで戻らず、原付バイクにまたがった。風は冷たいはずなのに、寒さを感じる余裕もなかった。

乙戸交番に着くと、カウンターにいる牧島が見えた。バイクの音に気づいたのか、牧島は顔を上げる。千隼がヘルメットを脱ぐと、牧島は焦ったように立ち上がった。

千隼は交番のガラス戸を開けた。久しぶりの交番に感慨を覚える間もなく、牧島に詰め寄った。

「聞きたいことがあります」

「だ、だめだ……部外者は、カウンター内に入ってはいけないよ」

相勤の男性巡査長が、奥の休憩室から出てきた。牧島が、引っ込んでくれという風に手を振ると、怪訝そうな顔をしながらも戻っていく。

「どうして、私がパトカーを運転していたことになっているんですか」

「怪我はもうすっかり大丈夫なのかな?」

牧島の視線が、落ち着きなく宙を泳いでいた。

「心配したよ。無事に復帰できてよかった」

「……まさか、私があのまま意識が戻らずに死ぬ。そう思ったから、私に責任を押しつけるために……ドライブレコーダーを消したのも、牧島部長の仕業ですか」

「知らないよ。パトカーのドラレコはロックされていて、乗務員が勝手に触れられないじゃないか」

「じゃあ、副署長のほか全員が、わかっていながら、事実をねじ曲げているということですか。本当は万波町の現場に向かっていたことも、赤色灯を点けていなかったことも」

「俺も、裁判に提出するための陳述書を作らされたんだよ。法廷に証人として呼ばれるのは桐嶋さんひとりだが、俺の陳述書も、証拠として提出するそうだ。だから……俺が知っている真実は、陳述書に書いてあるとおりのことだ」

　千隼は牧島を見つめたまま、顔を強張らせた。牧島の記憶は、もう上書きが済んでいるのだ——

「裁判で証言するんだろう。くれぐれも、余計なことは言わないでくれよ。俺のことも考えてくれ。それに、原告だって、事実と異なることを山ほど言っているだろう。俺たちだって、身を護るために頑張らなければいけない。何もやましいことはないよ」

「だけど……怖くありませんか。本当は、私たちに何らかの落ち度があって……それを隠すために、事実をねじ曲げていたらどうしようって」

「もし、万が一にもそんなことがあったら……君はどうするんだ」

「……それは犯罪です。警察官として、然るべき対応を」

「仲間を売ろうというのかい」

　牧島がすうっと表情を消して仏頂面になった。

「せめて、ひとつだけ、本当のことを答えてください。私がパトカーを降りた後、パトカーを移動させるためバックしましたか。そのとき赤色灯を点けていましたか」

「俺の陳述書を見ればいい。それがすべてだよ」

　牧島はそれ以上、千隼が何を言っても相手にしてくれなかった。


　千隼は交番を出た。午後八時を過ぎていた。

　駐車場を見ると、先ほどは気づかなかったが、真新しいスズキのパトカーが置かれている。

　あの日の記憶は、しっかりと残っている。洗車をしていて、電話が鳴って、戸締りしてパトカーで出発して——

交番の前を頻繁に車が通りすぎていく。原付バイクの左ウインカーを点灯させ、車が途切れるまでしばらく待った。

あの日と同じように道路を進んだ。交差点の手前に工業団地への入口を示す案内表示が設置されている。そちらへ曲がると道路幅が広くなった。片側二車線の道路は開通からまだ時を経ておらず、舗装が傷んでいない。

右側の前方には物流倉庫が見える。そこから退勤する人であろう、自家用車が次々と走ってくる。中央分離帯の切れたところでは、こちらの車線へとUターンする車が順番待ちをしていた。

その先の左側の区画は、更地であったように記憶しているが、今では工事が始まっており、照明のもと重機が動いていた。

あの日はとても暗かった。事故現場がどこだったか、正確に思い出せない。工事中だった区画を通り過ぎようとして、その隣接区画との間の道路からオートバイが飛び出してきたと記憶している。

速度を落とし、歩道側に事故の痕跡を探したが、何も見当たらなかった。

原付バイクをいったん歩道に上げ、エンジンを止めて押しながら戻っていった。

工事中の区画の北側には、プレハブの現場事務所が設えてある。その前にバイクを置き、暗がりの中、歩道を歩いていった。

五十メートル以上を進んだところで、立ち止まった。

街路灯の数は少ない。ライトを灯した車の通行が途切れれば、街路灯の照らす範囲の外は暗闇だ。

千隼は、スマホを取りだしてライトを点灯し、足元を確認しながら歩いた。

一本目の街路灯が近づいてきて、歩道に照明が届くようになり、ライトを消す。

そのまま歩き続けて街路灯を通り過ぎた。次の街路灯の設置場所までは相当の距離がある。通り過ぎた街路灯の照明が届く範囲を越え、足元が見えなくなり、またスマホのライトを点灯した。

歩きながら、事故現場がどこだったか思い出そうとしたが、何も手がかりが見つからない。暗闇の中をさらに進んだが、こんなに先の方だったかな——と不安になり、いったん戻ることにした。

今度は、歩道ではなく、中央分離帯の方にライトを向けて歩いていった。

街路灯が近づいてきたのでライトを消す。

「ん？」

千隼は目を凝らした。中央分離帯の上に何かが置かれ、街路灯に照らされている。

千隼は駆け足で道路を横断し、中央分離帯に上がった。

近づくと、置かれているのは缶コーヒーとペットボトルのジュースだった。小さな菊の花束も添えられていた。

今年に入ってから、H署管内ではまだ交通死亡事故が起きていない。

「ここだ。間違いない」

幅が一メートルほどの中央分離帯。黄土色の土が敷かれて、雑草がまばらに生えている。その上に立つ千隼を、街路灯が照らしだす。

供えられた花の前で、千隼はしばし頭を垂れ、黙禱（もくとう）を捧（ささ）げた。

それから、車が来ないタイミングを見計らって道路上へと出た。道路に立って暗闇を見つめ、記憶を辿った。

あのとき、パトカーは右側車線を走っていた。

「左からオートバイが出てきて、少し追いかけて、急ブレーキで止まって、私は降りて……」

パトカーが止まったのも右車線だ。転倒したオートバイが転がった位置は覚えていないが、少年はパトカーのライトに照らし出されていた。右車線にいたはずだ。

道路幅は広い。右車線にパトカーが止まっていても、それが左車線に寄った位置ならば、中央分離帯との間には一・五メートル以上の空間がある。パトカーを後ろから弾き飛ばして、先にいた千隼たちを撥ね飛ばすことは可能だ。

遠くにヘッドライトが見えたので、千隼は中央分離帯に駆け戻った。トラックが轟音を立てて通り過ぎるのを見送ってから、もう一度道路に出て、スマホのライトを頼りに路面を注視したが、何の痕跡も見つけられなかった。

事故があったのを伝えるのは、供えられた花だけ。

だけど、ここで一人の少年が、不意に、全く予期していなかった形で短い生涯を終えた。

そして、病院に運ばれた私も、同じ運命をたどるとH署の人たちは考えていた——そう思うと、千隼は耐え切れずにしゃがみ込んだ。

「だけど、私は助かった。助かってしまった……」

罪悪感は一生消えないのかもしれない。

せめて、亡くなった少年に恥じるようなことは——警察官として間違ったことだけはしたくないという思いが強くなってくる。

千隼は、原付バイクでH署へと行き、裏側へと回っていった。建物の陰になり人目に付きにくい場所に、ブルーシートがかけられた数台の車両が置いてある。事故車両や、犯罪に関係して押収した車を保管してあるのだ。

千隼は、あの日に乗っていたパトカーを探した。交番のパトカーは、トヨタのコンパクトカーだった。シートをめくらずとも、セダンの形をしているものは違うと判別できる。

それらしいシルエットをした車両は二台あった。しゃがみ込んでシートの端をめくったが、のぞいたボディカラーがパトカーのものではなかった。

もう処分されてしまったのだろうか——いや、木暮恵一に対しては、まだ取調べが続いているはずだ。大事な証拠を処分するはずがない。

保管場所として思い当たるところがあった。

H署から南西に五キロ、旧国道沿いにある警察機動センターの分駐所だ。交通機動隊と自動車警ら隊が入っているが、そこには「パトカーの墓場」がある。

千隼は、地域課の庶務係で座っている間に、その存在を初めて知った。

ピカピカに磨かれたクラウンや白バイが収められた車庫棟の奥に、耐用年数を過ぎて、廃車を待つ警察車両や、事故で全損になった車両が野ざらしになっているのだ。

原付バイクでそこへ向かう途中、ぽつり、ぽつりとヘルメットに雨粒が落ちた。水滴がスーツを湿らせていく。千隼はバイクの速度を上げた。

機動センターの正面入口は門扉（もんぴ）が閉じられていた。裏側の道路へと回って、バイクを降り、徒歩で近づいて行った。廃校になった小学校を使っており、元は校舎だった三階建ての建物は、ところどころに照明が点いていた。

こちらを見下ろす人影がないのを確認しながら、千隼は歩いていった。

フェンスの向こうに、赤色灯を外された黒白ツートンの車両が隙間なく並べられている。フェンス際に置かれた車両は、いつから置かれているのか、黒の塗装が褪せて灰色に退色していた。

正面入口に近い方に、ブルーシートがかけられた車両が見える。

千隼はフェンスに飛びつき、よじ登っていった。

不意に強烈な白い光に襲われ、目が眩んだ、センサーが反応したのか、建物の壁に付けられたライトが点灯し、こちらを照らしていた。

暗闇の中、自分の姿が明るく浮かび上がるのがわかった。千隼はフェンスから飛び降りた。裏手はキャベツ畑で身を隠せる遮蔽物はない。身を屈めて体を固くした。

停めた原付バイクまでの距離を目測した。誰何されたら逃げるしかない。千隼は息を殺した。誰も出てこないことを祈りながら、ライトが消えるのを待つ。

設定された点灯時間が経過したのか、ライトが消えて暗闇が戻った。

千隼はフェンスを見上げ、何秒で乗り越えられるか考えた。

建物の窓に点いている灯を数える。もう、当直の警察官が残っているだけだろう。防犯用のライトが点いたのに、誰も出て来なかった。こちら側を誰も警戒していない――そう思うことにした。

千隼は、立ち上がって助走を取り、地面を蹴ってフェンスに飛びついた。雨で手が滑る。またライトが点いたけれど、止まらずにフェンスを登り、向こう側へと飛び降りた。

すぐ廃車の陰に身を潜め、ライトの点灯時間が経過するのを待った。なるべく建物から死角に入るよう腰を屈めて、車両の間を進んでいった。

ブルーシートのかけられた車両は三台だけだった。二台はシートに砂ぼこりが付着し、下半分だけ見えているタイヤは空気が抜けかけている。三か月以内に運ばれてきた車両とは思えなかった。

一台だけシートが新しかった。千隼は逸る気持ちを抑えきれず、その一台に近づき、シートをめくろうとした。

「おい。何をしている」

背後からの声に、心臓が跳ね上がった。身を起こして走りだそうとし、一歩踏み出したところで、強い力で引き戻された。右腕を取られ、背中で捻じり上げられた。

「痛っ……」

頭が真っ白になる。背後の人物が腕を放す。背中を押され、千隼は体のバランスを崩し、車に肩からぶつかった。シートがたわみ、凹みに溜まっていた雨水が流れた。

千隼は、相手から顔を隠そうとして、左腕を顔に巻き付けた。

「桐嶋。自分が何をしているか、わかっているのか」

聞き覚えのある声。千隼はゆっくりと左腕をおろした。

「建造物侵入。現行犯だぞ」

「教官。なぜここにいるんですか」

そこには瀬賀が立っており、乱れたネクタイを右手で直していた。

「おまえこそ、ここで何をしている」

「……どうしても、事故車両を見たかったんです」

「見てどうなる」

「わかりません。だけど、あの日本当は何があったのか、知りたいんです。自分の目で見られるものは、全部見たいんです」

「……事故現場にも行ったのか」

瀬賀の問いかけに、千隼はうなずいた。

「証言の内容は固まっている。今さら、おまえに余計な情報を入れる必要はない──それが訟務係の方針だ」

「そんなことというのは荒城さんでしょう。瀬賀教官はどう思っているんですか」

瀬賀は顔を背けた。

「警察は──いえ、私と牧島部長は、本当に悪くないんですよね。そう信じないと、証人尋問を耐えられる気がしないんです」

「どうすれば、信じることができるんだ」

「それがわからないから、私、もう……」

千隼は言葉が続かなかった。白い息を繰り返し吐いた。警察学校のとき、瀬賀がかけてくれた励ましの言葉をいくつも思い出す。

「正しくあれ、自分を律しろ、間違いを糺す勇気を持て……そう教えてくれましたよね。私、そのとおりに出来ているのか、自信がなくて……」

瀬賀は、黙ったままで千隼を見つめていた。

雨脚が再び強くなってきた。千隼の前髪に落ちた雨粒がぽたぽたと垂れる。千隼は、ひたすら瀬賀の答えを待ち続けた。

どれだけの時が経過しただろう。瀬賀は、何かを決心するように、目を閉じて、大きくうなずいた。その後の動きは素早かった。瀬賀はブルーシートに手をかけた。

「見せてくれるんですか……？」

シートが外されていくのを、千隼は固唾を呑んで見守った。

トヨタのエンブレムを付けた小さなパトカーが露わになった。

千隼はパトカーの後ろへと回りこむ。

「あっ」と小さく叫んでしまった。

ボディが衝撃で歪んでいるが、後部に目立った衝突痕が見当たらない。リアゲートの両側に、テールライトが無傷で残っていた。

千隼は唇に付いた雨粒を舐めた。ゆっくりとパトカーの回りを歩いた。濡れることも、隣の車にスーツが擦れて湿った土埃で汚れていくのも、気にならなかった。

やがて、パトカーの右フロント前で足を止めた。フロントの右側がぐっしゃりと潰れている。

「パトカーが右車線に停止した状態で追突されたなら……後続車はパトカーの後ろに突っ込んだはず。だけど、後ろに衝突痕はなくて、右フロントが潰れている」

だんだんと早口になってしまう。

「おかしいですよね？　これを見ると、パトカーがバックして路肩へ寄ろうと左に曲がっていったところへ、車が突っ込んできたとしか思えないです」

瀬賀が答えを返してくれない。千隼は肩を震わせながら言った。

「正しいことを言っているのは、私たちじゃなくて、丸山弁護士の方じゃないですか！」

瀬賀は、千隼からも、目の前のパトカーからも顔を背けていた。

「このパトカーは、証拠として出さないんですか」

「出すわけないだろう。写真だって出していない」

「じゃあ、相手も、裁判官も、このパトカーを見ていないんですね……」

「もういいだろ」

瀬賀は、ブルーシートを手にして、千隼から隠すようにパトカーを覆っていった。

「瀬賀教官、どうして私に、これを見せてくれたんですか」

「風邪を引くぞ。早く帰れ」

建物の方から、人が出てくる気配があった。

「見つかったら面倒だ。行け」

千隼は、もう一度パトカーを見つめた。

立ち去る前に瀬賀に敬礼をした。

14

明日はいよいよ裁判所に行くという日、千隼は、退勤前に更衣室のロッカーを綺麗に掃除した。

入れてあったわずかな私物をトートバッグに移すと、ロッカーには貸与された制服だけが残った。

それは、一年前に着任したときと同じ光景だった。緊張と晴れがましさに包まれたあの日と、自分は変わっていない。

変わりたくない。

たとえ警察官を続けることができなくなったとしても、だ。

千隼は、交番勤務でいつも着ていた活動服の上衣とズボンを愛おしい気持ちで撫でた。あの時とは違い、幾つもの夜を経て、生地がくたびれ柔らかくなっている。

その夜、千隼は久々にぐっすりと眠ることができた。

裁判所へは、H署の公用車で連れていかれた。

長谷地域課長が運転し、千隼は、野上副署長と後部座席に乗せられた。一時間弱の道中、会話は全くなかった。裁判所の入口では報道関係者が待ち構えていたが、千隼に一言も喋らせることなく、野上が強引に突破した。

法廷の前で荒城と待ち合わせると、フロアの端にある関係者専用の待合室に連れ込まれ、もう一度、陳述書の内容を確認させられた。

「俺が、ここに書いてあることを聞いていくから、そのとおり答えろ。いいな」

「わかっています」

「結局、原告は木暮恵一の陳述書しか出せていない。書いたのは刑事事件の被疑者で、本当に本人が書いたものかどうかも確かめようがない。一方、おまえは現場にいた当事者で、現職の警察官だ。この裁判で、裁判官が判決を書くのに採用しうるまともな証拠は、おまえがこれからする証言だけだ。おそらくすべて採用される」

荒城は、千隼に右手の拳を差し出してきた。

「頼むぞ」

千隼も、黙ったまま自らの拳を出した。二人の拳が軽く触れあうと、珍しく、荒城が微笑みを見せた。千隼は、拳を引っ込めて荒城から顔を逸らした。

法廷に入り、傍聴席の最前列で、野上と長谷の二人に挟まれて座った。被告席と原告席のちょうど真ん中、裁判官の正面に設えられた小さな椅子が証言台である。まだ誰も座っていない証言台を見つめながら開廷を待った。

裁判官席の後ろにある扉が開く。書記官の号令を待つまでもなく、法廷内にいる全員が立ち上がり、入廷する裁判官を黙礼で迎えた。

裁判官は、まず丸山京子に向かって言った。

「原告から、新たな書面や証拠提出はありませんね」

「当方は、木暮恵一氏を証人申請していましたが、木暮氏は現在警察に勾留されています。木暮氏は罪状を認めており、逃亡の恐れもなく、身柄拘束の必要は皆無です。また、持病の悪化のため勾留に耐えうる健康状態ではありません」

丸山京子は、裁判官と傍聴席を交互に見た。

「本訴訟を有利に運ばんがため、警察は、不当に木暮氏の身柄を拘束しています。裁判所におかれては、今後の判断に当たり、法廷外で、警察がそのような不当行為を働いていることを考慮するよう求めます」

裁判官は、傍聴席の千隼に視線を移した。

「それでは証人尋問を開始します。証人の桐嶋さん、こちらへお入りください」

書記官が、傍聴席最前列にある木柵の右側扉を開け、千隼を証言台の椅子へと導く。

証人として出廷する千隼を見に来た人々で、傍聴席は満席だ。

一歩、また一歩と証言台に近づくたび、傍聴席の空気が高まっていき、自分の背に視線が集中するのを感じた。

不意に、競輪選手としての記憶が蘇った。競輪場でスタートの発走台についたとき、スタンドからの注目を一身に浴びる感覚——手袋をなおしたり、太腿を叩いたり、千隼が動くたびに数多の視線が引きずられて動く光景を思い出した。

千隼の顔に少しだけ笑みが浮かんだ。

ここでは、応援の歓声も、敵意のこもったヤジも飛んでこない。法廷では、ただ、筆記具を用意する僅かな物音や、遠慮がちな咳払いが聞こえるだけ。ギャラリーに感情を乱される心配はなさそうだ。

千隼は両手で頬を三度叩いた。それは競輪選手だったとき、スタート前に気合を入れるためルーチンにしていた動作だ。体温が上昇し、目と頬が引き締まってくるのを感じた。

裁判官が千隼に言った。

「まず、民事訴訟法の規定により、宣誓をしてください」

書記官がクリアファイルに入れた紙を手渡してくる。そこには宣誓の文言が書いてあった。

「宣誓。私は、良心に従って真実を述べることを誓います」

淀みなく読み上げることができた。

証言台は、裁判官に正対するよう設えられている。裁判官が言った。

「証人は自らの記憶に従って証言すること。故意に記憶と異なる証言をすると罪に問われること。証言は裁判官に対して行うものなので私の方を向いて発言すること。それでは、はじめてください」

千隼から向かって右側が被告席だ。荒城が立ち上がり、近寄ってくる。

「被告指定代理人の荒城です」

その声がいつもと違う。丁寧で、周囲を落ち着かせるような温かさを感じる。別人にすり替わったのではないかと驚いてしまう。

先ほどは気づかなかったが、よく見れば服装がいつもと違っていた。白いシャツに紺色のネクタイを締めている。眼鏡も違った。黒縁の丸眼鏡が、いつもの嫌味で冷たい雰囲気を緩和している。

千隼の緊張は高まった。裁判の証人尋問とは、あの荒城ですら、特別な準備で臨んでくる場なのか――と。

「はじめに、乙第五号証、桐嶋千隼の陳述書を示します。あなたの経歴や本件との関わりは、これに書いてあるとおりでいいですね。職業は、地方公務員でよいですか」

「はい――」

いったん返事をしたが、言い直した。

「いいえ。私の職業は、警察官です」

「ああ、そうでしたね。失礼」

そうだ、私は警察官だ。緊張がさらに高まってきて、思わず拳を握ってしまった。荒城に気づかれないよう、ゆっくりと力を解く。

「二十六歳。元競輪選手。本県の警察学校を卒業した後、H警察署地域課に配属され、乙戸交番に勤務。現在もそうですね」

千隼は即答できなかった。退院してからの復帰後は、一度も交番勤務をしていない。

「間違いありませんね。いいですね」

荒城が急かしてきたので、反射的にうなずいてしまった。

いざ始まってみると、荒城が主導権を握り、自由に話すことはできない。

陳述書では、次に、千隼が宮永瑛士を知っていたこと、彼のことを不良少年として認識していたことが書かれている。

うまく受け答えできるか、不安になった。口の中が乾く。顔の筋肉をほぐすため頬を動かした。そもそも、宮永瑛士の顔すらよく覚えていない。脳内で暴走族姿の不良少年をイメージしたが、ぼやけて像を結ばない。

気持ちが乱れたまま、荒城の質問を待った。

しかし、荒城は言葉を切ったまま喋らない。焦れて千隼がそっと荒城の方を見やると、荒城は、手にしている陳述書をめくっていた。

「それではまず、昨年十二月二十五日、乙戸交番をパトカーで出発したときの状況をお伺いします」

陳述書の内容が一頁分省略され、宮永瑛士に関するくだりの次に飛んでいた。千隼は安堵した。やはり、うまくやり過ごす自信がなかったのだ。

「そのときは、どのような任務に当たっていたのですか」

「暴走族のオートバイの取締りです」

「パトカーを運転していたのはあなたですか」

後ろから、ごほんという咳払いが聞こえた。咳払いの主は、傍聴席の野上副署長だろう――

「……はい」

千隼はか細い声を発した。正面の裁判官を見つめたままで、荒城の方は見ない。

「私が運転していました」

千隼は、震える内心を隠すように、あえて裁判官を正面から見据え、私を信じて——と目で訴えた。

嘘をついてしまったが後悔はない。これは必要なことだ。証人尋問を先に進めるため、ここで躓くことはできない。

「少し順番が飛びますけど、パトカーとオートバイは接触したのですか」

「いいえ。オートバイが操縦を誤り、自分で転倒しました。パトカーとは当たってはいません」

この部分は、見たままの映像が脳内にはっきり残っている。千隼の答えは淀みがなかった。

「そういうことならば、もう一人の警察官とあなたと、どちらが運転していたとしても、裁判には影響ないんですけどね。念のためもう一度聞きます。運転していたのはあなたですか」

結果は変わらない。そう聞かされると少し気が楽になり、今度は「はい」と明瞭に答えることができた。

「暴走族のオートバイを探していたんですよね。それで、ええと」

荒城がまた陳述書をめくった。千隼は椅子から腰を浮かした。

「あの、私がパトカーで向かっていた先なんですけど」

「ちょっと待って」

荒城に制され、はっとなる。通報を受けて万波町のマンションに向かっていたんです——正直に喋ろうとしていたことに気づく。

「パトカーの出動の理由は、暴走族のオートバイを探していたということですね。これ以上聞きません。それもまた、あなたの不法行為の成否には関係ない」

荒城は、ここで原告席の丸山京子を見た。

「本訴訟では、原告の思い込みや裏付けのない勝手な主張が多すぎる。立証責任は原告にあるのに、有力な証拠もない。当方の立証は、必要最低限に絞らせていただく」

丸山京子は、無表情に荒城を見つめ返している。

「次に行きます」

結果的に、自分の口で嘘を言わずに済んだ——千隼は、そのことにまた安堵した。

今日の荒城は、千隼が答えやすいように最大限の配慮をしてくれているのかもしれない。

「あなたはパトカーを降りたんですよね」

「オートバイが転倒したのを見て、すぐパトカーを降りました」

「何をするためですか」

「もちろん、運転手を救護するためです」

「彼を交通違反で検挙するためだったのでは？」

「そんなこと、まったく考えませんでした。目の前で事故があったんです。警察官としてやるべきことがあります。怪我をしていないか、怪我をしていれば救命措置が必要ではないか、とか……」

「原告は、あなたが宮永瑛士氏を取り押さえようとしたと主張していますが」

「私は、そんなことしていません」

千隼は自信をもって言い切り、次の質問を待った。荒城は一歩下がった。

「その後のことを話してください」

「私が、ですか？」

これまでのように質問が来なかったので、つい聞き返してしまった。荒城が苦笑いを浮かべる。

「あなたは証人ですよ。どうぞ、あなた自身の言葉で、見たことをお話しください」

千隼は思わず、被告席に座ったままの瀬賀を向いてしまった。瀬賀の顔には緊張が現れていた。

「どうしました？　証人は、裁判官の方を見てください」

「あっ。すみません……」

裁判官の注意を受け、正面に向きなおる。

「では、まず、パトカーの赤色灯が点いていたかどうかについて、話してみてはいかがですか」

荒城はそう言うと、さらに一歩下がった。

法廷の中央で、千隼はひとりうつむいて拳を握った。目を閉じて、呼吸を整える。

正しいことをするんだ。そう決めたんだ――

「いいえ。点灯していませんでした」

そう言った瞬間、法廷内の空気が変わったような気がした。傍聴席からの物音が聞こえなくなった。

「宮永瑛士さんに怪我がないかどうか、確認しようとしました。そのとき、後ろから車が走ってくる気配を感じたので、振り返りました。パトカーの赤色灯は消えたままでした」

慌てた様子が伝わってくる。それは、意外にも左側の原告席からだった。丸山京子が急いで書類を繰る音が聞こえる。

被告席をうかがうと、瀬賀は身じろぎもせず固まっている。

「そもそも、私たちのパトカーは緊急走行していませんでした。交番を出たときから、赤色灯は点けていませんでした」

千隼は早口で言葉を続けた。

「それに、私は見たんです。轢かれる直前に、振り向いたとき、パトカーが動いているのを」

千隼は顔を下に向け、半ば目をつぶっていた。

実際には、ライトで目が眩んでしまって何も見ていない。

ただ、瀬賀が見せてくれた事故車両だけは忘れられない。

右フロントが潰れていた。警察が説明するようにパトカーが右車線に停止していたならば、その壊れ方はありえない。

パトカーは停止しておらず、歩道側に寄ろうとハンドルを切りながらバックさせ、路肩に寄るため左車線へ出ていく途中で、後続車が右フロントに衝突したとしか考えられない。

つまり、嘘をついているのは警察で、真実は、丸山京子弁護士の言うとおりだということ――

荒城は沈黙している。話を止められるのが怖くて、千隼は一気に喋った。

「パトカーが、右車線から、左車線の路肩の方へと曲がりながらバックしました。そこへ、後ろから車が突っ込んできて、パトカーとぶつかりました。その後のことは、記憶がないのでわかりません。以上が、私が見たことです」

嘘をついてしまった。

だけど、私が今そう言わない限り、すべては闇に消えてしまう――

荒城が声を落として言った。

「陳述書とは話が違う」

傍聴席がざわめき始めた。ペンを走らせる音、小さく囁（ささや）きあう声などが背中に伝わってくる。間違っても後ろは振り向けない。野上副署長と長谷地域課長は、刺すような目でこちらを見ているのだろうか。あるいは頭を抱えているか――

「どうして、予定にない話をするんだ？」

「……真実を明らかにするためです。私は、警察官としてこの証言台にいます。警察官としての良心に従いました」

「現場は街路灯が少ないはずだ」

先ほどまでとは打って変わり、荒城は、詰問するような口調になっている。

「事故があったのは午前三時過ぎ。あたりは暗闇で視界はきかないはず。見えたのは、ヘッドライトの光くらいだろう」

「いいえ」

「もう一度聞く。現場は暗かった。なぜ、パトカーがバックしたのを見たと言い切れる？」

荒城は裁判官と千隼を交互に見ていた。

荒城はきっと、私の証言が嘘かもしれないと、裁判官に印象付けようとしているのだろう。

荒城は千隼に視線を当て、丸眼鏡を外した。親しげな雰囲気が消えた。

こんな男に負けてたまるか――

千隼は目をつぶり、事故現場を見に行ったときの光景を必死に思い出そうとした。中央分離帯に供えられたジュースや花。そのすぐ脇に何があった。そうだ――

「街路灯がすぐ近くにありました。パトカーが街路灯に照らされていました。だから見えたんです」

「もういい」

荒城が吐き捨てるように言った。それから、裁判官の方を向いた。

「被告指定代理人、荒城からの尋問を終わります」

終わった——しかし安堵感は全くなかった。ただ、やるべきことを正しくできた、これでよかったんだ、と繰り返し自分に言い聞かせた。

続いては反対尋問だ。今度は丸山京子が千隼に質問し、答えを求め、あるいは問い詰めることもできる。

「原告代理人、どうぞ」

裁判官に促されるまで、丸山京子は席を立たなかった。千隼を見つめるその顔は、頬がわずかに上気していた。もう一度、裁判官に催促されてから、丸山京子はようやく席を立った。

「まず、証人に確認したいことがあります。今の証言は本当なのですか。本当のことをお話しいただいた。それでいいのね。間違いありませんか」

「はい」

「わかりました。では当職も、彼女が嘘を言っていないとの前提に立ちます」

丸山京子が千隼に歩み寄り、腕組みをして傍らに立つ。

「確認します。バックしている途中のパトカーと、後続車がぶつかった。これが第一事故です。貴方の証言によれば、第一事故は、パトカーが後続車の進路を妨害したために起こったことになる。いいのね」

「……先ほど言ったとおりです」

「そして、宮永瑛士氏と貴方が撥ねられた事故。これを第二事故とします。その原因も、後続車が第一事故によってコントロールを失ったせいで起きたことになる。それでも、証言を翻さないのね」

千隼は黙ったまま、法廷の天井を見上げた。傍聴席は満員なのに、咳払いひとつ聞こえない。

やがて丸山京子は、千隼の前方へと回ってきた。

「もう一度聞きます。証言を翻すつもりは――」

丸山京子が千隼の斜め前に立ち、顔を覗き込んでくる。千隼は顔を上に向けたままだ。瞳に涙が溜まりはじめていた。

丸山京子は、千隼に顔を寄せ、他の人には聞こえないような小声で言った。

「どうしてなの？」

「……私、警察官なんです。嘘はつけないんです」

千隼の言葉を聞くと、丸山京子は小さく息を吐き、一歩下がった。

傍聴席からの視線を忘れたかのように、左手を頬に当てたまま、視線を落とし、証言台と原告席の間を幾度か往復した。丸山京子が思考を巡らせる十数秒の間、法廷で聞こえるのは、彼女のヒールが立てる音だけだった。

丸山京子がもう一度千隼の顔を見る。そして、確信したような力強い声で言った。

「反対尋問を終わります」

「証人は、傍聴席にお戻りください。ごくろうさまでした」

裁判官に促され、千隼は立ち上がった。振り向くと、野上副署長と長谷地域課長は、堅い表情で身じろぎもしなかった。

先ほどまで千隼が座っていた、二人の間の座席は空いたままだ。

もう、あそこには戻れない。

千隼は壁沿いに歩き、そのまま法廷から出ていこうとした。

これから、どこへ向かえばよいのか──それはわからないけれど。

「それでは、これにて結審します。判決言い渡しの期日は……」

「ちょっと待って。主張を付け加えさせてください」

千隼の背後で、荒城が何かを喋りはじめている。

「ただいまの証言について、ひとつだけ。甲三号証を見てください。事故現場の見取り図です。それと甲四号証、現場写真を」

千隼は立ち止まり、法廷を振り返った。裁判官が手元の書類を探していた。

「この道路は、街路灯が少ないんです。後続車が来た南方向を見てください。第二事故の現場から、もっとも近い街路灯の位置まで五十メートルあります。証人は、街路灯に照らされて、パトカーがはっきり見えたと言いました。そうすると、第二事故の現場から、五十メートル以上バックしてから、第一事故が起きたことになります」

「五十メートル以上も？」

裁判官が怪訝そうな顔で聞き返す。荒城は諭すように言った。

「暗闇の中です。二次衝突を避けるため、ある程度距離を置いたところにパトカーを停め、後続車に回避を促す。警察官の私は、まったく不思議に思いません。もっとも、赤色灯も点けず、この警察官は自分が事故の当事者になってしまったようですが」

「すると……第一事故と第二事故の現場は、五十メートル以上離れているということですか」

「そのとおり」

千隼は、胸のざわつきを覚えた。

どういうことなの――事故現場を見に行ったとき、黙禱をささげた場所。そこに置かれた缶コーヒーや花は、近くの街路灯の光に照らされていたのに。

「パトカーが赤色灯も点けずにバックしたせいで、後続車が回避できず、第一事故が発生してしまった。しかしですよ、第二事故は、そこから五十メートル以上も先で発生している。後続車は第一事故の後、コントロールを失ったかもしれませんが、ブレーキを適切にかければ、第二事故は回避できたでしょう」

「被告代理人は、第一事故がパトカーのせい……運転していた警察官の行為が原因だと言うのですか」

「証言の内容からすれば、そう考えるのが合理的です」

「……それでいいのですか？」

「もちろん。この訴訟は、第二事故において、亡宮永瑛士氏が受けた損害賠償請求の争いですから」

千隼は、荒城の顔にうっすらと笑みが浮かぶのを見た。

「第一事故は警察の責任かもしれない。しかし、第二事故は違う。五十メートル以上あれば、後続車は、止まることも出来たし、回避することも出来たはずだ。第二事故はもっぱら後続車の運転手によって起きたものであり、警察官の行為とは何の因果関係もない」

荒城が丸山京子を嘲るように言った。

「木暮恵一氏が書いたという陳述書とも、矛盾がない」

丸山京子が、手元の書類に目を落としながら言った。

「待って。木暮氏は、パトカーがバックした距離については述べていなかった、はず……」

「甲三号証、四頁、上から五行目からを見てください。『暗闇から不意に後退してくるパトカーが現れた』とある。これでは、距離はわかりようがないだろう。それとも、この内容が虚偽だとも？」

丸山京子は返事をしない。

「原告代理人、よろしいですか？」

裁判官が結審を告げ、判決言渡しの日付を言った。


法廷内が一気に騒がしくなる中、千隼は木柵の扉を荒々しく開け、被告席へと駆け寄った。

「一体どういうことですか。この目で確認しました。轢き逃げ事故の現場は、街路灯のすぐ近くだったのに、どうして――」

「おまえが言っている事故現場というのは、花とお供え物があった場所か？　それだけのことで、どうして、そこが今回の事故現場だと言い切れるんだ」

「どうして、って……あそこでは他に死亡事故が起きていないし、誰かが場所を動かすはずもないし」

「ははっ。動かすはずないよな。普通ならば、な」

荒城が笑いながら書類を押しつけてきた。事故現場の見取り図だ。それを見ると、宮永瑛士が倒れていた場所は、街灯の下ではなかった――街灯よりはるか前方の場所が記載されていた。

「まさか、動かしたんですか」

千隼は、信じられない思いで荒城を見つめた。

「私をひっかけるために……私に、裁判で有利になるような事故現場の位置を言わせるために、そんなことをしたんですか……」

「おまえはきっと、俺の思うとおりには証言しない。俺の言うことも信じない。本当のことを知れば、覚悟を決めて、告発するだろうと思っていたよ」

本当に起きたこと。それを知ることが出来たのは、あのとき、瀬賀が事故車両を見せてくれたからであって――

「瀬賀教官。私は、事故を起こしたパトカーを教官のおかげで見ることができました。本当のことを法廷で言おうと決めたのは、そのときです。瀬賀教官が後押ししてくれているような気がした。だけど――事故現場に仕掛けがあるのを知ったうえで、私に、パトカーを見せたんですね」

「俺、初めて瀬賀さんが訟務係にいてよかったと思ったよ。助かった」

「教官、答えてください」

瀬賀が沈黙を貫いている。荒城だけでなく、瀬賀にも騙された――千隼はその場に崩れ落ちそうになった。

「おかげで、嘘をつきとおすことができただろ。俺の言うとおりにすれば、裁判は勝てるのさ」

「でも……そうすると、第一事故は、牧島部長のせい……」

「それはまだ訴訟になっていない。もし、木暮氏が警察を訴えてきたら、別のストーリーで闘うさ。民事訴訟だから、真実は複数あってもいいんだ」

「もう、やめて。黙って！」

千隼は拳を握りしめた。

「あなたが大っ嫌いです。あなたのような人が警察官なんて、信じられない。許せない」

千隼は、踵を返して二人から離れようとした。だが、目まいに襲われ、先ほどの証言台にへたり込んでしまった。

「やってくれたわね」

丸山京子が近づいてきた。

「事故の原因は、パトカーがバックしたせいかもしれない——H署の交通課の誰かが、宮永由羅さんにポロっと漏らしたことがあるの。だけど証拠が手に入らず、その主張を通せるとは思っていなかった。でも、貴方が証言でそれを言い出したから……」

千隼の肩に右手を置くと、驚くほどの力で、千隼の鎖骨を締め付けてくる。

「この私が……すっかり騙されてしまった。貴方が、牧島巡査部長による事故誘発行為を告発したのだと思った。荒城さんの指示に従わず、正義感に駆られて、本当のことを言ったのだと……」

騙したつもりはない。まさにそのとおりだったのに——

丸山京子が顔を近づけてくる。吐息の温かさが、不気味に千隼の耳をくすぐった。

「知っていたのよ。パトカーを運転していたのは貴方じゃなくて、牧島だったのでしょう」

丸山京子がようやく右手を放した。千隼は、逃げるように立ち上がり、丸山京子から距離を取った。

「貴方、私に以前、パトカーを運転していたのは自分ではないと話してくれたことを覚えている？」

「え？」

「入院中、貴方のお見舞いに行ったわ。関係者のふりをしたら、何があったかを全部話してくれたじゃない。全部録画してあるんだから」

そういえば――千隼は記憶を手繰った。ベッドサイドに誰かが来て、何があったか聞かれ、話したような記憶がある。

「あれは、夢でも、看護師でもなくて――あなただったんですか」

「そう。貴方が陳述書のとおりに証言したら、その動画を出して、この証人は嘘をついている、全く信用できないと攻め、ひっくり返すつもりだった。だけど――私は、貴方の証言を信じてしまった。パトカーを運転していたと嘘をついたのも、荒城さんに従うふりをして、事故が起きる寸前のことを質問されるまで、証人尋問をすんなり進行させるためかと……」

丸山京子の瞳は、怒りに燃えていた。

「荒城さんと示し合わせていたのね。素晴らしい演技だったわ。貴方は警官ですものね……自分を顧みず、組織を裏切り、真実を告白する――そんな警官いるはずがない」

ここにいます。

千隼はそう叫びたかったが、全ては手遅れだった。

丸山京子は、胸に付けた弁護士バッジを右手で握りしめていた。今にも引きちぎり、投げ捨てるのではないかと思った――それを付けている資格がないと言わんばかりに。

「私が甘かった。一瞬でも貴方を……警官なんかを信じた私の負けね」

千隼を残したまま、荒城と瀬賀は法廷を後にしていた。

「瀬賀さん。もう異動が決まっているんでしょう」

「……知っていたのか」

「警部への昇格、おめでとう。それで、絶対に叶えてもらいたいお願いがあります」

荒城の言葉に、瀬賀は警戒を露わにした。

「瀬賀さんの後任には、桐嶋千隼を呼んでください」

「何だって……？」

瀬賀は思わず立ち止まってしまった。荒城に冗談を言っているような雰囲気はない。

「あいつ、もうH署にいられないでしょ。身内を売ろうとしたんだ。警察を辞める覚悟で、ああいう証言したんだろうけど」

「それは……おまえが、そう証言するように仕向けたんだろうよ」

「瀬賀さんも一緒にね」

荒城だけが笑い声をあげた。

「だから、訟務係で引き取るしかないでしょ。じゃないと、引き取るところがなくて、警察官を続けられない。お願いしますよ。瀬賀さんだって、教え子のこれからが心配でしょう？　そんな顔していますよ」

「まだ交番勤務も終えていない巡査だ。本部への異動を通すのは難しい」

「何とかしてください。警察官として働ける場所を確保してあげないと、彼女を護ったことにならない。裁判の勝敗はともかく、そうしないと、訟務係としては負けなんですよ」

「桐嶋じゃあ、訟務係の役には立たないぞ」

「覚悟の上ですよ。訴訟に協力した——させられた警察官を切り捨てるようなことはできない。それもまた、悪い前例になる。今後の訴訟追行に響く。訴訟を通して国民を護るという俺たちの任務に悪影響がありますからね」

「すっかり桐嶋に嫌われて、さんざんな言われようだったが、本当にいいのか」

「桐嶋個人の考えがどうでもいいように、任務の前では、俺の気持ちも、どうだっていいんですよ」

一か月後、原告の請求を棄却する判決——警察にとっての勝訴判決が出た。

そして、桐嶋千隼には、警務部監察課訟務係への異動を命ずる辞令が出た。

第二部

本部監察課訟務係

1

警察官の任務に限りはなく、無数の種類がある。

誰かが助けを求めるならば、そこに警察の仕事がある。駆けつけるのは交番のお巡りさん、刑事、交通機動隊のパトカー、あるいは災害救助の機動隊や山岳救難ヘリかもしれないけれど――

「私、警察にこんな仕事があるなんて知りませんでした」

千隼は黒のパンツスーツ姿でノートパソコンに向き合い、荒城に命じられた資料を作成中である。事故現場の平面図に写真をつけて吹き出しを挿入し「①警察官がパトカーのドア開ける」「②風が吹いてドアが煽（あお）られる」「③隣の車のドアにぶつかって凹（へこ）む」などと文字を入れていく。

「ドアパンチで修理代払うだけなのに、本部長の決裁が必要になるのも、はじめて知りました」

「決裁の後は県議会だ。県警本部長がすみません、やらかしました、損害賠償するのでお許しください、と頭を下げる」

本部長も県議会の議員も忙しい。くどくど説明する暇はないので、ちらっと見ただけで何が起きたのかわかるイラスト付きの資料が重要になるのだという。

「普通にお金払うだけじゃだめなんですか」

「おまえ、ちゃんと勉強してる？　地方自治法九十六条。損害賠償には議会の議決を要する。先週教えたよね？」

千隼は、必要以上にせわしなくマウスをカチカチと鳴らしてみせた。

「出来が悪くてすみません。この仕事向いていないので、早くどこかの警察署に戻してください」

「公開の法廷で内部告発やらかした女を、どこが引き取るんだよ」

千隼は大きなため息をついた。

県警本部監察課訟務係に転属してから「警察官らしい仕事」が何もない。この状態が続くのなら、辞表を出してよその県警察に入りなおそうかという考えまで頭をよぎってしまう。

「こんな仕事するために警察官になったんじゃありません……そう思ってるだろ。顔に出ている」

千隼は聞こえないふりをしてマウスを鳴らし続けた。

「その事件、ぶつけた車の所有者は暴力団のフロント企業で、ここぞとばかりに法外な要求を並べてきたんだ。所属の警察署は途方に暮れて、当事者の職員は辞表を書く寸前だったんだぞ」

トラブルに巻き込まれた警察官を助けることは、大事な仕事だろう。それはもちろん理解している。しかし、そのために何をしてもいいとは思えないのだ。

荒城の行動は、添付の処理経過を見れば明らかである。

嫌がる相手を説き伏せて事故車両を借り、警察ご用達の修理工場に持ち込んで低額の修理見積を取り、相手車が駐車枠を少しだけはみ出ていたのを認めさせ、過失割合を五分五分にすることを相手に呑ませ……

「これ、全部ひとりでやったんですか」

「そこは分業制だ。組織犯罪対策課のごつい課長補佐を連れてきて、後ろで睨んでいてもらった」

「……聞いて損しました」

訟務係の部屋は、監察課の執務室と切り離されている。

県警本部七階フロア北側の片隅、給湯室のさらに奥にある書庫兼物置を転用した小部屋。

壁は書架で覆われて窓がない。脚の細い華奢な会議机が置かれており、荒城が上座に陣取り、千隼はいつも末席に座っている。

荒城の椅子は、背もたれが大きく、体を包み込むような形状である。警察の備品にしては格好良すぎるデザインなので、私物を持ち込んでいるのだろう。

一方で、千隼に与えられたのは、地階の粗大ゴミ置き場から拾ってきたような事務椅子だ。少し体をねじるだけでギィーッと軋む。その度に荒城がいちいち顔を上げ、集中力を削がれたというようにため息をつく。やむをえず、千隼は両脚と体幹に力を込め、トレーニングをするがごとく、腰を座面から浮かしていることが多い。

この部屋で荒城と二人きりである。

もちろん、監察課訟務係には荒城だけでなく、課長補佐に係長、主任もいる。しかし、彼らは監察課の本室にいるので、顔を合わせる機会は少ない。

多くの事件がある中で、厄介で面倒なものが荒城に任せられているようだ。そのために、巡査長の階級にもかかわらず、個室を与えられている――ということがわかってきた。

ドアがノックされ、監察課庶務担当の男性事務職員が入って来た。

荒城以外の人が来てくれると、少しだけほっとする。千隼は用件を聞くために立ち上がった。男は、荒城の様子をうかがいながら、遠慮がちに言った。

「朝の当番のことなんですが……今月分、桐嶋さんにお願いできませんか」

通学時間帯の朝、県庁周辺の交差点に制服警察官が立ち、横断歩道の交通整理をしている。本来は管轄のT署が担当する仕事だが、昨年から、県警本部勤務の職員が持ち回りで行っているという。

千隼の心が久々に弾んだ。朝の清々しい空気の中、子どもたちの安全のため誘導棒を振る――やっと警察官らしい仕事が回ってきた。

しかし、荒城が千隼の期待を容赦なく打ち砕く。

「その当番、訟務係に回さないでください。前から言っているでしょう、うちは人数が少ない。それに、桐嶋に早出を命じるなら、そんな仕事を充てるんではなく、自主的に勉強するよう命じてください」

いつも同じように断られているのだろう。そうですよね、と言って事務職員はあっさりと立ち去っていった。

千隼は振り返り、荒城を恨めしそうに見た。荒城はパソコンから顔を上げようともしない。

イラッとすると何かを食べたくなる。千隼が唯一持ち込んでいる私物は、買い置きのお菓子などを入れてある水色の布製収納ボックスだ。

千隼は、書棚の前で両手を伸ばし、上段に収めてあった収納ボックスを下ろした。中を覗き込むと、一昨日入れたはずのチョコレートがない。新製品の機能性チョコで、千隼にしては奮発して買ったものだったのに。

「……また、勝手に食べましたね」

今度は殺気を込めて荒城を睨みつける。そのとき、机の真ん中に置かれている電話が鳴った。

千隼は反射的に電話にとびついた。

「はいっ……県庁文書課さんですか。裁判所からの郵便……特別送達？」

千隼は、受話器を持ったまま、荒城にちらりと視線を送った。荒城の目が輝いたように見えた。

「中身はおそらく訴状だ。受け取ってこい」

「えー、また裁判ですか」

「面白い事件だといいな」

巻き込まれた警察官の身にもなってもらいたい――言い返したい気持ちをかろうじて抑え、千隼は部屋を飛び出た。

荒城に言われたとおり、県庁舎一階の文書課で分厚い封筒を受け取って、持ち帰る。

ハサミで封を切り、ひっくり返して中身を広げ、デスクの上に書類の束をどさどさっと落とした。

「訴状」と記された書面に手を伸ばしたとき、「あっ」と小声をあげてしまった。

訴訟代理人として記されていた弁護士の名は――丸山京子。


荒城は、訴状を読むより先に、添付された証拠書類をざっと眺めていった。目次のような「証拠説明書」だけで五頁以上ある。証拠の数も多い。原告本人の陳述書、現場見取り図、写真、刑事事件の裁判記録――パラパラとめくるたび、荒城の顔が険しくなっていく。

「この事件は、少し面倒かもしれない」

「それは大変ですねえ」

千隼は他人事のように返事をした。少しは荒城も苦労すればいい、ざまあ、チョコ返して……そんな感想しか浮かんでこない。

「訴訟事案発生の速報を作るから、俺の言うとおりに打て」

千隼はパソコンで報告書のフォーマットを開いた。荒城の言葉を聞きながらキーを叩いていく。

「原告の氏名、瀧川蓮司、二十七歳男性。

請求の趣旨、三千万円及び遅延損害金の支払いを求める。

請求の原因、原告は、昨年十二月二十五日、H署の警察官に発砲され、怪我を負い、右手に後遺症が残った。

原告は、ゴルフのレッスンを職業としていたが、休業を余儀なくされたうえ、後遺症のため右手の指が不自由になり、今後の活動にも支障が生じるため、三千万円を下らない損害を受けた――」

千隼の手が止まった。

それって、もしかすると――

荒城が喋り続けている。千隼は慌ててキーを打つ速度を上げた。

「……警察は、原告が刃物で女性を刺すのを制止するため、発砲はやむを得なかったと説明した。しかし虚偽である。原告は、刃物を手にしていたものの、刺そうとはしておらず、女性に差し迫った危機はなかった。

また、警察官は警告や威嚇射撃をせず発砲に及んでおり、当該発砲は警察官職務執行法等の法令に反する違法行為である」

そこで荒城がいったん言葉を切った。千隼はパソコンから顔を上げた。

「加害公務員の名は、H署地域課、国田リオ巡査と書いている。知っているか？」

やっぱりそうだ――事故に遭ったあの日、私が向かっていた現場の事件だ。

「よかったな。今度は、名指しされたのはおまえじゃない」

「ひとつもよくありません。他人事じゃないんです」

私のせいで、またひとつ裁判が起きてしまった。きっと国田リオも、自分が味わったような苦労をするのだろう。千隼は心が沈んでいくのを感じた。

荒城が呆れたように言った。

「他人事だって？　おまえ、今どこにいるんだ。訟務係だろ。自分がこの訴訟の指定代理人になって、法廷に出るかもしれないんだぞ」

急に視界が開けたような気がした。

「そうか――」

自分は今、訟務係の一員だ。リオが加害公務員として名指しされたならば、彼女を護るのが仕事。

「そうですよね。頑張らないと」

訴訟に勝たなければいけない。

特に、自分の代わりに現場に行ってくれた人が巻き込まれた事件なのだから――

千隼は両手で頰を三度叩いた。

ほう、と荒城が感心したような息を漏らした。

「それ、競輪選手のときに、発走台でよくやっていたルーチンだよな。ようやく仕事にやる気が出たか？」

「私、やります。必ず勝ちます」

「へえ……これまでふて腐れていたのに、顔つきが変わったな。だけど」

荒城が急に真面目な表情になった。

「俺たちはまだ何も調べていない。本人に聞いてみれば、現場で焦っちゃいました、つい深く考えずに撃っちゃいました……という話が出てくるかもしれない。国田巡査の違法行為が本当にあったら、どうするんだ？」

「ええと、それは……」

千隼は即答できなかった。そんなこと考えもしなかった。

「決まっているだろう。俺たちは訟務係だ。真実がどうあっても、絶対に勝たなければいけない」

2

裁判所から届いた封筒の中には、ネット上に拡散した動画が収められたディスクも入っていた。

千隼は、ノートパソコンで動画を再生した。

画面に駆け込んできた警察官が拳銃を抜き、撃ち、走って消えていく。

今思えば、この動画が撮影された時間帯にはきっと、自分はなす術なく道路上に転がり、意識を失っていたのだ。そして、傍らでは、宮永瑛士の生命が絶たれていた——

「見たくなければ出ていってくれ。仕事の邪魔だ」

千隼は首を横に振る。画面が暗転すると、マウスを手にして再生ボタンをもう一度押した。

幾度か再生を繰り返した後、荒城はつぶやいた。

「動画を見る限り、いきなり撃ったという印象しか受けない。撃たれた側の人物が全く映っていないからな……これは厄介だな」

「どのあたりが厄介なんですか？」

「本当に警察学校を卒業したのか？　拳銃の使用に関する法令をわかっていれば、そんな発言出てくるはずないんだが」

「わかってますってば」

千隼が答えた直後、電話が鳴りだした。表示された発信番号を見て、荒城が千隼を制した。

「待て、駒木警務部長からの電話だ、俺が取る。……はい。訟務係、荒城でございます」

荒城は背筋を伸ばし、別人のように取りすました口調で喋った。

「本部長室へ、大至急？　この訴訟の件で……了解いたしました、すぐ参ります」

荒城は立ち上がり、ノートパソコンを小脇に携えた。千隼には書類と六法全書を入れたバッグを持たせて、小走りに本部長室へと向かった。

「何があったんですか？」

「北村本部長がいま、この訴訟の件で、警察庁の審議官に詰められているそうだ。こんなことは初めてだな。訴訟関係の情報はいつも、本部長の秘書官宛てに送信するだけで反応はなかったのに」

本部長室に近づくにつれ、通路に敷かれたカーペットの厚みが増す。秘書室の前に駒木が立っており、荒城は駆け寄って礼をした。

駒木は色白で痩身、神経質で官僚然とした男だ。警察庁採用のキャリア組で、四十歳手前の年齢ながら、R県警ナンバー2の職位にある。

駒木は、目で本部長室の入口を示すと、自らが先頭でそちらへと向かった。秘書官がドアを開け、本部長室へと駒木たちを迎え入れた。

本部長室へ足を踏み入れるのは初めてだ。角部屋で、大きな窓から陽光が差し込んでいる。

壁には県内各警察署の管内地図が貼ってあり、その上を見ると、歴代幹部職員の名を墨書して額装したものが掲げられていた。

R県警数千人のトップに立つ北村県警本部長は、坊主頭の大男である。

部屋の中央に鎮座する木製の会議机にパソコンとモニターがセットされている。北村は巨体をすくめ、モニターに向かってしきりに頭を下げていた。

会議机には、北村を囲むようにして、五人の男女が座っている。千隼は、そのうちの一人にH署の佐川を見つけた。声をかけようとしたが、五人は一様に身を固くし、顔を伏せている。

駒木が荒城に囁いた。

「相手は警察庁の古藤審議官。プロジェクトの報告会をリモートで行っていたのだが、訴訟の話になってしまい、本部長が詰められっぱなしだ。助けてやってくれ」

駒木に促され、荒城が北村本部長の後ろに回りこんでいった。

モニターには白髪の男性が映っていた。ふくよかな顔つきだが、目つきに険がある。机に置かれた丸型のスピーカーから、苛立った声が流れてくる。

「訴訟に勝つ見込みはどうなっている。同じことを何回質問させるんだよ」

「勝ちます……必ず勝ちます」

「いや、だからそうじゃなくて、どうやって勝つのかを聞かせてくれよ」

荒城は北村に体を寄せ、パソコンのカメラに映る範囲へと入っていった。

「訟務係の荒城です」

北村が、逃げるように横へ椅子を滑らせていく。モニターに映る古藤審議官は、視線を全く動かさなかった。画面から消えていく北村のことは、どうでもいいという雰囲気だ。

「弁護士の選任はどうなっている。北村は、法務省の訟務検事を頼みたいと言っていたが、アホか」

国が当事者となる訴訟は、原則として訟務検事が対応するが、地方自治体の訴訟にまで出てくることは少ない。

「そうですね、制度上は、訟務検事を依頼することも可能ですが、国の利害に関わる大事件ならばともかく……民事の損害賠償請求事案では、おそらく、依頼しても断られるかと」

「当然だ。よく北村に教えてやってくれ」

「この事件、外部の弁護士は委任しません。私が担当します。弁護士資格を有しております」

「……荒城、と言ったな。聞いたことがある。あれか、元判事の警察官」

荒城がうなずく。

「そうか、噂に聞く県警の守護神は、北村のところにいたのか。わかった。しっかりやってくれ」

話が一段落したとみるや、北村が荒城を押しのけ、カメラの前に戻ろうとした。

しかし、既に古藤は接続を切っていた。北村は、真っ暗になったモニターを見つめ、それから立ち上がり、顔を真っ赤にさせて叫んだ。

「どうして、こんな訴訟が起きたんだ！」

駒木は、報告会のため呼ばれていた五人に退出を促した。

「本部長、裁判を受けるのは、憲法で国民に保障された権利です」

「いいか、H署員の発砲事案は、色々と叩かれたものの、古藤さんが国会答弁で擁護してくれて、ようやく収まったんだぞ。それが、今度は民事訴訟だと？　古藤さんは、あれを好事例として意識改革を進めろと号令をかけている。今さら、民事訴訟に負けて違法と言われたら、大変なことになるぞ」

「ええ。ですので、訟務係に対応させます」

「俺が指示したプロジェクトは、どうするつもりだ」

「……先ほど、報告会での説明にあったとおりです。同様のプロジェクトが起ち上がっている他の県警と連絡会議を設置し、警察庁もオブザーバーに入れました」

「そんなことを聞いているんじゃない。もっと頭を使え、先を読め。古藤さんは、本県が震源地だから、先陣を切ってプロジェクトを作れと言った。しかし、他の県警も追随してきているならば、もういいだろう。この後は警察庁が主導権を取るように根回しをしてこい」

「なるほど。民事訴訟での敗訴も考えれば、目立たぬように、一歩引いておいた方がいいということですか。しかし……連絡会議に加わる県警はせいぜい十二、三。全国的にはまだ少数派です。警察庁内部では、テロ対策部隊などはともかく、日本の警察官は拳銃使用に抑制的であるべきだとの考えが根強いのです。それに」

駒木は、ちらりと荒城を見た。

「民事訴訟も起きてしまった。司法がどう判断するか、それまではどこも様子見でしょう」

「やはり、訴訟で勝つしかないのか——しっかりやれよ。負けた時には、撃った本人も、H署の署長も、おまえらも、全員辞表を出してもらうからな」

本部長室を出た後、駒木は、警務部長室に荒城と千隼を立ち寄らせた。

「困ったものだよ」

「さっきのリモート会議は、何をしていたんですか？　プロジェクトがどうのこうの、という話が聞こえましたが」

警務課の庶務係がコーヒーを持って入って来た。

「桐嶋君は、H署にいたから、聞いたことがあるかもしれないが、古藤審議官の号令で、積極的な拳銃使用に向けた検討をしているんだ」

千隼はうなずいた。佐川の姿があったので、そうだろうと思っていた。

「あの人が、国会で、国田リオさんは間違っていなかったと言ってくれたんですか」

「そうだ。しかし、あの答弁は、打合せとは違う内容だったと聞いている」

予定では、引き続き適正使用に努めて参りたい――と答弁するはずだった。しかし、古藤は独断で「臆することなく使用するよう指導していく」と、先走った答弁をしたのだという。

「もう退官が近いし、再就職せず郷里へ戻って釣り三昧の日々を送るそうだから、怖いものがないんだ」

「でも、どうしてそんなことを……」

「警察に対する思想が違うんだよ。海外のように、武力で治安を護るべきと考えているんだ。六年前に、九州のある県警で、拳銃使用件数が異様に増えたことがある……本部長を務めていた古藤さんが、勝手に積極的使用を命じていたんだ」

それは警察庁内部で問題となり、古藤は予定の任期を待たずに東京へ戻された。

その後、警察庁から出されて他省庁に行っていたが、警察官として退官したいとの懇願が受け入れられ、五十八歳で警察庁に戻ってきたという。

「背景はどうあれ、訴訟に負けたら大問題だ。荒城君に任せることにするが、この件は、報告を求められる機会も多いだろう。方針を聞かせてくれ」

駒木の求めに応じて、荒城は、訴状をはじめとした書類を広げた。

「この事件では、警察官が拳銃使用について課せられた注意義務を果たしていたかどうか、がポイントになります」

「そうだな。H署の当該職員が、きちんと理解し、判断した上で発砲した、という主張が必要だ。彼女は警察学校を出て一年半程の新人だったか。ならば、まだ習ったことを正確に覚えていたはず……と信じたいが」

「もちろん大丈夫でしょう。この桐嶋も、まだ警察学校を出て一年少々です。すらすらとご説明できますよ」

「そうか。ではまず、おさらいの意味も込めて、君から、基本的なところを教えてもらおうか」

電話で呼ばれる前、荒城としていた話の続きになってしまった。

すまし顔でコーヒーカップに手を伸ばす荒城を睨みつけながら、千隼は説明をはじめた——


日本の警察官が拳銃を滅多に撃たず「お飾り」「腰の重し」などと揶揄(やゆ)されるのは、「警察官職務執行法」や「警察官等拳銃使用及び取扱い規範」などによる規制が厳しく、とっさの使用をためらうことが多いからだ。

「ええと、まず、拳銃を人に向けてはいけないんです。そう教わりました。あっ……違いました。それは、拳銃操法の訓練での注意事項でした。そうじゃなくて、人に向けてよい場合というのが限られていて……犯人の逮捕、人命救護とか必要な場合だけで……」

その次はなんだっけ——言葉に詰まっていると、荒城の声がした。

「法令上は人命救護でなく『自己若しくは他人に対する防護』ですね。そして、必要な場合というのは、正確には、事態に応じ『合理的に必要と判断される限度において』判断されることになります」

荒城が引き継いでくれたと思って安堵したが、それも束の間、荒城はすぐにまたカップに手を伸ばした。

「どうした？　続けてくれよ」

「……撃とうとするときは、あらかじめ相手に、撃つぞとか、予告することが必要です。その次には……威嚇射撃です。空へ向けて撃つとか」

「正確には『上空その他の安全な方向へ』ですね」

千隼はイラッとして、もう喋らないつもりで、自分もコーヒーカップに手を伸ばした。

「H署員はいきなり発砲した。その正当性が問題となる。桐嶋君、予告や威嚇射撃を行わずに発砲が許されるのは、どのような場合だったかな」

駒木に質問されてしまっては仕方ない。千隼はカップを卓上に戻した。

「はい。省略できるのは……事態が急迫しているとき、あるいは威嚇射撃をしても効果がないようなときだけです」

「では、そもそも、相手に向けて発砲が認められる場合とは？」

「正当防衛や緊急避難、凶悪犯罪を現に犯している者が抵抗した場合……などです。もちろん、闇雲に撃つことはできません。相手以外に危害を及ぼさないよう、事態の急迫の程度などに応じて、注意が必要です」

「理解できているね。安心した」

駒木の言葉に、千隼は胸を撫でおろした――リオの件があったので、いきなり発砲できる場合については再確認をしていた。テストの山かけが当たったようなものだ。

「刑事ドラマのように気軽に撃てれば、現場は楽なんでしょうけどね」

「荒城君、そんなことを言ってはいけない。弾が当たれば、簡単に人命が失われてしまうんだぞ」

駒木はたしなめるように言い、コーヒーカップを口に運んだ。

「さて、訴訟の対応方針だが……我々には、どの程度の主張・立証が要求されるんだ」

「駒木部長には釈迦に説法でしょうが、民事訴訟の原則によれば、原告の方で警察官の故意過失を証明する必要があります。ただし、裁判例では、警察側に証明責任を課したものもありまして……」

法令により、警察官は特に厳格な注意義務を課されている。ゆえに、警察官が拳銃で人に危害を加えた場合には、警察の責任において、その拳銃使用が適法行為であったこと、注意義務をいささかも怠らなかったことを証明する必要がある。その証明がない限り、当該拳銃使用は違法で過失があったものと推定する――というのだ。

「注意義務を怠らなかったことまで、証明する必要があるのか」

「それは地裁レベルの裁判例に過ぎず、確立した判断基準とはいえませんが、裁判官によっては、かなり高いハードルを設定してくるケースもあります」

続いて荒城は、この訴訟において警察側が何を主張し、証明すべきであるかを説明した。

まず、画面に映っていないところで、原告の瀧川蓮司が凶悪な犯罪を犯そうとしており、臨場した警察官がそれを防ぐためには拳銃を撃つしかなかったこと。

次に、撃つぞ、武器を捨てろ、などと警告をする暇がなかったこと。

そして、ターゲットである原告の隣には女性がいたはずで、撃ったとしても、誤ってその女性に危害を及ぼすおそれがなかったこと。

さらには、この警察官のそのような判断が、客観的に合理的であったと認められること。

この警察官——国田リオは、法令的に撃てる条件が満たされているのを理解した上で、冷静に、他の手段はないと確信した。だから撃ったのであり、いささかも注意義務を欠いてない——という説明をして、裁判官を納得させなければいけない。

「被害者であるはずの女性が真逆のことを言っているのです。近藤麗華（こんどうれいか）、二十六歳、職業は飲食店員。勤務先の店名や所在地からして、おそらくキャバクラ嬢です。瀧川蓮司からのＤＶ被害を、Ｈ署に相談したこともあるようです」

近藤麗華は、Ｈ署の調べにこう供述していた——瀧川から逃げるため引っ越したばかりだった。急に瀧川が押しかけてきて、もみ合いになり悲鳴を上げて助けを呼んだ。殺されると思ったときに警察官が来て助かった——と。

しかし、訴状を読むと、一転して話を翻している。

警察官が来た時、瀧川は包丁を手にしていたが、振り上げるようなことはしていない。小心者の瀧川が自分を刺せるはずないと思って、逆に彼を責め立てていたという。警察官に誘導されて嘘をつきました——それが麗華の言い分だった。

「瀧川は、刑事裁判で有罪になっていただろう。刑事裁判の結果は材料にならないのか」

「近藤麗華に対する暴行ですが、公判は開かれていません。略式命令で罰金刑が確定してます」

略式命令とは、検察官の起訴状どおり罪を認める場合に、公判を開かず、即時に罰金刑などを科す手続だ。裁判官による証拠調べや証人尋問は行われていない。

「そうか。全く使えないな」

「そもそも、検察が殺人未遂で起訴していませんからね。どうするかは、これから検討です」

「北村本部長は、この訴訟を県警の訟務担当に任せず、法務省の訟務検事に任せようと言ったんだ。そうすれば、仮に負けても責任転嫁できるからな」

「外の手を借りる必要はない。俺だけで十分です」

「そうしてくれ……本部長殿は何もわかっていないんだ。あのような方が本部長になるとはね、人材不足が甚だしいよ。警察のことは警察でおさめるしかない。訴訟には絶対負けないでくれ。どんな手を使っても、かまわん」

「手段を選ばず、ですか……駒木部長がそんなことを仰るとは、珍しいですね」

「荒城君がいてくれて、頼もしいよ」

荒城は、自信ありげに指先で眼鏡を押し上げた――どこかわざとらしい仕草だった。

「北村本部長は古藤審議官の子飼いでね。訴訟が終わるまで、プレッシャーをかけられ続けるだろう。その度に私は怒鳴られる――うんざりするよ」

駒木がコーヒーを飲み干す。

「この訴訟に関しては、逐一、私に報告を入れてくれ」

3

H署を訪問する前、千隼は荒城に命じられてリオの所在を確認した。本人に知られぬようにというので、佐川にこっそり電話して、勤務スケジュールを教えてもらった。

「そういえば、私のときも、いきなり来ましたよね」

「準備させたくない。いきなり押しかけて、裁判だ、大変だといって脅し、混乱させる。それで、訟務係の言うとおりにするしか助かる道はないと思い込ませるんだ。その方がやりやすくなる」

「そんなこと考えていたんですか？」

「おまえ、こっそり国田リオに連絡するなよ」

千隼の顔から不満を読み取ったのか、荒城が注意してきた。

「野上副署長や長谷地域課長の予定は確認していませんけど」

「そいつらは不要だ。だいたい、H署の幹部連中は信用できないんだよ」

「向こうも、荒城さんには会いたくなさそうですよね」

「おまえにも、だろ」

千隼が訟務係の旧式クラウンを運転し、当直勤務明けであるリオの退勤にあわせて、H署が借り上げている職員用駐車場に到着した。

「なんだあれは」

荒城の目が一台の車に釘付けになっている。米国GM社製、キャデラックの黒光りするSUVで、大統領の警護にも使われる装甲車のような車両だ。埃舞う砂利敷きの駐車場でミニバンやコンパクトカーに交ざり、駐車枠に収まりきらず、堂々と二台分のスペースを占拠していた。

「あれが国田リオさんの車です」

「……新任の巡査が乗る車じゃないぞ」

「お父さんのお下がりだと聞いたことがあります。ジムとか格闘技道場とか飲食店とか、色々やっている社長さんだと噂で聞きました……あ、リオさんが来ました」

千隼が窓の外を指さした。

駐車場の入口にはコイン精米機と野菜の無人販売所がある。その前を、背景に似つかわしくない格好の人物が歩いてきた。黒ずくめで長身。脚の長さを強調するタイトなジーンズとレザーのジャケットだ。

「あれが？　新任の服なんて、ジャージかスーツと決まっているだろうに」

「リオさんは帰国子女なので、ちょっと感覚が違うんです。アメリカだったかな？　お母さんが、そちらの出身だと聞いたような気もします」

荒城がクラウンのドアを開けると、リオの足が止まった。警戒心を露わにして、瞬(まばた)きもせず、降りてくる荒城を見つめている。

「本部監察課の荒城です。国田リオ巡査、君が拳銃で撃った相手が損害賠償を求めて訴訟を起こした。話を聞きたいので、こちらの車に乗ってください」

荒城がクラウンを指さしても、リオはまったく反応しなかった。

「おい、聞こえているのか」

「知らない相手の車に乗れるはずないでしょう」

「初対面だが、同じ県警の警察官だ。俺たちが偽警察官だとでも？」

千隼が運転席から出ていくと、少しだけリオが警戒を緩めたような気がした。

「お久しぶり、桐嶋千隼です。いま本部の訟務係にいるんだ」

リオは探るように千隼を見つめ、首を小さく傾けた。千隼は重ねて言った。

「相手は拳銃で撃たれたことを理由に、損害賠償請求をしているの」

リオは荒城に一瞥(いちべつ)をくれた。

「話は聞く。だけど車には乗らない」

「荒城さんも、いちおう私の上司なんだけど……信用できないよね」

千隼はあらためて訴訟の概要を説明した。手短に話したつもりでも五分以上を要した。

リオは他人事のように表情を変えずに聞いていた。

「あなたには、証人になってもらう必要があります。まず、現場で何があったか、教えてください」

「警察署から書類をもらって。それを見ればわかる」

「リオさんから直接聞きたいんです」

「通報を受けて駆けつけたら、男が刃物を振り上げていた。女性を刺そうとしていた。それを制止するために、私は拳銃を使うしかないと考えた。男の右手を狙って撃った。それだけ」

「その話は本当？」

千隼はそっと右足を踏み出した。猫を撫でるときのように、リオが逃げないよう、間合いを気にしながら近づいていった。

「通報を受けたっていうけど、違うでしょう。だって、その現場には私が向かっていたのだから」

「違う話が聞きたいの？」

リオの瞳がぎらりと光った――ような気がした。

「どんな話を聞きたいのか、はっきり要求を言って。そのとおりにするから」

「違う、まず、本当は何があったか聞きたいんです。相手は二人とも話を翻している。リオさんを護るため、作戦を考える必要があるの」

「裁判に負けたらどうなるの？」

「えっと……」

千隼が口ごもると、荒城が後ろから近づきながら言った。

「損害賠償が必要になる。三千万円だ。県が支払うが、立て替えるだけで、最後はおまえが支払うことになる」

自分も似たようなこと言われたっけ――と思いつつ、千隼は、荒城の言葉にあわせて大きくうなずいた。

「そ、そうなの。大変なんだから」

しかしリオの表情はまったく変わらない。

「三千万。そのくらい、パパに借りられると思う」

「最近の新任は金持ちが多いんだな」

背後から、荒城の嫌味ったらしい声が聞こえた。

「あ、あのね、お金だけの問題じゃないんだ。もし裁判で、リオさんが発砲したことが違法となったら、大変なことになる」

千隼は、早口で言いながら、さらに近づいていった。

「色々と、偉い人の責任がどうのこうので……リオさんも警察官を続けられなくなるかもしれない」

「なぜ？　私、自分がミスしたとは思ってないんだけど」

「うん、私もそう思っていない」

「一発撃っただけなのに、なんで？　あの時から色々と面倒なことばかり」

リオはふっと息を吐き、体から力を抜いたように見えた。

「もう辞めようかな。あのぐらいで問題にされて、裁判までしなくちゃいけないなんて。嫌になってくる」

リオが歩き出してSUVに乗り込んだ。千隼は慌てて後を追い、助手席に滑りこんだ。

「辞めるなんて簡単に言わないで！　私、責任を感じているんだ。本当なら私が行く現場だった。事故にさえ遭わなければ、リオさんにこんな面倒をかけることなかった。だから――」

「あなたがどう思おうと、私には関係ない」

「動画を見たけど、迷わずに撃っていたよね。ためらいはなかった？」

「別に。右手を狙ったし」

「当たるかどうか不安はなかった？　女性の方に当たったらどうしようとか、心配じゃなかった？」

「あなたと一緒にしないで。海外で暮らしていたから、拳銃は慣れている」

「アメリカ……だっけ？」

「住んでいた街は治安が悪かった。ギャングがたくさんいて、昼夜問わず銃声がパンパン鳴っていた。

撃ったこともあるし、撃たれたこともある」

　ＳＵＶの車内は広い。運転席と助手席の間を、大きなコンソールボックスが隔てている。運転席に座るリオが遠くに感じた。

「……初めて聞いた」

「言う必要もないでしょ」

「拳銃に慣れていたということ？」

「そうね。警察学校の訓練では、的に当てることより、初めて撃ったみたいに驚くふりをするのが大変だった」

「リオさんは、どうして警察官になったの？」

「それはね……」

　言いかけた言葉を呑み込んで、リオは数秒、考え込むような仕草をした。リオはサンバイザーに挟んであったサングラスを付け、瞳を隠した。

「……帰国後、親に勧められたから？　でも、日本の警察は、私が思っていたのと全然違う。続ける意味あるのかな、と思っていたところ」

　リオはシフトレバーを荒々しく動かしてＳＵＶを発進させ、クラウンの前で止まり、千隼に降りるよう言った。

「おい、きちんと言ったか？　退職するならば訴訟が片付いてからにしてくれ、と」

　荒城の言葉に、千隼は力なく首を横に振った。その場に立ちつくして、巨大なＳＵＶがガソリンエンジンの轟音を立て去っていくのを見送った。

4

発砲の現場となったマンションは、H署から約十キロ離れた住宅街にある。千隼はクラウンをそちらへと走らせた。

リオの言葉が、千隼の心にわだかまりを残していた。

「もし彼女が本気で辞めようとしているなら……私たち、余計なお節介をしているだけなんでしょうか」

「俺たちは自分の仕事をしているだけだ」

「命令されて嘘をつかされ、嫌気がさして辞めようとしているなら……無理に巻き込むのもどうかと……」

「経験談か？　それでも訴訟は続くんだよ。絶対に辞めさせるなよ。あれを証人として出せなかったら、勝ち目がなくなる。唯一の手札なんだ」

「荒城さんは結局、巻き込まれた人の気持ちはどうでもいいんですね」

つい、声が刺々しくなってしまう。荒城は車窓に顔を向けていた。

「民事訴訟だぞ。命のやり取りじゃない。本人が思っているほど大げさに考える必要がないんだ。まずは俺の言うことを聞けっていうんだよ」

いったん家並が途切れ、道路沿いには、ところどころに農家が数軒連なる。やがて国道のバイパスとの接点が近づいてくると、再び住宅が増えてくる。

この一帯は駐在所の管轄であるが、深夜帯の発生事案は、隣接交番で対応することになっている。

千隼はナビを確認しながら、三階建てのマンションの駐車場にクラウンを乗り入れた。

くすんだグレーの外壁に「居住者募集」の看板が掲げられ、地元不動産屋の連絡先が書いてある。

ここが、あの日私がたどり着けなかった現場か――

千隼はマンションを見上げた。

近藤麗華の部屋は、三階右の角部屋だ。

建物の左端に外階段がある。荒城と千隼は階段で三階へ上がった。

廊下は共用で、左側の壁に沿って各部屋のドアが並んでいる。突き当たりにもドアがあり、それが角部屋の入口だ。

近藤麗華との鉢合わせを避けるため、すぐに二階へと降りた。二階も同じ構造である。北側に面した外廊下は薄暗く、天井の照明は昔ながらの蛍光灯で、埃がべったり付着していた。

荒城は、手すりから身を乗り出した。

道路を挟んで、向かい側には老朽化した公営住宅が建っている。五階建てのコンクリート造の建物で、窓にカーテンがない空き部屋が目立つ。

「あの建物から、こっちが見えそうだ。目撃者はいなかったのかな。事件があったのは十二月二十五日だ。いつもより夜更かしをしていた人がいそうなものだが」

千隼は、交番で牧島が受けた電話を思い出す。女性の悲鳴が聞こえたとの通報が入ったというものだった。通報者が公営住宅の住人だった可能性はある。

「目撃者を探しますか？」

「丸山京子のことだ、あそこの入居者は全部当たっているだろう。今さら同じことをしても仕方ない」

荒城は、廊下の突き当たりにある角部屋のドアを指さした。

「瀧川はドアのすぐ前にいた。発砲したとき、警察官との距離は約五メートル。そうだったよな」

その点は、刑事裁判の起訴状でも、丸山京子の作成した訴状においても一致していた。

「桐嶋、あそこに立ってくれ」

千隼をドアの前に立たせると、荒城が五メートルほどの距離をとった。荒城は廊下に立ち、指でピストルの形をつくり、千隼を狙う真似をした。

「瀧川は動いていた。俺は、少なくとも右手を狙って当てられる気がしない」

「代わってください」

場所を入れ替わって、今度は千隼が荒城を狙う真似をした。

荒城が刃物を振り上げるようなゼスチャーをした。

「おまえならばどうする」

「拳銃を出すかもしれません。けど、いきなり撃つかと言われると……もみ合いになっているのに、片方にだけうまく当てる自信もないし」

「そうだよな。じゃ、どうする？」

千隼は、拳銃を構えた格好をしながら、にじり寄っていった。

「撃つぞ、刃物を捨てろ！……とか言いながら、距離を詰めていくでしょうか」

「俺もそうする。一メートルぐらいまで近づければ、急所を外して撃つことができる」

「リオさんは、拳銃に慣れていて、当てる自信があったようです」

「いや、普通なら、五メートルの距離ではいきなり撃たないということで、俺もおまえも一致したじゃないか。それが警察官の通常の感覚だ。つまり、国田リオの行動は、警察官として常軌を逸した行動だ、という評価になる」

「だけど彼女は、海外で、色々な経験をしていたようで……」

千隼がリオから聞いた話を伝えると、荒城は渋面になった。

「そんなの意味ないんだよ。だいたい、それをどうやって立証するんだ。外国にいって、ギャングの連中から昔の彼女の活躍ぶりを集めようとでもいうのか？」

「必要があれば」

「やめろ、別の意味でまずい」

荒城は廊下を行ったり来たりして、スマホで何枚かの写真を撮った。

「おまえも何か考えろ」

「やっぱり、リオさんの協力がないと……」

「どんな？」

「例えば、こんな話をしてくれれば……私が駆けつけたとき、まさに男が女性を刺そうとしていた、警告を発したのに、男は逆上していてこっちを見ようともしなかった、女性を助けるためには撃つしかない、私は拳銃操法で上級を取っており、自信はありました……とか」

「弱いな」

「じゃあ、こういうのならば……私に気づいたとたん、男は、女性を人質に取ろうとしました。それを防ぐためには一瞬の猶予もなかったので、撃つしかありませんでした……」

「なるほど。おまえなら、そういうストーリーでいくのか」

千隼は我に返ると、慌てて言った。

「ち、違います。私は、可能性の話をしただけで」

「真実がどうあれ、嘘でもいいから、頑張ってそのぐらい証言してもらわないと、訟務担当としては作戦を立てられないからな」

「発言を撤回します」

「理解しあえて嬉(うれ)しいね。立場が違えば、やっぱり、おまえだって俺と同じように考えるんだよ」

「やめてください。ちょっと考えすぎました」

千隼は荒城に背を向けた。

荒城もあのとき、真剣に考えていたからこそ、千隼が勝つためのストーリーを示唆してくれていたのだろうか――

近くの部屋から、人の出てくる気配がする。荒城と千隼は階段を下り、駐車場に戻った。

「いずれにせよ、女が向こうについた以上、分が悪い」

荒城はクラウンのルーフにもたれて腕を組み、あらためてマンションを見上げた。

「前回は、こちら側にしか証人はいなかった。最大の敵は、俺の言うことを聞かないおまえだった」

「……すみません。でも」

「今回は、警察官がいきなり発砲したという事実に争いはない。そこに至るまで、警察官が何を見てどう判断したのか、その判断に違法性はないか、というのが争点だ」

瀧川ら二人の証言内容は、自分たちが何をしていたのか、というものになる。

己の行動を振り返るだけなので、そこに間違いがあるはずはない――嘘をついていなければ、だが。

一方、リオの証言は、二人がこう動いていた、だから私はこう考えて撃ちました、というものになる。何を話しても、暗かったので見間違いをしたのではないか、早とちりをしたのではないか、という切り返しがある。

「しかも、国田リオの態度が気にいらない。何だあれは」

「でも……彼女を護るのが私たちの仕事ですよね。本人の態度は関係ありません」

「もちろんだ。駒木警務部長も、手段を選ばずに勝てと言ったからな」

千隼は嫌な予感がした。

「私、不正には手を貸しませんからね」

「……こちらも別の証人を用意するか」

「ほら、やっぱり！　そんなことしていいんですか？」

「俺も初めてだ」

「私は警察官です。そんなの手伝えませんから」

「丸山京子は手強い弁護士だ。生半可なことでは勝てないぞ。この事件に負けてもいいんだな。国田リオが警察官を続けられなくなっても構わないんだな」

本来ならば自分が来るべき現場だった——その思いが千隼のくびきとなり、言葉が詰まった。

「だけど……私なら、そんな方法を取ってまで護ってもらいたいとは思わないですけど……」

「おまえには聞いてない」

荒城は、道路を挟んだ向こうの公営住宅を見た。

「現場を見下ろせるのは、あの建物だけだ。あそこから見ていました、というのが自然だろう」

「さっき、あそこの住人は丸山弁護士が調査済みだろうって言ったじゃないですか」

「空き部屋がいくつもある。こういうのはどうだ。警察官が内偵捜査のため、空き部屋に潜み、マンションを見張っていた、というのは」

「……丸山弁護士が、そんな都合のよい話あるものかと怒りだしますよ」

「俺たちが説得すべきは裁判官だ。いいか、この訴訟で警察が負ければ、インパクトが大きいだろう。裁判官は、心情として、警察を負かすような判決を書きたくないはずだ。乗っかれるストーリーをこちらが用意すれば味方にできる。例えば、H署は近藤麗華を内偵していた……薬物関係だな。うん、それが自然だ」

「自然……？」

「薬物の容疑でこの人を内偵していました、なんていう話を警察が明るみに出すはずがない。民事訴訟が起きてしまったのでやむなくお話ししますけど……というスタンスでいこう。近藤麗華に反社会的性向があり、警察に恨みを持つ人物だと印象づければ勝負ありだ」

荒城は、クラウンのドアを開けて、さっさと後部座席に乗り込んだ。

「H署ならば、いま、瀬賀さんがいる。好都合だ」

瀬賀は、監察課訟務係から転出した後、H署の刑事課長に就いている。荒城はスマホを取りだした。

「瀬賀さん、しばらくです」

荒城は訴訟の概要について説明し、その後に、本部長と駒木警務部長が手段を選ぶなと言っていることも付け加えた。

「それで本題なんですが、昨年十二月、H署では、万波町の公営住宅の空き室を借り、近藤麗華を薬物関係で内偵していませんでした？　していたとすれば、国田リオの発砲事案を目撃しているはずなんだけど……確認お願いします」

県警本部へと戻る途中に、折り返しの電話があった。

「あ、やっぱり、内偵をしていたんですね。よかった、これで証人ができた」

そんなはずないでしょうが――千隼は、ルームミラーごしに荒城を睨みつけた。荒城が嫌な笑みを浮かべた。

「訴訟に勝つ。国田リオを護る。それが任務だ。他に対案があったら、いくらでも言ってくれよ」

5

一週間の間をおいて、関係者が万波町のマンション前に集まった。H署が近藤麗華に行動確認を付けており、不在であることを確認済みだ。

千隼たちが先着して待っていると、白い背高の日産キャラバンが滑りこんできた。

運転席に佐川を見つけて千隼が駆け寄っていくと、佐川が明るく手を振ってくれた。

「……すみません、色々とご迷惑をおかけして」

「いいのよ、千隼ちゃんが謝ることないわ。元気だった？」

スライドドアがガラッと開き、瀬賀が降りてきた。

「しばらくだな。訟務係の仕事には慣れたか？」

何事もなかったかのように、瀬賀が笑いかけてくる。

千隼は、無言で頭を下げた。瀬賀に騙されたとわかったときの衝撃は忘れられない。しかし、警察学校での恩師であった事実は変わらない。そして、今となってはわかる――訴訟に勝つため色々と苦労してくれたのだろう。悪いのは荒城だ。そう思いなおして、もう一度、千隼は深く頭を下げた。

瀬賀の後からもう一人降りてくる。出てきた小太りの男を見て、千隼は目を見張った。

青山優治巡査部長だ。乙戸交番の先輩、そして――問題を起こして乙戸交番から転属し、十二月二十四日に休暇を取っていた警察官である。

とりあえず挨拶をすると、青山は片手をあげて応じた。

「よお、久しぶりだな。怪我は治ったのか」

青山は、じろじろと千隼を見た。

「本部に栄転したんだって？　おめでとう。よかったな。事故で怪我して、得したじゃないか」

「は？」

「そのおかげで、交番勤務を脱出できたんだろ。あのぐらいの事故と引き換えで本部に行けるなら、俺が代わってやりたかったよ」

青山の笑顔には悪気が感じられない。千隼は呆れてしまい、何かを言い返す気にもならなかった。

瀬賀が近づいてくると、青山の肩を叩いた。

「青山は、昨年十二月二十四日、ここで内偵捜査に従事していたな」

その言葉に、千隼は首を傾けた。

「あれ、その日はお休みしていたって聞いてますけど。それに、青山さんは地域課で、刑事じゃありません」

「職務に熱心な男だ。有休を使って、刑事課の捜査を手伝ってくれていたんだ」

千隼が反論しかけたのを、青山の「はい！」という大声の返事が遮った。瀬賀を見つめる青山の目は、一転して、緊張と気迫に満ち溢れている。

「青山は、次の異動で刑事課に来るかもしれない。刑事が夢だったんだろ。あと一息だな」

そこへ荒城も寄ってきた。いつもとは別人のような笑顔を作っていた。

「内偵捜査、ご苦労様でした。また、今回は訴訟に協力ありがとうございます。手持ち材料が薄く苦戦必至でしたが、青山さんの登場で、形勢逆転です。北村本部長と駒木警務部長もお喜びで……」

みるみるうちに青山の顔が紅潮していった。

「公の表彰はできないけれど、人事で報いるように、ときつく言われております。瀬賀課長、くれぐれもお願いしますよ」

千隼は佐川をちらっと見た。いつもの明るい笑顔が変わっておらず、何も疑っていないようだった。

何だか目まいがして、足元がふらつきそうだった。

嘘をつくため集まったのに、そのことを誰も口にしない。実際にはなかったことを「あったこと」にして振舞っている。自分が知らないだけで、本当に内偵捜査が行われていたのではないか――そんな気分にさえなってくる。

はじめに、瀬賀と佐川をマンション三階の廊下に立たせたまま、公営住宅の空き室を回っていった。各部屋からの見え方を確認していくと、四階の一室から、近藤麗華の部屋のドアを見下ろすことができた。

「内偵捜査が行われていたのは、この部屋かな。青山さん、どうですか？」

青山は、荒城の問いかけには、目を輝かせて元気に応じる。

「はい、ここです」

「桐嶋、四階の空き室はこれで全部見たことになるか？」

「いえ、隣の四〇四号室をまだ見てません」

「そうか。ねえ青山さん、隣の部屋かもしれないですか？」

「はい、間違えていたかもしれないです」

隣室に移ると、荒城はそちらの方を気に入ったようだった。荒城が三脚を付けたビデオカメラを窓際に置いただけで、青山は察したように言った。

「やっぱり、こっちの部屋でした」

「じゃあここで。桐嶋、おまえもマンションへ行って動きを再現しろ。おまえが国田リオ、あの女性が近藤麗華、瀬賀さんは瀧川蓮司だ」

「再現といっても……」

千隼は唇を尖(とが)らせた。あの日に実際何が起きたか知らないのに、何を再現しろというのか。

「大体の位置関係があっていればいい。目的は、この部屋から見える場所と見えない場所の確認だ。こちらがネタを出せば、丸山京子は必ずこの部屋を見に来る。ここから死角になる位置関係での出来事を聞かれたとき、うっかり答えてしまったら大変なことになる」

あらためて、自分たちは嘘をつきとおすための準備をしているんだと思い知らされ、胸のむかつきがひどくなる。

道路を渡ってマンションの三階に上がる。その間に荒城が瀬賀に電話したようで、瀬賀と佐川は、すでにドアの前へと動いていた。千隼が廊下を進むと、スマホに荒城から電話が来た。

「発砲したのは、そのあたりだな。拳銃を構える動作をしろ」

薄暗い廊下の先に、瀬賀と佐川が並んで立っている。

スマホを耳に当てたまま、千隼は右の人差し指を瀬賀に向けた。照準を合わせるときのように左目を絞った。

やはり距離を感じる。そもそも、警察官が携帯しているS&W社のM360は、銃身がわずか2インチのリボルバーだ。精密な射撃に向いていない。

いま、瀬賀は動かず立っているだけなので、じっくり狙えば、体のどこかには当たるだろう――千隼は拳銃が苦手で、落第点寸前の成績だったから、それでも自信はないが。

「動いてみてくれませんか」

瀬賀は、隣にいる佐川に向かって腕を振り上げた。佐川が襲われる役になり切って、身をよじって逃げようとする。

千隼はいったん階段まで戻った。動画では、リオは立ち止まった瞬間に撃ち、すぐ走り出して画面から消えていた。

千隼は駆け、廊下の途中まで来ると立ち止まり、人差し指を瀬賀に向けて「ぱん」と声を出した。

瀬賀が動きを止め、渋面(じゅうめん)になった。

「だめだ。銃口というか、指がこっちを向いていなかったぞ。今のは絶対俺に当たってない。それどころか、跳弾(ちょうだん)で俺以外の誰かに当たったかもしれない。桐嶋、おまえは拳銃を使うな。危なくて仕方ない」

警察学校の教官に戻ったかのような叱責に、千隼は、最近のいきさつを忘れて首をすくめた。

「瀬賀課長、これからは、そうはいかないんですよ」

佐川がうんざりしたような声を出した。

「本部長が、拳銃使用をためらうなと号令をかけているんですから」

「俺は反対だ。桐嶋みたいな下手くそも多いんだぞ。練習だって滅多にさせないのに、無茶苦茶だ」

「すみません、もう一度いいですか」

千隼はまた階段へ戻り、今度は立ち止まらず、瀬賀のところまで一息に突進していった。右手に警棒を持っているように構え、「やあ！」と瀬賀に叩きつける真似をした。瀬賀が大げさに痛がるような振りをした。

「……うむ。こっちが正解だな」

「千隼ちゃんなら、それが出来るかもしれませんけどね。オリンピックの銅メダリストで、体力おばけだもんね。だけど私じゃ無理」

佐川が呆れたように首を振った。

千隼のスマホに着信があった。荒城からだ。道路の向こうを見ると、公営住宅の一室には、すでに荒城と青山の姿がない。

「すぐ撤収しろ。近藤麗華が軽自動車でマンション方向へ走行中との連絡があった」

千隼は、通話をしながら瀬賀と佐川に手で合図をして、階段の方へと歩き出した。

階段を下りる途中、千隼は踵を返した。確認し忘れたことがあるのに気づいたのだ。

三階の廊下に戻り、天井を見た。千隼は、首をひねりながら荒城に電話をかけた。

「何やってるんだよ。近藤麗華がもう着くぞ」

「荒城さん、ちょっと待ってください」

スマホを耳に当てたまま、廊下を行ったり来たりした。

「防犯カメラが見当たりません」

「何だと？」

「動画は防犯カメラの映像でした。カメラがあったはずです。それが、見当たらないんです」

「事件の後に持ち主が外したんだろ。訴訟には関係ない」

駐車場に自動車が入ってくる音がした。

「いいから早く撤収しろ」

6

県警本部に戻る途中で、遅い昼食をとることにした。荒城が何でもいいと言ったので、千隼は、幾度か訪れたことのある定食屋に入った。

着席するなり、荒城が周囲のテーブルを見て目を丸くした。ご飯茶碗（ちゃわん）が異様に大きいのだ。ちょうど隣の席の大男に運ばれてきた豚肉生姜（しょうが）焼きは、肉が山盛りになっていて、何枚あるか数えることもできなかった。

「このお店、量の多さで有名ですから、気を付けてくださいね」

「見ればわかる」

「私、ねぎスタミナ焼きにしよう。荒城さんは？」

「……普通の量で出てくるものを」

「すみませーん。ねぎスタミナ焼き特盛と、レディースセットの小ライスでお願いします」

無愛想な老婆が料理を運んでくる。千隼を覚えていたようで、何も聞かずに、レディースセットを荒城の前に置いていった。

千隼の前に運ばれたのは、直径三十センチもある大皿だ。ざく切りのネギと豚肉が山と積み上げられ、甘辛いタレが皿いっぱいに滴っている。ご飯茶碗のサイズは、牛丼屋の特盛用を凌駕（りょうが）している。その後から、ボウルに盛られたポテトサラダも届いた。

「カロリー摂取しすぎだろ。俺は不安を覚えるね」

「……ん？」

「ハラスメントにならないよう、オブラートに包んで言ってるんだよ」

「太るぞ、とでも言いたいんですか？　大丈夫ですよ。いま、一日に四千キロカロリーぐらいを目安にしてるんで」

「何でそんなに食べるんだよ」

「ストレス解消のため、朝と晩に自転車で走っているんです。百キロぐらい走っちゃうんで、このぐらい食べとかないと」

「訟務係に来てから、大して仕事していないだろ。何がストレスなんだ」

「テレビで『警察二十四時』とかを見るんですよ。そうすると、こんなに頑張っている人たちもいるのに、自分は何をしているんだ、と苛々しちゃって」

「あんなの、宣伝のため都合よく編集しているだろ。いくら新任でも、そのぐらいわかるだろうが」

「でも……私、裁判官を騙すための工作をしたくて、警察官になったのでは……」

「人聞きの悪いことを言うな」

「裁判官って、嘘を言っているのに、気づかないんですか？」

荒城は、デザートの杏仁豆腐(あんにん)に手を付けず、黙って千隼の方に押し出してきた。

「リオさんは絶対に何かを隠しています」

「そうかもしれないな」

「私たち、信用されていないんじゃないですか」

「おまえも俺を信用しなかっただろう」

「今の私、荒城さんの同類になっちゃったんですかね。それだけで凄いストレスです」

杏仁豆腐を高速で喉に流しこみ、すました顔でお茶を口に運ぶ。

警察の公式発表と、それをなぞるだけの国田リオ。

瀧川蓮司と近藤麗華。

訴訟がはじまった時点で、どちらかが嘘をついている。

そして、警察はリオを護るため、青山を使って、新たに嘘をつこうとしている——

「何が正しくて、本当は何があったのか、さっぱりわからなくなってきました」

「民事訴訟で正しいとされるのは、裁判官が認定した事実だけだ。この仕事を続ければ、おまえだって見ることになるさ。互いに自分が正しいとわめきたて、怪しい証拠や証人を用意して、相手が嘘を言っていると醜く罵り合うような場面を、な」

「でも私は、真実を突き止めて、悪いことは悪い、と言いたいです」

「犯罪者を捕まえるのは、現場の警察官に任せておけよ。俺たちの仕事は違うだろ。頑張りすぎて訴えられた現場の警察官をしっかり護るんだ」

先ほどの老婆が、食後のコーヒーを運んでくる。荒城は声のトーンを落とした。

「今のおまえは、訟務係にいるんだ。訴訟を負けに持っていくような行為は、絶対に許されない。法廷で爆弾発言するときは、辞表を出してからやってくれ」

県警本部に戻ってジャケットを脱ぐと、ソースをこぼしたような染みがあるのに気づいた。千隼はスーツを二着しか持っていない。訟務係に来るまでは、それで十分だった。

このまま本部での勤務が続くならスーツも、シャツも、革靴も買い足さなくてはいけないだろう。

定時の五時半に荒城は帰っていったが、千隼は残り、書架に詰め込まれた法律書を見上げた。

千隼は、初めて自らの意思で書架の本を手に取った。

民事訴訟法に関する本を手当たり次第にめくっていった。荒城の私物で、監察課の蔵書印のない本も読んでみた。弁護士向けの訴訟実務本だ。

気がつけば夜九時を回っていた。

多少なりとも訴訟に携わったおかげで、ところどころは内容を理解できる。しかし、どこまで探しても、訴訟に勝つためには嘘をついてもよいと指南する書籍は見つからなかった。

相手の証言の矛盾を突き、「あっちの話は信用できない」とアピールをする方法はたくさんあった。

相手の話が事実でないと突きまわすこと——暗に嘘つき呼ばわりすること——は基礎中の基礎だと理解できた。

要するに、民事訴訟では、多かれ少なかれ嘘が混ざってくるのだろう。荒城の言うとおり、警察官を護るのは大事な仕事である。丸山京子のように、相手が色々と攻めてくれば、手段を選ばず応戦する必要もあるだろう。

しかし――リオは何かを隠していると思う。

まだ、護ろうとする警察官が本当に正しかったのかどうか、わかっていないのだ。

もし、彼女が自分のミスを隠していたなら？　過ちを犯した警察官を護るため、さらに嘘を重ねることは、許されるはずがない――

本を読みすぎて首が痛くなった。

部屋を出ようとしたけれど、思い直して、訴状と証拠のコピーを綴ったファイルを手にした。

「やっぱり、真実を知らないと、気持ち悪くて何もできない」

瀧川蓮司は、ゴルフ練習場でレッスンをしている。休業による損害額の証拠として、練習場の支配人名義で作成された書類が提出されていた。レッスンを受け持つ曜日と日時、時間当たりの報酬が書いてあり、その上で、怪我のせいでレッスンを休止した期間が書いてある。

千隼は、その練習場の場所をスマホで調べた。

7

千隼はいま、待機宿舎と呼ばれる職員住宅に住んでいる。監察課の庶務係から指示され、言われるがままに引っ越してきた。

千隼は、県庁職員と共用の駐輪場から原付バイクを乗り出した。

Ｒ県警の本部は、十数年前、県庁や県議会とともに郊外へ移転してきた。庁舎の周辺にはスーパーやショッピングモールがあるが、五分も走れば田舎道になる。

千隼は、頭の中で、先ほど確認したゴルフ練習場の場所を思い出す。

職員住宅へ帰るならば右折すべき交差点を、曲がらずに通り過ぎた。

坂が続く。原付バイクのエンジンは小さく、アクセルを捻（ひね）っても速度が上がらない。

やがて、遠くに煌々（こうこう）と灯されているナイター照明が見えてきた。ゴルフの打ちっぱなし練習場だ。

全長三百メートルを超える練習場がネットに囲まれ、宙を飛ぶ白球が照らし出される。

千隼は、瀧川蓮司に会うことができた時のため、頭の中で自己紹介の練習をした。

「仕事は地方公務員、デスクワークばかりで、運動不足気味です。ゴルフは一度もやったことないです。いちど、レッスンを受けてみたいと思いまして――」

顔を知られている可能性もあるので、名前を聞かれたら、正々堂々、桐嶋千隼と言ってしまおう。

私は、お客さんとしてゴルフ練習場に来たら、偶然そこに瀧川蓮司がいたというだけ。そして、うまく右手の傷のことを話題にできれば、何かを聞き出せるかも――

潜入捜査に向かうような不安、そして奇妙な高揚感を胸に抱き、千隼はゴルフ練習場へと入っていった。

十時近くなっても、駐車場にはまだ十数台の車が止まっている。

千隼は、そのうちの一台に目を止めた。巨大な黒のＳＵＶ――リオの車と同じ車種のような気がした。胸騒ぎがして、千隼は建物に近づくのをやめた。駐車場の端にバイクを置き、照明が届く範囲を避け、歩いていった。

練習場の受付フロントでは、女性スタッフが拭き掃除をはじめている。

併設されたカフェレストランの窓に目を凝らす。

モノトーンの服にブラウンの髪。リオの後ろ姿だ。テーブルを挟んで、その向かいに大柄な男性が座っている。よく日焼けした顔は写真で何回も目にした。リオが撃った相手で、訴訟の原告——瀧川蓮司。

「あ、やっぱり……」

ここは彼の仕事場だ。リオがわざわざ会いに来たとしか考えられない。

勝手に動かれては困るんだけど——と怒りが湧いてきた。

少なくとも訟務係は、リオを護るために色々と策をこらしている。余計なことをされては、作戦が——良し悪しは別にして——台無しになるおそれもある。

しっかり注意しなければいけない。そう思って足を踏み出した。

しかし、ほんの数か月前、自分もあれこれ調べようと動き回り、目撃者に会いに行ったあげく、怒られたではないか。

いま、あのときの荒城と同じように、リオを叱ろうとしている。

汗が出てきて、額を手で拭った。額から右こめかみにかけては、事故で擦過傷を負った場所だ。あのときはまだ、しみのような痕跡が残っていた。

今ではすっかり治って、鏡を見ても痕跡を探すことができない。

時間は経過している。事故はいつしか過去のこととなり、いつの間にか、荒城のような思考が私を蝕(むしば)んでいる。

千隼は、建物の壁沿いを進んでいった。千隼の位置からでは、リオの後ろ姿しか見えず、表情がわからない。しかし、いつもの冷たい雰囲気は変わっていないように思えた。

一方、瀧川の顔はよく見える。くだけた笑顔で、馴れ馴れしくリオの髪を触ろうとして、ぴしゃりと手を弾かれていた。

その瞬間、瀧川の目つきが別人のように険しくなった。怒りのスイッチが入ると、自分を抑えられないのだろう。店内には他にも人がいるのに、頬を震わせ、拳を振り上げた。

しかし、途中でピタリと動きが止まった。リオのひと睨みに屈したような雰囲気だ。笑顔に戻ったけれど、どこか卑下たような感じがする。

二人の間柄は、警察官と現行犯逮捕された犯人というだけには思えなかった。

あの二人は知り合いだったんだ。どういう関係？　そんな情報、どこにもなかったのに——

リオが立ち上がり、瀧川を置いてレストランから出てきた。

千隼はリオのSUVの陰に身を潜めた。リオが歩いてくる。千隼が身を現す前に気配を感じたのか、リオはすっと体の重心を下げて身構えた。

「誰？」

「いったい、何を話していたんですか」

千隼だと気づき、リオの雰囲気が緩んだ。

「……そっちこそ、ここで何をしているの」

「リオさんが瀧川さんと知り合いだなんて、知らなかった。どうして教えてくれなかったんですか」

「まさか、私を尾行していた？」

「いいえ、瀧川さんを探りに来たの。リオさんがいて驚いた。法廷以外の場所で関係者に接触するのは禁止です」

「裁判で私が責められているのに？」

千隼は、かつて荒城から聞かされたことを思い出し、同じように言った。

「裁判であなたができることは、証人として証言することだけ。それ以外のことは、指定代理人の私たちしかできないんだから」

「証言はする。言うとおりやる、と言ったはずだけど」

「あ、そうか」

そこは自分のときと違っていた。

「ここに何をしに来たの」

「言いたくない」

「瀧川さんとはどういう関係？」

「高校のとき、パパの付き合いでゴルフのレッスンを受けにきたことがある。それだけだよ」

「それだけ？　親しげにお話ししていたようだけど」

「少しは……一緒に遊んだこともある。だけど警察に入る前のこと。関係ない」

「そんな情報を隠していたなんて、困るよ。全部、教えてもらわないと。まさか、交際していたなんてことはないよね」

リオは千隼から目を背けた。

「……そんなはずない、あんなやつと」

「瀧川さんはどんな人？」

「見た目は優しそうだけれど、キレやすい男。暴力的で、女にも手を上げるし」

「撃つ前に、相手が彼だってわかっていたの？　私はリオさんを護りたいと思ってる。助けになりたい。だけど、このままじゃ……何があったのか、教えて。私を信じて」

「撃ったことは全く後悔していないし、間違ったとも思っていない」

リオがＳＵＶに乗り込み、轟音を立てながら走り去るのを、千隼は茫然と見送った。

やはり、自分を信じてもらうことはできないのだ。

そして、千隼も――もはや、リオが正しかったと信じ込むことは、できないような気がした。

それでもまだ、自分ができることはあるのだろうか。

「訟務係で頑張るのは、この次の事件からにしようかな……」

8

裁判所での第一回口頭弁論に出席したのは、互いの訴訟代理人だけだった。

原告席に丸山京子が、被告席には荒城と千隼が座って開廷を待つ。

裁判所は、大勢の傍聴人が詰めかけてくると予想したのだろう。一番大きな法廷をあてがい、整理誘導のため事務職員を三人配置していたのに、傍聴人は皆無。書記官が肩透かしを食ったような顔になっていた。

この日の裁判は、静かにあっさりと進んだ。

互いに「訴状」と「答弁書」を陳述とした後、双方が提出した証拠の確認を行う。

次に、裁判官が今後の立証について尋ねた。

丸山京子は、証人として近藤麗華を、そして原告本人である瀧川蓮司の当事者尋問を申請した。

荒城は証人として二人の警察官を申請した。発砲した本人である国田リオ、それに現場を目撃していた青山優治。

裁判官はそれらの申し出を即座に認めた。

ここまで開廷から三分も経っていない。

もっとも時間を要したのは、証人尋問を行う日にちを決めることだった。担当裁判官による開廷日は火・木曜と決まっている。裁判官が候補日を挙げても、すでに別の裁判が入っているとか、顧問先の会議があるなどと言って、丸山京子の都合があわない。

いったん休廷し、丸山京子が電話を何本もかけて、ようやく日程を変更できる会議が見つかり、この日の裁判が終わった。


翌日から荒城は、証人尋問に向けての準備をはじめた。

はじめに、リオを三日連続で県警本部に呼び出した。リオは、これまでと同じように、H署の発表に沿った内容を淀みなく説明した。一日目で陳述書はあらかた完成し、二日目からはもう、証人尋問の事前練習に入っていた。

その次は青山だ。

青山には、自らが語れる実体験がない。それなのに青山は、初日の打合せが始まるやいなや、勢いよく話をはじめた。

「俺、自分から内偵捜査の手伝いを志願したんです。それで、刑事課の課長にお願いして……」

どうやら、やる気をアピールしようと、自分で幾つかのストーリーを考えてきたらしい。

一瞬だけ、荒城は面食らったような表情を見せた。しかし、笑みを浮かべると、うなずきながら傾聴しはじめた。

千隼は傍らでパソコン打ちに徹していたが、時おり様子をうかがうと、荒城は笑顔を作っているものの、仮面を付けたように表情が動かない。荒城がトイレに立つ回数も多いような気がした。あるとき、荒城に遅れて千隼も席を立つと、荒城は廊下で苛だたしげにチョコレートを齧(かじ)っていた。

青山は、荒城が笑顔の裏に隠しているものに全く気づかないようで、延々と、得意げに自分の考えてきた内容を喋り続けた。

青山が帰った後、荒城は、あらかじめ作ってあった陳述書の下書きを捨てた。

「あいつ、何なんだ……こちらの言うとおりに証言すればいいだけなのに。努力の方向性を完全に間違えている」

青山の話は、刑事志望の自分が志願して内偵捜査に従事し、張り込みを続け、いかにＨ署の捜査に貢献したかというものだった。リオの発砲に関する内容が、ほとんど出てこない。その点について荒城がやんわりと尋ねると、青山は、ネット上に拡散した動画も見ていないようで、的外れな答えしかできなかった。

「国田リオの証言内容と矛盾だらけだ。これを叩きなおしていくには、時間が必要だ。桐嶋、Ｈ署に電話しておいてくれ。一週間……いや、一週間は青山をこちらに来させるようにと」

千隼は、荒城がゴミ箱に突っ込んだ陳述書の下書きをちらっと見た。

「どんな嘘をついてほしいかは、もう決まっているんですよね。そんなに日数が必要ですか？」

「やる気のありすぎるやつは、危ないんだよ。下手に押しつけると反発する。それに、青山はもう、自分で考えたストーリーにとらわれている……余計なことをしやがって。記憶を初期化したいが、おそらく無理だ。細かい打合せを重ねて、上書きしていくしかない」

翌日から、荒城は青山を連日呼び出して、何を証言させたいのか嚙んで含めるように言い聞かせ、陳述書を作っていった。

時おり、荒城が席を立った際に、青山が無邪気に話しかけてくる。

「これで、俺もようやく刑事になれる。桐嶋も早く追いかけてこいよ。女だからといって手加減はしないぞ、鍛えてやるからな」

「……私、刑事になりたいと思ったことはありません」

「嘘だろ。刑事が一番格好いいじゃないか。刑事志望じゃなければ、なぜ、警察官になろうと思ったんだ？」

千隼は、自らの話をする気になれなかった。

「別に、他にも、やりがいのある仕事はたくさんありますよ……」

「いや、やっぱり刑事だろ。それに、刑事の連中は交番勤務を見下している。この間、アパートで変死体発見という通報があって、俺が一番に現場に行った。だけど、署に報告して、規制線を張って、刑事課の到着を待つだけ」

現場保存も大事な仕事だと思うのに、青山には違うらしい。

「覆面パトで来た刑事は、俺の後輩なんだ。俺が敬礼して迎えているのに、ちらっと見ただけで挨拶もしない。ごくろうさまです、の一言もない。刑事にとってみれば、交番の俺たちなんて、石ころと同じなんだ」

千隼は刑事課の仕事にさほど詳しくはないが、青山がそこへ異動しても、有能な刑事として活躍するようなイメージは描けなかった。

「偉くなりたいだけですか？」

「桐嶋はわかっていないな。刑事となれば、外からの目も違う。地元の友達を見返してやる……」

そこへ荒城が戻ってくる。

「荒城さん、俺、頑張りますから！」

とたんに青山は、飼い主を待っていた犬のように、目を輝かせた。

長い二週間が過ぎ、ようやく、青山の陳述書が完成して、証人尋問のリハーサルも何とか終わった。

青山が帰った後、千隼はため息をつきながらノートパソコンを閉じた。打合せ室の鍵を閉め、訟務係の部屋へと戻るため薄暗い廊下を歩いてゆく。

「色々手間をかけさせられたが、今回の証人はいい。二人とも、何でも俺の言うとおりにしてくれる。白いキャンバスに向かって自由に絵を描いているようだ」

荒城が言うと、千隼は沈んだ声で答えた。

「……二人とも嘘をついていますが」

「嘘でもいいんだよ。相手の嘘を上回れば勝てるんだ」

「荒城さんは、なぜ相手が嘘をついていると思うんですか。こっちの話は嘘。だったら相手の話が本当かもしれないのに」

「国田リオの話も嘘だというのか」

リオは、ついに瀧川と面識があることを言わなかった。千隼も言っていないので、その事実を荒城は知らないままだ。

「リオさん、隠していることがあります。それで私、彼女が正しいと信じることができなくて……」

「もう証言内容は固まっている。違う話は聞きたくない。今さら、実は私が悪かったんですと言われても困る。それともおまえは、前回のように、正義感に駆られ、法廷で何かぶちまけるつもりか？」

「いえ、そこまでの話でもないと思うんですけど……」

「じゃあ黙っていろ。訴訟に勝つため必要なパーツは全て陳述書に盛り込んだ。前も言ったが、わざと負けたいなら辞表を出してからやってくれ」

「それで本当に勝てるんですよね？」

部屋に戻ると、荒城は、旧式のノートパソコンを取りだした。盗難防止のためワイヤーで棚に固定してあり、荒城の席までは持っていくことができない。荒城は、千隼の椅子に座り、パスワードを入力してシステムを起動した。

千隼が立ったまま覗き込むと、シンプルな青基調の画面に、青山の写真が表示されていた。

「これは、人事データを閲覧できるシステムだ。監察課の権限で、職員の履歴を見ることができる。まず、青山優治のデータ」

荒城が画面を手早くスクロールさせていく。千隼は目で文字を追った。

地元私立大卒、警察学校の成績は中の下。任官八年目の三十一歳で刑事志望を公言しているが、三つの警察署を転属するも、いまだ交番勤務から抜け出せていない。

監察課では、公式記録のほかに周辺職員から聞き取った情報——非公式の人物評やプライベートについて収集したメモを持っている。

それを見ると、青山の評価は押しなべて低い。

刑事への推薦を勝ちとるため仕事熱心であるが、自制心が足りない。職務質問した相手が反抗的だったので、激高して罵り倒した。暴走族に嘲られただけで拳銃を抜いてしまった。交通違反の車を止めるため警棒を投げて凹ませてしまった——

直近では、女性職員に対する暴言が多いと通報があったので、所属に対応を指示したことも記録されている。

「歴代の上司は苦労をさせられ、とても刑事に推薦できないと評価している。きっと、青山自身も薄々気づいているだろう」

同期生を見れば、選ばれるべき者はとっくに刑事課へ行き、本部捜査一課に抜擢された者もいる。八年も勤務すれば、自分への評価も推察でき、年齢的にも、諦めがちらつきだしているだろう。

「こいつは大丈夫だ。念願だった刑事への道が見えているのだから、間違いなく必死にやる」

「何が大丈夫なんですか。私にはわかりません」

荒城はきっと、自分のときも、同じように品定めしたのだろう。

「……リオさんはどうなんですか」

千隼が言うより早く、荒城が、続いて別のデータを呼び出していた。

国田リオ、二十一歳。

小学校の途中から米国に渡り、十六歳で帰国し、高校へ編入。渡航中の経歴は不明。

母親は所在不明。父親は県内で会社を複数経営、前科前歴なし。

市内の名門女子高を卒業後、ストレートで警察学校へ。在校時の成績は、拳銃操法と逮捕術だけが一番で、その他は最下位に近い。卒業後はH署に配属され、発砲事案が起きるまで、特筆事項はなし。

まだ職歴が短いせいで、監察課のメモは、警察学校時の記載事項がほとんどだ。

協調性に欠ける。団体行動不適。拳銃は自己流。相当に慣れており、過去に、銃器を扱う経験を重ねていたと思われる――

「こんなやつ、よく追い出さずに卒業させたもんだ」

荒城はコーヒーを啜（すす）りながら顔をしかめた。

「でも、こっちも大丈夫だろう」

荒城は、メモの一行を指さした。

米国在住時に出会った警察官に触発され、帰国後、本県警察を志願――

「彼女が編入した女子高は、東大合格者を毎年必ず輩出する名門だ。経済的に窮迫（きゅうはく）している様子もないのに、進学せず警察官になったのだから、強い志望動機があったのだろう。無表情でよくわからないやつだが、警察を辞めたくはないはずだ」

荒城はパソコンを開いたまま言った。

「おまえのデータも見てみるか？」

「いえ結構です」

千隼は即答したのに、荒城は構わずに続けてくる。

「あまり評価は高くなかったぞ。体力だけがとりえ、みたいな。どんな分野を志望しているんだか知らないが、しっかり頑張らないと」

「私の志望は、自動車警らです」

「へえ。なぜ」

「パトカーで現場に一番乗りしたいんです。誰かが助けを求めているところへ一番に駆けつけるのって、すごくやりがいがある気がして」

荒城の反応は鈍かった。

「二番目でもいいじゃないか」

「……子どものとき、山奥の駐在所に住んでいたんですけれど、警察署からすごく離れていて、付近ではパトカーがうちの一台しかなかったんです。通報があると、全部、うちのパトカーが行くんです。到着すると、待っていた人が、少しだけ安心したような風になってくれるって……」

そう話してみても、荒城に響いた様子はない。

「人助けがしたいなら、救急や消防の方がいいんじゃないのか」

「え、そんなこと言わないでください」

どうしてわかってくれないんだろう。千隼はもどかしく、内心では憤りさえ感じていた。自分の志望動機は、青山のものとは違い、誰でもわかってくれると思っていたのに。

「荒城さんこそ、どうして警察官になったんですか」

荒城は応えず、システムからログアウトした。

「訟務係の仕事は現場の警察官を護ることだとか言うけれど……それこそ警察官じゃなくても、県警本部の顧問弁護士だってできるじゃないですか」

「……顧問弁護士は身内のようだが、所詮は外注だ。何があっても仲間の警察官が護ってくれる――と思ってもらいたいんだよ」

その言葉は、千隼の胸にすっと入り込んできた。

三月におそるおそる訟務係に電話したとき、瀬賀が出てくれて安堵したものだ。もしあの時、見知らぬ人が出て冷淡に「顧問弁護士に任せてあるので」と言われたら、どんな気持ちになっただろうか。護り方次第ではありますけど――という言葉は、とりあえず胸の奥に沈めた。

9

証人尋問の当日、あらためて丸山京子のブログやSNSなどをチェックしても、今日行われる証人尋問の情報は見当たらなかった。

書類一式が入ったキャリーケースを千隼が運ぶ。人気（ひとけ）のないロビーに、キャスターが転がるゴロゴロという音が大きく響く。

「私の裁判のときと全然違う……」

「これが普通なんだよ。わざわざ他人のケンカを見物しに来るやつは滅多にいない。訴訟なんて、争う当事者同士以外には、どうでもいい話なんだ」

「私の事故とリオさんの発砲事案、同じ日に起きたんです。発砲事案は、その後、ネットでもかなり話題になっていましたよね。それなのに、この訴訟が全然注目されないなんて……」

「当事者が情報を流さなければ、訴訟が起きていること自体、知る術がないからな」

丸山京子は今回、記者会見を開かず、SNS等での情報発信もしていない。

荒城が言うには、東京地裁や高裁の入る合同庁舎のように、百五十超の法廷があるところならば、毎日足を運んで数多の開廷表をチェックし、事件名と当事者氏名から面白そうな事件を探すマニアがいるそうだ。しかし、地方の小さな裁判所では、民事訴訟の傍聴目当てにふらりとマニアが来ることもなく、せいぜい地元の大学生が勉強の一環で見学に来る程度らしい。

「丸山弁護士は、どうして今回は情報を出さないんでしょうか？」

「依頼人の瀧川が嫌がったんだろう。裁判やっていて勝てば大金が入ります……そんな情報が広まったら、たかりに来るような友人が大勢いるんじゃないのか」

エレベーターで三階に上がる。法廷へと続く廊下に出ると、奥の方でふたつの人影が立ち上がった。

法廷入口の前で、既にリオと青山が待っていた。

青山がスーツ姿である一方、リオは制服を着ている。青山は、緊張しているのか、顔色が悪かった。

「今日はよろしくお願いします。打合せどおりやってもらえれば、絶対に大丈夫ですから」

荒城はにこやかに話しかけたものの、内心では、不安を感じたのだろう。廊下の突き当たりにある関係者待合室を覗き、先客がいないのを確認した上で、「もう一度おさらいしましょうか」と青山を引っ張っていった。

「リオさんは大丈夫？」

廊下に残された千隼は、リオの横顔を見上げた。

「陳述書は暗記しているし、訟務係の作ってくれたＱＡも覚えてきた」

「そう……」

頑張ってね――と続けようとしたのに、言葉がつかえて出て来ない。

「きっと大丈夫だよ」

言いながら、千隼はうつむいてしまった。

書記官が来て法廷の入口を解錠した。丸山京子の姿はまだ見えない。当事者用の待合室は一階ロビーにもある。どこかで同じように直前の打合せをしているのだろう。

荒城が戻ってきて、青山をベンチに座らせた。

「あなたの証言は二番目です。最初に国田巡査が証言します。その間はここで待っていてください」

証言は一人ずつ順番に行うが、順番が後の証人は、先に行われる証人尋問が終わるまで、在廷することができない。先の証人の話を聞いた上で都合よく自分の証言内容を変えることがないよう、外で待機させられているのだ。

青山を廊下に残して法廷に入り、リオを傍聴席に座らせる。

千隼は荒城の後について被告席に座り、キャリーケースから書類を出し机に並べた。

ヒールが床を打つ響きに顔を上げると、遅れて入ってきた丸山京子と視線が合った。

こちらを見たとたん、彼女の頬が動き、口角がわずかに上がった。不穏なものを感じ、千隼が目を凝らしたときには、表情が元に戻っている。千隼には、彼女が意図して瞼と頬の力を抜き、感情を消したような気がした。

「……荒城さん。今日、本当に大丈夫ですか」

小声で囁いた。

「相手も絶対に何か考えています」

「当たり前だ。ノーアイデアで来る弁護士がいるはずない」

「そうじゃなくて……何かたくらんでいるような」

うまく説明できない。千隼の勘——というより、かつての経験から来る感覚だ。競輪のレースで連勝を重ねると、時には、ともかく桐嶋千隼に勝たせたくない、潰したい——と対戦相手が裏で手を組むこともある。

そんなときはレース前に何となく気配を感じた。千隼の敗北を想像して昂揚（こうよう）する一方で、千隼と視線が絡むと、気づかれまいと殊更に無表情を装うのだ。

もう一度原告席に視線を送ってみたが、丸山京子は書類に目を落としたままだ。

「丸山京子も弁護士としては一流だぞ。作戦ぐらい、あるに決まっているだろうが」

千隼は、まだ空席の裁判官席を見上げた。

相手の作戦も、裁判官を騙すためのものなんだろうか——

「荒城さん、裁判官だったんですよね。自分を騙そうとする人をどう思います？　騙されたらどう思います、悔しくないですか」

荒城がうんざりしたような声を出した。

「騙されるというのはおまえの感覚だろ。裁判所は、当事者同士の主張を聞いて、証拠を吟味して、どちらを採用すべきかジャッジするんだ」

荒城は、原告席の丸山京子を見つめた。

「あいつになくて、俺にあるもの。それは裁判官の経験だ。俺には、裁判官席から当事者を見下ろす側の気持ちがわかる。俺は今日、裁判官好みの材料をたっぷり仕込んでいるんだ」

「そうでしたね……」

思わず大きなため息をついてしまった。向かいの原告席まで聞こえたのか、丸山京子が顔を上げる。

「おい――桐嶋、出ていけ」

突然、荒城が鋭く言った。荒城は千隼の顔を指さした。

「おまえは感情が顔に出やすい。証人が懸命に記憶を呼び覚まして証言しているのに、隣で指定代理人が白けたような顔をしていると、裁判官の心証を悪くするだけだ。帰ってくれ」

「いえ、大丈夫です、そんな」

「これから証人尋問に臨む俺にとって、今のおまえは、排除すべき障害物だ」


法廷を出ていくと、ベンチに座っていた青山が怪訝な顔になった。

「帰れ、と命令されたので」

力なく廊下を歩きはじめたが、訟務係の部屋に戻ったところで、ひとりで出来る仕事はない。

警察官として背負っている任務は、訴訟に勝つことだけ。そのために働ける場所は今、この法廷しかないのに――そう思うと、足が止まる。

黒の法衣を纏った裁判官がこちらへと進んできて、千隼とすれ違い、裁判官席の後ろへと通ずるドアの中へと姿を消す。

開廷時刻を過ぎてから数分待ち、千隼は、そっと傍聴席の扉を開けた。

すでにリオは傍聴席から証言台に移り、証人尋問がはじまるところだった。

荒城がちらりと千隼を見る。荒城の眼鏡が変わっていた。前の裁判で見た、黒縁の丸眼鏡だ。先ほどとは変わり、人当たりのよさそうな表情を作っている。

裁判は公開が大原則であり、傍聴人を追い出すことは、裁判官ですら簡単にはできない。千隼に気づいても、荒城が顔をしかめるようなことはなかった。

千隼は少し遠慮して、傍聴席の最前列まではいかずに五列目の端に座った。

証言台についたリオを、斜め後ろから見る。

リオが警察の制服を纏っているのは荒城の指示だ。ネクタイをかっちり締めており、紺色のブレザーとスカートには、目を凝らしても皺（しわ）ひとつ、塵ひとつすら見つけることができなかった。

リオは終始落ち着いており、涼し気な顔を保っていた。

「……階段を上がり、三階の廊下に行くと、突き当たりで人が揉み合っているのが見えました。私は駆け寄りましたが、一人が刃物を持っていて、もう一人を刺す寸前であることがわかりました」

荒城がゆっくりと語りかける。

「それで、あなたは拳銃を取りだしたのですか。なぜですか」

「刃物を持った人物は、もう一人の胴体をめがけて刃物を振り下ろそうとしていました。殺そうとしている、と判断できました。救うためには一刻の猶予もないと思いました」

「拳銃を用いる以外の手段はなかったのですか」

「彼らとの間には、まだ五メートル以上の距離がありました。拳銃以外には考えられませんでした」

胸に装着された階級章は、ぴかぴかに磨き上げられ、天井の照明を受けて輝いている。どの角度からでも、今日のリオは、沈着冷静で優秀な警察官にしか見えなかった。

「命中させる自信はありましたか」

「警察学校で訓練を積んでいます。少なくとも、誤って襲われている方に当ててしまうことはないという自信がありました」

荒城による主尋問は、陳述書どおりの内容で淡々と終わった。

リオはその後、丸山京子からの反対尋問にも動じることなく受け答えした。

丸山京子が持ち時間を使い切って原告席に戻る。このタイミングで、裁判官は補充尋問をすることができる。当事者が行った尋問を聞いた上で、自らにも疑問などがあれば、直接質問できるのだ。

「はい、国田さん、ごくろうさまでした」

裁判官からの質問はなかった。

警察側からは、証拠書類として警察内部の報告書や記者発表資料を提出してある。裁判官はそれらとの矛盾を感じなかったのだろう。リオは完璧に演じ切ったのだ。

「お疲れさまでした」

傍聴席に戻ってきたリオに、千隼は小さく声をかけた。リオは目礼で応じ、そのまま座ることなく、法廷を出ていった。

続いて、青山が呼びこまれ、宣誓をした後に証言をはじめた。

「……私は、近藤麗華に薬物使用の疑いがあるという情報により、張り込み捜査をしていました。男が女性を刃物で襲うのを見ました」

「男はいつ来たのですか？」

「折悪しくトイレに行っていたので、男が現れる瞬間を見ていません。戻ってきたら、近藤麗華が男に襲われているところでした」

「あなたは、それでどうしたのですか？」

「遠くから見ているだけで、どうしようもなかったです。制服警官が来たので、拳銃を使うしかない、使え、と思いました。そのとおりになったので、よかったと思いました」

青山に対しては、丸山京子が反対尋問で責め立てることが予想されたので、想定ＱＡを手厚く準備してある。

荒城が被告席に戻ると、代わりに、丸山京子が落ち着いた声で反対尋問を始める。青山の背中が丸くなったように見えた。

「貴方は地域課所属の警官なのに、なぜ、薬物事案の捜査に携わっていたのですか」

「応援を頼まれたんです」

「ということは、命令を受けて勤務に就いていたのですね？」

「ええ、まあ」

「明確な回答をお願いします」

「仕事ですからね、命令を受けていましたよ」

荒城が咳払いをした。とたんに青山の表情が硬くなったように見えた。

「次の質問です。張り込みは、何時から開始しましたか」

「まだ捜査中ですので答えられません」

「張り込み中、他の警官は一緒ではなかったのですか」

「まだ捜査中ですので答えられません」

「張り込みしていたのですよね。録画はしていませんでしたか」

「まだ捜査中ですので……」

荒城が挙手し、裁判官の方を向いて、申し訳なさそうに言った。

「近藤氏に対する嫌疑は晴れていない、とＨ署から聞いております。公開の法廷ではできないお話もございます。証言拒絶権の行使につき、ご容赦いただきますようお願いします」

「……ですが青山さん、原告代理人が聞いているのは、あなたが一人でいたのか、二人でいたのか、それだけのことですよ」

青山は顔を上気させ、裁判官に向かって早口で言った。

「警察の捜査体制に関することです。対象者に知られては絶対に困るんですよ」

裁判官は呆れたように首を振り、それ以上質問を重ねなかった。

裁判官からはきっと、青山は融通が利かない秘密主義の男に見えていることだろう。

千隼は、荒城が言っていたことを思い出した——それは、世間が警察官に抱く典型的なイメージのひとつに当てはまる。警察官が原告代理人の質問に誠実に答えようとする方が違和感がある、と。

丸山京子が持ち時間を余して反対尋問を終え、青山が法廷から退出する。

書記官が、今度は若い女性を連れてきた。金髪の巻き髪で、顔は不健康なほどに白い。地味なグレーのワンピースが派手な髪形に似合っていない。ＴＰＯを考えて、普段とは異なる装いで来たのが明らかだ。

原告側が申請した証人なので、丸山京子が先に尋問を開始する。

「貴方は近藤麗華さん、二十六歳。お仕事は飲食店勤務。よろしいですか」

「そうですね。というか、キャバクラですけど」

近藤麗華は気だるげに答えた。

「瀧川蓮司さんを知っていますね。貴方とのご関係は交際相手、すなわち恋人ということですか」

「うーん、どうかな。違うかな」

「一緒に住んでいましたか」

「しばらく前までは」

「今は違うのですね。同居を解消した理由を教えてください」

「だってあいつ、私の金を当てにしてばっかりで……文句言うと、すぐキレるし。別れるといっても聞かないし。もう、だるくなっちゃって……」

「警察に相談をしたことは？」

「何度か、Ｈ署に相談しました。パトカーに来てもらったこともあった」

「それは、いま住んでいる万波町のマンションでのことですか？」

「ううん、引っ越す前の別のところ。今のマンションは、十二月からだし」

「転居してから、十二月二十四日までの間に、瀧川蓮司さんが来たことがありましたか」

「ないです。蓮司と別れたくて、あいつがいない間に、夜逃げみたいに引っ越したんです」

「十二月二十五日のことを話してください」

「店が夜二時過ぎに終わって、部屋に帰ったら、蓮司がいきなり押しかけて来ました。大声を出すから、部屋の中へ入れちゃったんですよね」

「なぜ部屋に入れたのですか？　危険だとは思いませんでしたか」

「……別に、そんなことは。蓮司は、すぐキレて、騒いで手を上げるけど、根性なしだから。それに……今の店のオーナーが、今度何かあったら、蓮司をシメてくれると言ってたし」

最後の話は、予定になく口が滑ったものだろうか。丸山京子がさり気なく立ち位置を変え、裁判官から見えないところで、人差し指で近藤麗華にサインを送っていた。

近藤麗華がその意味を理解してうなずくまでの間、尋問が止まった。

「次に……部屋の中で、瀧川蓮司さんと、どのような話をしたのですか」

「謝るからよりを戻してくれ、とか？　そんな話。蓮司はかなり酔っ払っていたし、話はめちゃくちゃ。よく覚えてません」

「その後、部屋を出ましたね。なぜですか」

「電話が来たんです。店の送迎ドライバーの番号から」

「電話の相手は？」

「送迎ドライバーの名前なんか、いちいち覚えてません。人もすぐ変わるし」

「どのような用件だったのですか」

「ええと、マンションの前を通ったら、悲鳴みたいな声が聞こえたんだけど、大丈夫ですか、やばい状況なら店へ戻りますか、みたいな話があって……すぐ行くから下で待っていて、と言いました」

「なるほど。それで？」

「私が部屋から出ようとしたら、あいつが追いかけてきて、ドアを出たとこでつかまって」

「瀧川さんは包丁を持っていましたか」

「はい」

「ドアを出たところで、瀧川さんは何を言いましたか」

「覚えていません。包丁持っているのも忘れて、手をこう……」

「子どもが駄々をこねるように、手を上下させる動きですね」

近藤麗華が身振りで示すのを、丸山京子が的確に言語化した。

「危険を感じましたか」

「嫌だな、面倒くさいなとは思った。だけどいつものことだし……そこまでは」

「次に、警官が来た時の状況を話してください」

「警官がひとりで階段上がってきた。あれっ、誰か通報しちゃったんだ、と思いました。蓮司が包丁を持ってたから、やばい、面倒くさいことになる、包丁隠さなきゃって。そうしたら、いきなりパンって音がして、蓮司が倒れて……驚いて警官を見たら、拳銃持っていて……何すんの、と怒鳴ってやった」

「貴方のお話からすると、瀧川さんが貴方を刺そうとして、包丁を振り上げたことはなかった。そうですか」

「そう。包丁を振り上げたかもしれないけど、私の方には向けていませんでした」

「警察に対して、そのように話をしましたか?」

「もちろん。だけど、警察署に連れていかれたら、おまえは殺されるとこだったぞ、とか言われて。全然、警察署から帰してもらえなくて……最後は面倒くさくなって、はい、はいって」

丸山京子による主尋問の持ち時間が切れ、荒城が反対尋問に立つ。

眼鏡が、いつものシルバーフレームに戻っていた。荒城は、近藤麗華の正面に立つと、腕組みをし、冷たく見下ろした。嫌味で失礼な雰囲気がいつもより増しているような気がした。

「近藤さん、あなた、薬物の前科がありますよね」

「は？」

近藤麗華が荒城を睨み返した。彼女が口を開く前に、丸山京子が挙手して言った。

「本件に関係のない、証人を戸惑わせる不当な質問です。裁判官、質問を制限してください」

「では質問を変えます。近藤さん、本当は隠しておきたかったが、H署の捜査員が、あなたを薬物使用の嫌疑でマークしています。気づいていましたか？」

「知らないけど？」

「捜査員が、瀧川蓮司とあなたの揉み合いを目撃していました。瀧川蓮司は、あなたを刺そうとしていた」

「そいつの見間違いじゃないですか」

「マークされていたという事実には疑いを挟まないんですね。身に覚えがあるということですか」

「変なこと言わないでくれる……」

「失礼。私も警察官の端くれなので、つい、取調室にいるような口をきいてしまった」

千隼は裁判官の様子をうかがった。

近藤麗華が薬物に関して後ろ暗いところがあるかどうかは、訴訟と関係ないような気がする。質問を重ねれば、裁判官が止めに入るだろう。

「だけど、薬物はやめた方が良い。前回は執行猶予がついたが、次は実刑になりますよ。体にもよくない……失礼、これで終わります」

裁判官が口を開きかけた寸前で、荒城はさっと身を引いて被告席に戻った。

近藤麗華が立ち上がり、荒々しい足音を立てながら傍聴席へと戻ってくる。内心を隠そうともせず、「何あれ、むかつく」とつぶやきながら座り、脚を組んだ。

千隼は、複雑な思いにとらわれていた。彼女が嘘を言っているような気がしなかった。くだけた喋り方をしている分、弁護士とリハーサルを重ねて作り話を覚え込まされたのではなく、あくまで素で喋っているのを見ているようだった。

それは千隼だけでなく、荒城も同じだったのだろうか。

だからこそ、挑発するような物言いをし、最後に、社会的に問題のある人物と印象付けようとした。

荒城の言葉を思い出す。裁判官好みの材料――

現職警察官の二人と、薬物の再犯疑いのある女性と、どちらの話を採用すべきか。裁判官が悩んだとき、その背中を押すきっかけにはなるのかもしれない。

最後に、瀧川蓮司が法廷に入って来た。

この訴訟の原告なので、証人ではなく当事者から話を聞くという扱いになる。

瀧川は、百九十センチを超える長身を屈めるようにして、証言台に着いた。似合わぬスーツ姿で、緊張しているのか表情が硬い。

丸山京子にゆっくりとリードされながら、当日のことを喋りはじめた。

「どうして、近藤さんの部屋に行ったのですか」

「ずっと麗華を探していたので……」

「以前、近藤さんと一緒に住んでいたのですか？」

「住んでました。相馬町の、麗華が借りていたマンションです。だけど、逃げやがって……仕事で三日ぐらい県外に出かけ、戻ってきたら俺のものだけが残っていて、もういなくなってた」

「お二人の間に何があったかは、訴訟における当方の主張と関係が薄いのでお尋ねしません。次に、なぜ近藤さんの新しい部屋がわかったのか教えてください」

「電話があったんです。住所を言われて、そこに住んでるぞ、っていう」

「誰からですか?」

「わからない。番号も非通知でした」

「心当たりはありますか?」

「麗華と同じ店で働いている子に、新しい住所がわかったら教えてと頼んでいました。麗華は売れっ子だけど、その分、店で敵も多いからさ……」

傍聴席から近藤麗華の荒々しい声が飛んでくる。

「あんた、そんなことしてたの――」

瀧川蓮司が首をすくめる。丸山京子が傍聴席を見て、静かにするようにゼスチャーで伝えた。

「……続けます。貴方が近藤さんの部屋から包丁を持ち出したことは、事実ですか?」

「はい。麗華が怒って騒いだから、静かにさせるため脅してやろうと思って……」

「それが悪いことなのはわかっていますよね?」

「もちろん……二度としません」

「包丁を、近藤さんに向けたり、振りかぶったりしたことはありますか?」

「それは絶対にないです」

「警官が来たときの状況を話していただけますか」

「よく覚えてないです。あ、警察だと思ったとたん、拳銃で撃たれて。ものすごく怖かったです。その後もずっと拳銃向けられていて、殺される、と思いました」

「弾丸はどこに当たったのですか」

「右手に」

「怪我は治りましたか」

「薬指と、小指が以前のようにうまく動かないんです」

瀧川が手のひらを開いて見せた。丸山京子が、裁判官に向かって言った。

「瀧川さんの右手には傷痕、治療痕があります。その状況については、書証で提出した写真及び診断書のとおりですが、裁判官にも、その目で傷痕をご覧いただきたいと思います」

続いて荒城が反対尋問に立つ。証言台の斜め前に立ち、威圧するように瀧川を見下ろした。

「君の話は、警察の取調べに対する供述とまったく内容が違う。警察に話した内容を、教えてくれませんか」

「……忘れました」

「近藤麗華が自分を罵ったので、カッとなり、殺してやろうと思ってキッチンから包丁を持ち出した。電話を口実に逃げたので、玄関の外で捕まえて、刺そうとした。これで合っていますか」

瀧川が、助けを求めるように、原告席に座る丸山京子を見た。荒城が隙を与えずに質問を続ける。

「警察に対して話したこと、先ほどこの法廷で話したこと、どちらが正しくて、どちらが嘘なんだ?」

「そんなこと言われても……」

「君は暴行の罪で有罪が確定している。それがえん罪だと？」

瀧川は言葉が出ず、うなずくだけだ。

「おかしいじゃないか。君に対する刑事罰は、略式命令で宣告されている。罪を認め、起訴内容を争わないことに同意したのに、なぜ、民事訴訟になったとたん、えん罪と言い出すのか」

瀧川からは答えが返ってこない。荒城は丸山京子の方を見た。

「丸山弁護士に訴訟を依頼した経緯を教えてください。あの弁護士が、訴訟を起こそうと持ちかけてきたのではないですか？　警察から金を取れる、と」

瀧川は落ち着きなく視線をさまよわせていた。

「君は闇カジノで借金をつくり、半グレに追い込みをかけられているね。金がいるんだろ。それで、誘いにのって、訴訟で嘘をつくことを了承したんですか」

「どうしてそれを知ってる……」

丸山京子が立ち上がり、発言の許可を求めることもなく、早口で鋭く言った。

「瀧川さん、今の発言の趣旨は、借金があることについてのみ認めるというものですね」

「は、はい」

「被告代理人の発言は、当方の名誉を著しく傷つけるものです。尋問を中止するよう申し立てます」

「以上でおわかりになったと思いますが、原告とその代理人には、疑わしい点が大いにあります。裁判所におかれては、ご賢察いただきますようお願いします」

荒城が被告席に戻る。裁判官が言った。

「裁判所から、瀧川さんに一点だけお尋ねします。起訴内容を争わず、略式起訴に同意したとの点は、間違いありませんか？」

「……はい」

「わかりました。以上で瀧川さんへの尋問を終わります。ごくろうさまでした」

瀧川が立ち上がり、よろめきながら歩いて傍聴席へ移動した。瀧川は近藤麗華の隣に座り込んだが、労いの言葉などは一切かけてもらえなかった。

裁判官が丸山京子に向かって言った。

「原告から主張の追加はありますか。もし、警察の取調べに対する供述が真実でなかったとするならば……えん罪を争うようなレベルの主張立証が必要になると思いますが」

「主張の追加はありません」

「よろしいのですね。はい、わかりました」

荒城は、すまし顔で裁判官の方を見ている。

きっと荒城は――内心では出来栄えに満足しているのだろう。今の裁判官の物言いからすれば、このまま結審した場合、負けるようなことは想像しにくい。

千隼は形容しがたい恐ろしさを感じていた。

証人尋問をずっと見守っているうちに、誰が嘘を言っているのかわからなくなってきた。自分の記憶には、訴状が届いてから荒城と共にした行動がはっきり残っているのに――

「お待ちください。提出したいものがあります」

丸山京子の涼やかな声が響いた。

千隼が証言をしたときも、裁判が終わりそうになる寸前に「待った」をかけた人がいた――あのときは荒城だった。今度は逆に、丸山京子が何かを出そうとしている。

荒城が言った。

「予定した証拠調べは終わっている。新たな主張や証拠を出す段階ではない」

「私が提出するのは、証人の信用性に関わる証拠です。まずはご覧ください」

丸山京子が席を立って書記官のところまで行き、クリップ止めした書類を手渡した。裁判官は、書記官を介して書類を受け取ると、怪訝な顔になった。

「これは？」

「Ｈ署の警官が作成した書類の写しです。近藤さんは瀧川氏からのＤＶ被害をＨ署に相談しており、Ｈ署の担当官がその後の経過を記録したものです」

書記官が、写しを被告席の荒城にも渡してくる。

千隼は腰を浮かせ、傍聴席の最前列へと移った。木柵から上体を乗り出して、荒城が手にした書類を見る。幾度も目にしたことがある様式。相談事案を記録する際に使うものだ。

まさか、警察内部の誰かが、丸山京子と通じているのか——

「ご覧ください。十二月二十七日付けで、近藤さんの住所が相馬町から万波町に変更されています。すなわち、Ｈ署は、同月二十四日時点では、近藤さんが転居したことを把握していなかった。それなのに、なぜ、青山証人は、万波町で張りこみを行えたというんですか？」

「証拠の成立を争います。こんなもの、外部の人間が入手できるはずがない。極めて疑わしい、本物であるはずがない——それに、刑事課では把握していた情報がＤＶ相談の担当に共有されていなかったかもしれない」

「続けて、ふたつめを提出いたします」

次に出てきたのは、H署長の公印が押された書類のコピーだった。

公営住宅を管理する市役所住宅課宛ての公文だ。

「H署が、公営住宅の空き室の一時使用許可を得るために提出した書類の写しです。日付は先月のもの。この訴訟が起きた後に、警察は公営住宅を使おうとしたのです」

「証人尋問の準備をするため、先月、公営住宅に立ち入ってます。そのときの書類でありませんか」

「よく見てください。使用許可の対象は、空き室全部となっています。どうして、内偵捜査に使っていたという四〇四号室以外に入る必要があったのですか。おそらく、全ての空き室を確認して、どこからよく現場が見えるか調べたのでしょう……すなわち、証人を捏造するためのロケハンを行ったということでしょうか」

裁判官の表情が険しくなっていく。

「指定代理人の荒城氏は、色々と進め方が強引で、県警内部でも問題視する声があると聞いております。これらの書類は、心ある警察関係者から提供されたとだけ、申し上げます」

荒城が疑わし気な視線を向けてくる。千隼は顔の前で手を横に振った。

違います、「心ある警察関係者」は私じゃありません。賛同する気持ちも少しはあるけれど——

荒城が正面を向いて動かなくなった。千隼は荒城の横顔を見つめ、固唾を呑んだ。

丸山京子を見ると、腕を組んだままで待っている。すました表情をつくろっているが、内心は、この時をいつまでも愉しんでいたいというような雰囲気だ。口角が上がり、唇から笑みが漏れていた。

裁判官が荒城に発言を促したが、荒城は微動だにしなかった。

「荒城さん？」

千隼は、法廷に入ってからはじめて口を開いた。小声で呼びかけても反応がない。さすがに荒城でも、このような展開は予測していなかったのだろうか。

「被告側、発言がなければ、これで結審しますよ。よろしいですか」

裁判官の言葉に、千隼は焦りを覚えた。このままでは負ける。そのぐらいは千隼でもわかる。

「荒城さん、荒城さんってば。しっかりしてください」

たまらなくなり、千隼は手を上げて立ち上がった。

「待って。まだ終わらないでください！」

傍聴席と法廷を仕切る木柵は、両端のドアを押し開けて入れるようになっている。そのわずかな距離の移動ももどかしく、片手で柵を飛び越えた。

被告席へ小走りに近づくと、書記官が慌てて席を立ち、千隼の方へ駆け寄ろうとした。

「だめです、傍聴人は入らないで」

「私は傍聴人じゃありません。県警の指定代理人、桐嶋千隼です。私も発言していいんですよね」

千隼は深呼吸をしてから、裁判官に向かって言った。

「ひとつ、言い忘れていたことがあります。国田リオ巡査と瀧川蓮司さん、二人は知り合いです」

「は……？」

「国田リオ巡査は瀧川さんの性格を知っていました。キレやすくて暴力的だと言ってました。そんな人が包丁持って騒いでいたんです。隣にいる人が危ない、そう思うに決まっているじゃないですか」

裁判官が眉間に皺を寄せた。

「何を言いたいのですか」

「ですから……現場に着きました、喧嘩しています、片方が包丁持ってます、あっ、こいつ知ってるやつだ、危ない性格なんだ、まずい、すぐ撃たないと危ない！……そうなったんじゃないですか」

黙っていてはだめだ。何かを主張しないと訴訟が終わってしまう。千隼は必死に言葉を繋いだ。

「先ほど、国田証人は、そのような話をしていませんでしたが」

「だから、私がいま、お話ししているんです！」

「仮にそのような事実があったとして、どのような法律上の主張に結び付くのですか」

「それはですね……ええと、荒城さん」

千隼は、荒城に話を引き取ってもらおうと思い、荒城の肩を指で突いた。しかし、荒城は座ったまま目を閉じており、動こうとしない。

「ええと、つまり……瀧川さんと近藤さんのお話が本当だとしても……そういう性格の瀧川さんが包丁を手にしていたからには、国田リオ巡査は、危機的状況だと思うほかなかった。拳銃を使うしかないと思ったんです。だから撃っても仕方なくて……何も責められることはないんです」

書記官がうめき声をあげた。どう記録したらよいものか、頭を抱えたかったのだろう。

「原告代理人、どう受け止めますか？」

裁判官が話を振ると、丸山京子は立ち上がった。

「要するに、言いたいのは――国田巡査はあらかじめ瀧川氏の粗暴な性向を知っていたという事実がある。その国田巡査だからこそ、瀧川氏が刃物を手に女性と言い争っているだけで、女性が極めて危険だと勘違いしたのもやむを得ない。結果はどうあれ、警官の判断過程に誤りはない。判断は合理的だった……そうことでよいかしら？」

千隼は迷った。自分の拙い話を法律論に落とし込んでくれているようだが、喋っているのは敵方の弁護士だ。肯定してよいものかわからない。

「裁判官。国田巡査と瀧川氏が十二月二十五日の発砲事案以前から面識があったことについて、原告も事実であると認めます」

「丸山弁護士も知っていたんですか？　なぜ黙っていたんです」

こちらに有利な展開になるかもしれないと思い、千隼は勢い込んだ。

「隠していたんですね。それがわかれば、そちらが不利になるからですか？」

「違うわ。警察側が認めるはずないと思ったから、わざわざ言わなかっただけです。ねえ貴方、ひとつ大事なことを隠していませんか？　二人はなぜ知り合いだったのか。それもきちんと説明しないと」

「それは……」

「知らないようね？　教えてあげる。二人はね、かつて付き合っていたことがあるの」

「えっ」

「短い間だけど、いっときは恋人同士だったのよ。国田巡査がまだ高校生で、ゴルフのレッスンを受けたのをきっかけに知り合ったの。そうですよね、瀧川さん？」

丸山京子が傍聴席の瀧川に聞くと、曖昧にうなずいた。近藤麗華が険のある目つきで瀧川を睨む。

「そして、国田巡査は瀧川氏に振られた。可哀そうにね。遊ばれちゃっただけ」

思いがけない話に、千隼の頭は混乱した。何と返せばいいのかわからない。

「貴方はいま、国田巡査は、包丁を持つ男が瀧川氏だと認識した上で、瀧川氏に向けて発砲したと言ったわ」

「ええ……言いました」

「被告がそれを認めてくれるならば、主張を追加します。国田巡査は、過去の交際に起因して、瀧川氏に恨みを持っていた。ゆえに、現場で事態を把握したとたん、恨みを晴らす好機ととらえ、瀧川氏に危害を加える意思を持って拳銃を使用したのです」

丸山京子は笑みを浮かべて裁判官を見上げた。

「そもそも事件が計画的だった可能性もあります。国田巡査は近藤麗華氏が管内に引っ越してきたのを知り、いつか瀧川氏が来るだろうと考え、付け狙っていた。そして、案の定起きた騒動にかこつけて、警官の職務を装い、瀧川氏を射殺しようとしたのです」

「待って、計画的なはずがない……」

千隼がしどろもどろになりながらも言った。

「国田さんがあの現場に臨場することになったのは、偶然です。だって、臨場指令を受けていたのは、この私だったんですから」

丸山京子の目が光を帯びたように見えた。

「自分の発言の意味を理解しているの？　前の訴訟で、貴方は、その証言台でどんな話をしたのか覚えていないの？　十二月二十五日のその時間、暴走族のオートバイの取締りに当たっていた。自分でそう言ったでしょう」

確かにそうだった。千隼は言葉を失った。

「今さら、あれは嘘でしたとは言わせない」

千隼は、隣で黙っている荒城を蹴飛ばしたくなった。

民事訴訟だから真実は複数あっても構わないなんて、やっぱり嘘じゃないか！

丸山京子は、傍聴席の瀧川を見た。

「瀧川さん、確認しますが、以前、当職に話してくれましたよね。発砲の直前、国田巡査は絶対自分に気づいていたはずだ、自分だとわかって撃ったのだ、と」

瀧川は、曖昧にうなずいた。

「その点は、先ほどの被告指定代理人の発言により、原告・被告双方にとって、争いのない事実となりました。しかし、先ほどの国田巡査の証言には、そのような趣旨の発言はなかった。重要な事実を、故意に隠していたのです」

「別に、やましいことがあるから黙っていたわけじゃ……ないと思いますけど……」

千隼が消え入りそうな声で反論を試みようとしたとき、ようやく、荒城がゆっくりと立ち上がった。

「原告が新しい主張を追加した。黙っているわけにはいかない。反論の機会をください」

丸山京子も、受けて立つと言わんばかりに胸を張っていた。

「こちらからも、審理の続行をお願いします。国田巡査は法令を無視し、瀧川氏を殺害する意図を持ち、発砲に至った。市民を護るべき警官に拳銃を向けられ、傷を負わされた瀧川氏の恐怖は想像に余りある。その精神的苦痛に対する補償が必要です。損害賠償請求額を拡大します」

丸山京子の瞳が——獲物を見つけた猛禽類（もうきん）のように、爛々（らんらん）と輝いている。

「反論するなら、H署における十二月二十五日の通信記録や関係書類を一切合切提出してください。

桐嶋さんが先ほど、興味深いことを仰られた。本当は自分が瀧川氏の現場に向かっていたんですって？　それが事実ならば、ぜひ証明していただきたいので」

私、やらかしたかも――

退廷する裁判官を見送るため一礼しながら、千隼は冷や汗が出てくるのを感じていた。

「前に、国田リオが何かを隠していると言っていたよな。それがさっきの話か」

千隼の説明を聞くと、荒城は感心したように言った。

「ふうん。瀧川と国田リオの関係がよくわかっていないのに、あんなこと、よく言えたもんだ」

「何か言わないと負けちゃうと思って……荒城さんはダメージ受けて動けなくなってるし」

「……そんなわけあるか。わざと黙っていたんだ」

「本当ですか？　そうは見えなかったけど」

荒城が法廷を出ていく。千隼はファイルを急いでキャリーケースにまとめ、荒城の背中を追った。

「だけど、リオさんが瀧川さんを付け狙っていたなんて……とんでもないこと言い出したので、驚きました」

「気づいたか？　途中で丸山弁護士の目つきが変わった。本当は私が現場に向かっていたんです、とおまえが言ったときだ」

確かに、目つきが鋭くなったような気がする。

「最初は、からかい半分だったかもしれない。勝負は決まったから、もう少し遊んでやろうと思ったのかもな。だけど、おまえが口を滑らせた。前の訴訟での証言は嘘でしたと認めてしまうようなことを言っただろう」

「すみません、つい」

「国田リオの臨場が偶然であったと証明するには、そもそも誰が臨場指示を受けていたかを明確にしなければならない。それが桐嶋千隼ならば、前の訴訟における彼女の証言は、嘘まじりだったと判明する。すると……」

「もういいです」

多少は勉強したので、その先の展開はわかる。千隼の偽証により損害を受けたなどといって、また訴訟が起こされ、訟務係の仕事が増えるのだろう。丸山弁護士にとっては、前回の裁判で付けた黒星の名誉回復も果たせる。

荒城はエレベーターを待たず、階段を降りていった。キャリーケースを持ち上げ、千隼も後に続く。

「私、余計なことをしたんでしょうか」

「そうかもな」

「でも、あのままじゃ、私たち、負けていましたよね」

「それでもよかったんだ」

「なんですって?」

「勘違いするな。一審は負けてもいい、控訴審で逆転して勝てばいい、という意味だ」

裁判は三審制である。地裁の判決に不服ならば高等裁判所で、さらには最高裁で争うこともできる。

「丸山京子が最後に出した書類で、裁判官の心証は悪くなった。こちら側の証人の信用性を疑うだろう。ならば、高裁の第二ラウンドで、別の裁判官の前でやり直したほうがいい」

「高等裁判所に行けば、必ず勝てるんですか？」

「あらゆる手を駆使して、勝つんだよ。それが仕事だろ」

「……また、新しく証人を登場させようというんじゃないでしょうね。だいたい、荒城さんが汚い手を使うから、こんなことになってしまうんです」

「判決に現れるのは勝敗だけだ、汚いも綺麗もあるか。競輪選手にフェアプレー賞なんてあったのか。自分に賭けた客に対して、作戦をえり好みして負けちゃいましたとか言えたのか？」

「……競輪の話はやめてくれませんか」

「他の手があるなら言ってみろよ」

千隼はぎりっと奥歯を噛み、荒く息を吐いた。

裁判所の駐車場からクラウンを発進させたところで、駒木警務部長から荒城に電話があった。

荒城は、通話を終えてもスマホを握りしめたまま、宙を見つめている。

「どうしたんですか」

「丸山京子から、県警本部長あてに告発状が届いているそうだ。青山を偽証罪で告発するってさ。今日の日付指定で郵送された……あいつ、今日の証人は偽物だということが最初からわかっていたんだ」

公用車駐車場から警務部長室へ直行すると、能面のように無表情な駒木が待っていた。

「やられました。H署から情報が漏れています。調査が必要です。漏えいの犯人を捕まえて、処罰しなければならない」

「それは荒城君が関知することではない」

「誰かが俺たちの足を引っ張っている。訴訟追行を妨害しているんです。まず、そいつを排除しなければ闘えません」

「君は、色々なところで恨みを買っているようだね。特にH署ならば、心当たりがいくつもあるんじゃないのか」

態度が先日とは全く異なっていた。駒木は、デスクの上にあった告発状をパラパラとめくった。

「指定代理人を解く。君には、この訴訟を外れてもらう」

「俺を外したら、指定代理人は桐嶋しかいない。ひよっこ未満しか残りませんよ」

駒木は無言のまま顎を動かし、ドアを示した。

荒城は部屋を出るときの礼を忘れなかった。しかし、廊下に出たとたん「くそっ」と小さく叫んだ。

「私ひとりでやるんですか？」

そう問いかけながら、千隼は心音が速くなるのを感じた。

「俺は外されたんだ。おまえ、俺のやり方が嫌いなんだろ？　ちょうど良かったじゃないか。好きにやってみろよ」

10

リオは電話に出てくれたが、車を運転しているようだ。千隼の耳に当てたスマホから、ゴォッというロードノイズが聞こえる。

法廷で起きたことを伝えると、刺のある声が返って来た。

「そんなこと言うなんて信じられない」

「うん、無茶苦茶だよね。リオさんが瀧川さんを意図的に狙っていたなんて――」

「あなたに言ったの。私が秘密にしていたことを法廷で喋ってしまうなんて」

「……ごめんなさい。でも教えて。瀧川さんと……付き合っていたことがあるの？　本当のことを教えてもらわないと、訴訟を闘うことができない」

電波状況が悪く、通信が途切れがちになる。

「リオさんを護りたいんだ。本気でそう思ってる」

「どうやって？　私は指示されたとおり証言したのに、無駄だったんでしょう。この後どうするつもりなの」

「それは……これから考えるけど……」

「作戦を考えてから電話して。それを聞いてから考える」

ブツッと電話が切れた。

千隼はスマホの画面を見つめた。荒城はおらず、訟務係の部屋には千隼ひとりだ。千隼は、人目を気にせずに髪をぐしゃっと左手で握った。

「ああ、もう……本当のことを教えてくれないと、作戦の立てようがないのに！」

千隼はそのままデスクに突っ伏して、昂った気持ちがおさまるまで目をつぶった。

やがて、のろのろと上体を起こして、再び、右手のスマホを見る。

保存してある動画ファイルを開いた。例の発砲の動画だ。何度再生したことだろうか。今さら見返す必要があるとも思わないけれど、これだけが唯一、自分の目で確認できる真実だ。

画面に映ったリオは、流れるような動作で拳銃を抜き、撃つ。

このとき彼女は何を見ていたのだろう――考えるたび、ため息が出る。本人が教えてくれれば、それで済むことなのに。

ぼんやりとリピート再生しているうちに、リオの勇姿も見飽きてきて、後ろに映っている廊下の壁や床に置かれた消火器の方に目がいくようになってきた。

ふと、疑念が生じた。

防犯カメラのアングルとして、どこか不自然な気がするのだ。

動画は警察官の顔を捕らえていない。立ち止まって発砲するところでは、頭が画面の上にはみ出ている。

リオの顔が映っていないことは僥倖だと思っていたけれど――

「どうして顔が映らなかったんだろ。防犯カメラとして役に立ってないよね」

自分とリオの身長差を考えると、千隼はリオより頭一つは小さい。もし自分が現場に着いていたなら、顔が映っていたかもしれない。

本当は私が現場に行くはずで、私が行っていれば、ばっちりと顔まで映っていた?

千隼は、メモサイズの付せんに「出かけます！」と書き、荒城のパソコンにぺたりと貼りつけた。

万波町のマンションへ着くと、千隼は三階の外廊下に立ち、天井を確認した。

やはりカメラが見当たらない。

動画を頭の中に浮かべながら、廊下の中ほどへ進んだ。

右の壁沿いに、埃をかぶった消火器が置いてある。映りこんでいたものと同じだ。

「絶対に、このあたりから撮影されているんだけど」

千隼は天井に目を凝らし、背伸びして少しでも天井に目を近づけようとした。

動画のアングルからすれば、カメラはこのあたりにあったはずだ。しかし痕跡が何も見つからない。

「どうして何もないんだろう」

事件後に取り外したとしても、普通なら取付金具やコードに隠れていた部分が変色し、カメラがあった痕跡を残しているはずだ。

「カメラが設置されていたのは、天井が変色する暇もないほど短い期間だった……？」

千隼は階下へ戻り、看板で管理する不動産会社を確認した。

その会社へ行くと、ガラス窓に「地元密着、創業五十年」と大書してある小さな不動産屋だった。

店番をしているお爺さんに、警察手帳を見せてから質問をした。

「万波町のハイツナガオカはこちらで管理してるんですか？」

「そうですね。新築のときから、うちに任せてもらっていますよ」

千隼が防犯カメラのことを尋ねても、そんなものは知らないと横に首を振った。

「マンションのオーナーさんが付けていた可能性は？」

「いや、あそこのオーナーは東京にいて、管理はうちに任せっきりですよ。先代から相続した息子なんだけど、墓参りにすら帰ってこない」

「じゃあ、住んでいる人かも……このマンションで、住人が自分で防犯カメラを付けたくなるようなトラブルがありませんでしたか？」

「十二月に警察沙汰があったのは聞いたけど、それ以外は知らないなあ」

「あ、そのときの事件で、ネットに動画が出回ったのはご存じですよね。誰がカメラを付けたのか確認しませんでしたか」

「動画って、何のことです。ネットなんて言われても、ついていけなくてねえ」

千隼は不動産屋を出た。駐車場に停めた車の中で、ハンドルを腕で抱き、顔を突っ伏した。

カメラはどこへ行ったのだろう。あの動画を撮るためだけに現れ、消えた。まるで幽霊のようだ。

「誰が、何のために、そんなことするのよ」

ネットには動画が溢れている。何も考えずに見るし、受け入れてしまう。普段の生活では、誰が撮影して、何のためにアップロードしたのかと考えることもないけれど——

千隼は不動産屋に引き返すと、入居者について訊いていった。

「三階に空き部屋はないですね。いちばん新しい住人は近藤麗華さんで、他の部屋で、昨年十二月より後に引っ越してきた人はいないんですね」

千隼は全部の部屋を回ってみようと思っていた。住人を片っ端からつかまえて「防犯カメラを付けませんでしたか?」と聞かない限り、もやもやとした気持ちが収まらないだろう。

マンションに戻って駐車場に車を停め、勢いよく階段を上がっていった。

踊り場で、白いジャージ姿の男と鉢合わせになった。男が千隼を見て、驚いたように立ち止まった。

男は、くわえていた電子タバコを口元から外した。

「おい、あんた、裁判所に来た警察の人だろう」

瀧川蓮司が千隼を見下ろしていた。慌てて顔を伏せたが、遅かった。

「桐嶋千隼……だよな。元競輪選手の」

こういうとき、世の中に顔が知られていると損をする。

「ここで何をしているんです」

千隼は、体を大きく見せようと胸を張った。

「ここは近藤麗華さんが住んでいるマンションですよ。彼女に接近していいんですか?」

「俺の質問は無視かよ」

瀧川が顔を歪めた。整った顔立ちが崩れ、凶暴な雰囲気が漂った。

「で、何の用?」

「……警察の任務に関係するので、言えません」

瀧川が近づいてくる。警戒に身を固くしつつ、千隼は階段を後ずさりで下りていった。

千隼を見下ろしながら、瀧川は電子タバコに数回口をつけた。そのうちに、落ち着いてきたのか表情が戻ってくる。千隼の後を追って駐車場へと出てくると、小声で言った。

「裁判なんだけど、この後どうなるんだ」

「丸山弁護士に聞いてください」

「俺はやめてもいいんだ。だけど、それには警察の同意が必要なんだろ?」

「訴訟はあなたが起こしたんでしょう?」

「……あの弁護士が、任せてくれれば金を取ってやるというから……だけど、麗華がその金を当てにしているし、金が入っても借金で俺の手元には残らないし。それに……」

そのとき、マンションの上から声がした。

「蓮司、その女は誰！」

三階から、廊下の手すりに身を乗り出して女性が叫んでいた。突き当たりのドアが開いている。化粧をしていないので顔は別人のようだが、声と髪形は近藤麗華のものだ。

瀧川が怒鳴り返した。

「警察の裁判担当だ！　見たことあるだろ」

「は？　勝手なことしたら、許さないからね！」

「うるせえよ！」

千隼は戸惑い、小声で聞いた。

「あの……今は、近藤麗華さんとはどういうご関係なんですか」

「また一緒に住んでるんだよ」

「え、でも、近藤麗華さんは瀧川さんから逃げるために引っ越したんですよね」

「今はむこうが俺から離れないんだよ」

瀧川が苦り切った顔で煙を吐きながらスマホを取りだした。

「麗華がうるせえから、戻らないと。あんた、あとでまた話そう。電話番号教えてくれ」

その夜遅くなってから電話がきて、明後日に会う約束をした。

11

翌日、訟務係の部屋で、千隼は朝からパソコンに張りつき、あの動画をネットの大海に放ったのはどこの誰なのか、調べようとした。

しかし、千隼の知識では、転載元を辿ることぐらいしかできない。

何も摑めぬまま、空しく時間だけが過ぎていった。

発砲の後、複数の警察官が踏みこみ、現場を調べたはずだ。カメラの存在に気づかないはずがない。いちはやく映像を入手できたのは、警察？

しかし、動画が拡散したせいで、H署はもちろん県警本部、ひいては警察庁まで大変な苦労をさせられている。

千隼は背伸びをした。荒城は部屋に姿を現していない。書棚から収納ボックスを下ろす。チョコレートは減っていなかった。

荒城の椅子に腰を下ろしてみると、背もたれにある凹凸が腰と背中に食い込んで心地よい。くるりと回転してみたとき、本が詰まった書棚の下段で、何かがキラリと光った。

小さなスチール缶だ。開けてみると、中には、小さいチョコレートの粒が入っていた。サイズや包み紙が異なっている。色々な種類のチョコレートを自分で詰めているのだろう。

「絶対、私に見つからないように隠していたよね……私のは盗み食いするくせに」

悔しくなり、緑色の包みを剝き、チョコを口に放り込むと、苦味が広がった。

「しまった……」

カカオ濃度が高くて甘みがない苦手なタイプだった。我慢して飲み込む。

再び考えを巡らせたが、結局、佐川を頼ることしか思いつかなかった。

佐川は、サイバー捜査隊にいるという同期の小河原（おがわら）を紹介してくれた。千隼は、小河原に依頼のメールを送ってから帰宅した。

次の日の朝に原付バイクで出かけようとしたとき、駐輪場で背後から声をかけられた。思わず息を呑む。リオがいた。駐車場に黒光りするＳＵＶが停まっている。

「……どうしてここに」

「乗って。瀧川蓮司と会うんでしょ。私も行く」

「なぜ知っているの。まさか、私を見張っていたの？　全然気づかなかった。刑事みたい……いや、海外のギャング仕込み？」

リオは何の反応も示さなかった。千隼は気圧(けお)されて、言われるがままに助手席に乗り込んだ。すぐにリオはＳＵＶを発進させ、カーナビを指さして、待ち合わせ場所を入れるよう千隼に命じる。

「言っておくけど……訴訟に関しては、指定代理人ではないリオさんには何の権限もなくて……」

「何度も言うけど、責められているのは私。私が参加できないなんて、ありえない」

「そういう制度だから……訴訟に勝ちたいんだったら、せめて本当のことを話して」

「なぜ、最初から私を嘘つき扱いするの？」

「まず、指令を受けて現場に行った、というのは嘘でしょう。あなたがあの現場に行ったのは偶然」

「それは認める。私はひとりで夜食の買出しに行かされていた。コンビニの駐車場にいたとき、言い争うような声が聞こえたので現場に行った」

「どうして、通報を受けていたと嘘をついたの？」

「そうしろと言われたから」

「……ためらいはなかった？」

「そうしないとクビになるって脅すんだもの。ばかばかしい。拳銃撃っただけだよ。相手の怪我も最低限にしてあげたのに」

リオは相変わらず無表情だが、声には隠しきれない怒りが混じっていた。

千隼は直感した。リオは、絶対に自分が悪くないと信じている。あのとき、彼女は撃たなければいけないと確信していたんだ。まだ現場で拳銃を抜いた経験がない千隼には実感できないけれど――

「私、リオさんが警察をクビになるような結果にはしたくない。だから訴訟に勝ちたい」

「それが訟務係の仕事だからでしょ」

「それだけじゃないよ。だって……リオさんも、なりたくて、警察官になったんでしょう。続けたいよね。辞めさせたくない」

千隼はリオの横顔を見つめた。すでに高速道路に入っている。

自分の言葉がどれだけ響くかわからないけれど、千隼は、自分が警察官を目指した理由を話した。

駐在所の警察官だった両親に憧れていたこと。

非番の日でも欠かさず管内をパトロールするので、家族旅行を経験したことがない。けれども、年に一度、地域の子どもたちが手作りの感謝状を持ってきてくれると、千隼まで誇らしい気持ちになり、私もいつかは――と心に決めていたこと。

競輪選手になった後も夢を諦めきれず、二十三歳でやっと採用試験に受かったこと。

なんとか話を聞いてもらおうと、実はS県の出身なのに両親がすでに離婚してしまっているので、S県警に入るのをためらい、わざわざR県警察を受けたことも明かしてみたが、リオは相槌(あいづち)すら打ってくれない。今日の彼女は、黒のキャップを目深に被っている。高速道路に入ったときサングラスを付けたので表情も読めない。

　高速道路を出る前に、話が尽きてしまった。千隼が黙ってうつむいていると、ようやくリオが口を開いてくれた。

「あなたが警察の仕事にこだわっているのはわかったけどさ。それなら、どうして、あんなことしたの？」

「……どのこと？」

「前の裁判で、あなたは、事故の原因は牧島巡査部長のせいだって話したんだってね。仲間を売れば、警察にいられなくなると思わなかった？」

「それは、もちろんわかっていたよ」

　正しいことをした、偉かったね――などと褒めてもらえるとは微塵も思っていなかった。

「でも私……警察官として証言台に立ったんだから、間違ったことはできないと思って……」

「そう。警察官続けるより、そっちの方が大事だったんだ」

　リオが短く笑った。ＳＵＶの大きなタイヤはロードノイズが大きい。小さな笑いが騒音にかき消されていった。

「私が警察官になった理由も聞きたい？」

「もちろん聞きたいよ」

　リオは小さく首を傾げた。何を考えているのか、しばらく無言だった。

「……日本語だと、何というか、罪滅ぼし？」

　意外な言葉に、千隼はリオの端整な横顔をまじまじと見つめた。

「外国にいたとき、少し悪いグループに入っていたんだ」

「あ、前に話してくれたよね。住んでいた街の治安が悪かったって」

「そう。グループに入らずには生きていけなかった。断れば、翌朝ドブに浮いてるか、レイプされてドラッグ漬けにされるか、どちらかだもの」

「……アメリカだったよね」

千隼もかつて、自転車競技のナショナルチームメンバーとして渡米した経験がある。しかし、そのような街の風景を思い浮かべることはできなかった。

「ママが離婚して、アメリカに帰るとき一緒に連れていかれた。そこでママが南米出身の男と再婚して、相手の国へ移ったんだ。そいつは金持ちだったけど、すぐ死んで、親戚に私らは追い出されて……お金がないからスラムに行きつくしかなかった」

人差し指でハンドルを叩きながら、淡々と、リオはその後のことを語った。

やっと借りたアパートは、どれだけ部屋を掃除しても、壁や天井から染み出てくる汚水や、廊下に隣人が投げ捨てる生ゴミの腐臭から逃れることが出来なかったという。

二年が経ち、母親が病気になり、病院に行けないうちに悪化し、あっさりと死んだ。

「そのときにパパが連絡くれて、日本へ戻ってこいと言ってくれた。だけど、グループは絶対に抜けられなかった」

テリトリー内はメンバーの監視が行き届いており、こっそり逃げ出すのは難しい。もし脱出できても、テリトリーを一歩出れば、対立グループの勢力下だ。「それなりの活躍」をしていたリオは、見つかれば命の保証がない。

「警察に相談しなかったの？」

間抜けな質問だとはわかっていた。千隼でも、そのような街の警察事情については想像がつく。

リオがサングラスを外した。露わになった瞳を、リオは人差し指で軽くこすった。

「警察官が助けてくれたんだ」

「え、本当に？」

「ひとりだけ『いいやつ』がいた。ギャングから金を一切受け取らず、テリトリーの奥までパトロールに回っていた。新しいメンバーを見ると、グループを抜けるなら必ず助けてやるからと言って、自分の携帯電話番号を登録させていた。変わったやつだった」

リオの瞳に涙が光ったような気がした。千隼の視線に気づいたのか、リオはまたサングラスを付けた。

「……私はテリトリーからの脱出に失敗して、メンバーに見つかり、夜通し逃げた」

リオが手にしていたのは軍用の大型自動拳銃。ポーチにありったけの九ミリ弾を詰め込んできたのに、夜明けが近づいた頃には全てなくなったという。後はもう、自分の頭に撃ち込む一発だけ。

「拳銃の銃口を覗いたことある？」

千隼は首を振った。警察学校で絶対にするなと厳命された禁忌の行為だ。

「直径一センチもないのに、自分を向いていると、とてつもなく大きく思えるんだ。不思議な気分だよ。そこが火を噴くと、大きな音がして、耳が痺れるんだろう。でもその瞬間、私という人間が消える、もう何も感じなくなるし聞こえなくなる。最悪の日々は終わるけど、ママとの思い出も消えるし、パパは泣くんだろうな……そう思うと、なかなか指が動かなくて、さ……」

千隼は何も言えずにリオの横顔を見つめた。

「その時、そいつが電話をかけてきたんだ。街中騒がしいけど、いまどこにいるんだ、ってね。電話があと一分遅かったら、私が日本に戻ることもなかったし、あなたと会うこともなかったよ」

束の間、リオは言葉を切った。千隼も黙っていた。

「……すぐにパトカーで来てくれたんだ。その後から警察署の幹部が駆けつけてきて、私をパトカーから降ろすよう命令したけれど、そいつは従わずに空港まで送ってくれた」

「リオさんは、その人に憧れて、警察官になろうと思ったの？」

「日本にやっと帰れて、しばらくしてから彼に電話した。出たのは彼の娘だった。葬儀が終わったばかりとかで、泣いていた」

「……誰の？」

「私を助けた数日後、彼は、強盗に撃たれて死んだってさ。警察署は犯人を捜そうとしないし、誰も葬儀に来なかったって」

罪滅ぼし。先ほどリオが口にした言葉が、とてつもなく重いものに感じた。

国田リオといえば、いつも格好よく隙のない装いをしていて、父親から与えられた外車のＳＵＶを乗り回していて、名門女子高卒で――このような過去があるとは、想像もしたことがなかった。

「変なこと話しちゃったな。誰にも言わないでよね。警察追い出されちゃう……あ、でも、もう関係ないか」

リオが深くため息をついた。

「少年係になろうと思っていたんだよね。国は違うけど、私も、不良を更生させるような仕事ができたら、って……そのために、馬鹿馬鹿しい警察学校の授業も我慢してきた。もう無理かもしれないけれど」

「そんなこと言わないで！」

リオの話は、何の疑問もなく千隼の胸に染みこんできた。

「私が、必ず護る。絶対に辞めさせない」

黙ったままのリオを見つめながら、千隼はつけたした。

「信用できないだろうけど……必ず」

自分も荒城を信用できなかった。リオも同じことを思っているだろう。だけど——今、彼女を護れるのは自分しかいない。

12

約束の午前十時を過ぎても、瀧川は姿を現さなかった。

平日の午前中、ファミレスに客はまばらで、気だるい空気が流れている。千隼は残っていたカフェオレを一息に飲んで立ち上がり、ドリンクバーで二杯目を入れてきた。

「あいつ、時間を守らないんだよね」

千隼は、相槌を打ちながらカップを口に運ぶ。

「ゴルフのレッスンに、教える側が遅れてくるんだもの。何度注意されてもなおらなくて。お客に見放されるのも当然。ゴルフだけじゃ生活できなくて、クラブやダーツバーの店員なんかもしていた」

「瀧川さん、教えるのは上手？」

リオのグラスには、まだアイスティーがなみなみと残っている。リオはストローに唇をつけ、ほんの少し吸い込んだ。

「わかりやすいし、話も面白いけど……女性が相手だと、すぐ、レッスン以外で会おうとか言い出すから」

「あの人、女性に人気があるの？」

「見た目だけは悪くないから、それなりに、もてたんじゃないの」

思い出したくもないというように、リオは眉間に皺を寄せた。約束の時刻を四十分以上過ぎている。

「いくら何でも遅い。電話して」

千隼は、近藤麗華が瀧川を怒鳴りつけていた様子を思い出した。彼女と何かあって外出できないのかもしれない。

千隼はテーブルに着いたまま電話をかけた。

呼出音が二度、三度と重なっていく。スマホを下ろしかけたとき、ブツッと音がして、通話時間のカウントがはじまった。慌ててスマホを耳に当て、席を立つ。

「瀧川さんですか？　私……」

「あんたは？」

聞こえてきたのは、横柄な男性の声だった。

「こちらは、瀧川蓮司さんの携帯ではありませんか？」

「そういう名前なのか」

背後で複数の人が動いている気配がする。嫌な予感がした。

「瀧川さんは、そこにいるんですか」

「ああ、いる。いや、いると言ってよいのかな。どういう関係の方ですかね？」

「瀧川さんに代わってください。私は桐嶋といいます。仕事の関係で、きょう、会う約束をしていました」

「H市の小桜町まで来てもらえませんか？　ご協力をお願いしたい。私はH署刑事課の者です」

「刑事課？　何があったんですか！　まさか……瀧川さんが事件に巻き込まれたとか……」

「それを確認するために、ご遺体が瀧川さんかどうか、見てもらいたいんだよ」

13

千隼はおそるおそる、聞いたままをリオに伝えた。

「……じゃあ、行こうか」

リオは表情を変えなかったが、間違いなく運転が荒くなっている。

ショックを受けているに決まっているよね——

リオの横顔を見ることすら、ためらわれた。

小桜町は、H署管内でも南寄りにある繁華街だ。近藤麗華の勤務するキャバクラもそこにある。

飲食店が集まっている小桜中央通りにSUVを乗り入れた。

昼間は歩道に人の姿が少ない。ゴミ収集車がまだ来ておらず、山と積まれたゴミ袋が歩道に崩れている。

交番のミニパトと覆面パトカーが止まっており、その後ろへリオがSUVを乗りつけると、制服の警察官が駆け寄って来た。

千隼は先に降り、首からストラップでぶら下げている警察手帳を取り出した。

「すみません、H署刑事課に呼ばれました」

千隼は目の前の雑居ビルを見上げた。スナックやキャバクラの店名を記した看板が、眩しい太陽の光を鈍くはね返している。

似たようなビルが隣り合っており、その隙間の路地入口に、数人の男がたむろしている。三人が鑑識活動用の服を着用し、残りはジャンパー姿で「捜査」の腕章を付けていた。

「本部監察課の桐嶋です。先ほど電話で話した者です」

ジャンパー姿の男のひとりが言った。

「え？　同業者だったの」

千隼は路地の暗がりを覗き込んだ。約二メートル先に、目隠しのブルーシートが張ってある。男が路地に入っていき、ブルーシートをめくった。蠅の飛び立つ羽音が耳障りだった。

誰かが仰向けに転がっている。両手が力なく路上に投げ出されており、後頭部のあたりに茶褐色の液体が溜まっていた。一度は散った蠅が、また群がりはじめている。

近づこうとして、男に制止された。足もとをよく見ると、豆腐の欠片のようなものが散っている。

「踏むなよ！　わからないのか、それは脳漿だ」

千隼は、慌てて一歩退いた。

「……何があったんですか」

「発見者から通報があったのは一時間前だ。死んだのは夜のうちだろう。酔って転落したのか、あるいは自殺か」

男が空を指さした。非常用の外階段、そして壁に固定されたエアコンの室外機が太陽を遮っている。

「確認して。知り合いの瀧川さん、とやらに間違いない？」

すぐにリオが言った。

「瀧川蓮司です。間違いない」

いつもに増して平板な声だった。しかし――その唇がわずかに震えている。千隼はリオの腕を取り、そっと撫でた。

遠くからパトカーのサイレンが近づいてくる。到着したのはシルバーのクラウンで、ルーフの端に流線形の赤色灯が載っている。幹部用の覆面パトカーだ。

降りてきたのは、野上副署長だった。足早に現場へと近づいてくるが、千隼に気づくと、声を荒らげた。

「桐嶋か。何をしてるんだ」

「裁判の関係で……瀧川さんと会う予定でした」

「瀧川は原告だろう。何でそんな必要があるんだ」

野上は非常階段を上がっていった。鑑識の男が後ろから追う。

「八階の踊り場に、この男のものと思われる靴の右片方が、残っていました」

「なるほど。そこから落ちたんだな」

「紐（ひも）が大きくほどけています。左足で右を踏み、よろけた可能性もあります」

「酔って足がもつれ、バランスを崩して柵を乗り越えてしまった、か。やれやれ、仕事を増やしやがって」

千隼とリオも階段を上っていく。七階まで来たところで、野上に気づかれた。

「おまえたちは無関係だろう。現場に入るな」

「私たち、身元確認のため呼ばれて来たんです。それに、どうして事故と決めつけるんですか。調べないとわからないじゃないですか」

千隼は、リオに同意を求めようとして振り返った。

「あれっ」

リオはそこにおらず、六階の踊り場で立ち止まっていた。

「……行こう。出ていけって上官が言うんだもの。仕方ないでしょ」

帰路、リオはずっと無言だった。

高速道を降りたところで、千隼は我慢しきれず、ついに聞いた。

「これでよかったの？」

「六階部分のエアコン室外機に、手の跡があった」

「え？」

千隼は、現場の状況を思い出そうとした。エアコンの室外機には、埃と油の汚れが付着していたような気がする。

「わずかだけど汚れが、指と手のひらの形に薄くなっている部分があった。八階から落ちた後、そこを摑むことができたのかもしれない」

「じゃあ、瀧川さんは……」

必死に助かろうとしてあがいたのかもしれない。

「室外機は、踊り場から手が届くところにあった。もし私が想像したとおりなら、ぶら下がったまま横に移動して、階段に戻ることはできたはず」

「じゃあ、どうして……」

「誰かが、八階から駆け下りてきて、蓮司の指を一本ずつ引き剝がしたのかも」

「殺人だよ、それじゃ」

千隼はリオにすがるように言った。

「早く戻ろう。それ、教えてあげないと」

「管轄警察署の副署長が臨場しているんだ。捜査するかしないかを決めるのは、私たちじゃない」

「そんな。野上副署長はそう言ったけど……」

「あなた、警察を何だと思っているの。正義の味方だとでも？」

「……私はそう思っているよ。リオさんにだって……理想の警察官がいたんでしょう」

リオは答えてくれなかった。

14

千隼は自室に戻ってから、訟務係に電話をかけた。

電話に出たのは監察課の事務職員だった。訟務係の部屋は施錠されたままだという。

荒城のスマホにかけても、電話に出てくれなかった。

午後三時を過ぎていた。お昼を食べていなかったが、食欲がない。もやもやした気持ちを抱えたまま、千隼はベッドの上に転がった。

どっと疲れが出て、瞼が下がってくる。意識が遠のくのに抗うのをやめたとき、耳元でスマホが震えだし、慌てて身を起こした。

荒城がようやく電話をくれたかと思いきや、見知らぬ番号だった。立ち上がり、背筋を伸ばしてから電話に出た。

「H署の青山だ」

意外な名前に、千隼は警戒心を募らせた。

「もう連絡を受けているか？　瀧川蓮司が死んだ。酔ってビルから転落したんだ」

「……青山さん、昨夜は当直だったんですか？」

「刑事課から聞いたんだよ。遺書が見当たらないし、昨夜は普通の様子で飲んでいたそうだから、自殺じゃなくて事故だろうってさ」

青山が一方的にまくしたててくる。

「ところで、裁判はどうなるんだ？　訴えていた瀧川が死んだんだぞ」

「ええと……すみません、調べてみます」

舌打ちが聞こえた。

「頼りねえな。荒城さんに聞いてくれよ。さっき電話したけどいなかった。どこに行ってるんだ？」

「私が知りたいです」

「俺が刑事課に異動する話は、大丈夫だよな？」

「そんなのは私に関係ないですし、知りません！」

千隼がスマホに向かって怒鳴ると、青山は、何やら不満げにぶつぶつと言いながら電話を切った。

千隼は、冷蔵庫からミネラルウォーターのボトルを出した。青山は自分のことしか考えていない。腹だたしさを覚え、コップを出すのがもどかしく、ボトルを一気に呷った。

再びスマホが震えている。今度は荒城からの電話だった。

「どうして電話に出ないんですか！　警察官なのに、緊急連絡が取れないなんて！」

青山に対する怒りも消えておらず、千隼は、空になったボトルをキッチンの方へ乱暴に投げた。

「聞いているんですか？」

何も返ってこない。千隼の剣幕に驚き、スマホを耳から離しているのかもしれない。千隼は声を落とした。

「瀧川さんが亡くなったんです」

「あいつが――？　本当に死んだのか。何があったんだ」

「酔っ払ってビルから転落した事故ということになっていて……でも、絶対に変です。リオさんは、エアコンの室外機に変な跡があると言っていました。でも、捜査はされないらしいです。おかしいですよね？」

「事件か事故かを決めるのは、刑事部の所管で、少なくとも、訟務係の担当ではないが……」

そういうことじゃなくて――と千隼が反論する前に、荒城が言った。

「桐嶋、今どこにいるんだ。すぐ訟務係の部屋へ戻れ」

有無を言わさずに荒城が電話を切った。

苛立ちがおさまらず、千隼は、部屋からロードレーサーを手に外へ出た。パンツスーツが汗で湿るのも構わず、県警本部までの道のりを全力で駆けた。それだけでは飽き足らず、訟務係の部屋まで階段を駆け上がった。

「着きましたっ」

息を切らしながら荒城に電話をする。

「データベースを見ろ。瀧川蓮司のプロフィールを出せ」

荒城が確認させたのは、瀧川蓮司の家族に関する状況だ。

父親はいない。母親は三年前に病気で死んでいる。兄弟なし。住民登録は、昨年時点での情報では県北のY町にある。千隼がそう読み上げると、荒城はつぶやいた。

「家族がいないのか」

「どう関係あるんですか」

「相続人がいなければ、損害賠償請求権を受け継ぐ人間がいない。訴訟は続けられない」

「え……裁判は終わるんですか」

「そうだな。裁判所が訴訟の終了を宣告し、全てなかったことになる」

荒城の欠伸（あくび）が聞こえた。

「ところで荒城さん、いま、どこにいるんですか」

「県外だ」

「だから、どこ……」

「明日は休暇を取る。足を延ばして、有馬温泉にでも入って帰るかな」

千隼は激しい脱力感に襲われた。そのような結末は、警察側にとっては完全勝訴と同じで、望ましい形のひとつかもしれない。

だけど、全てがうやむやのままで終わってしまうなんて――

しかし、すぐにまた、荒城から指示が来た。

「明日の朝いちばんで、瀧川蓮司の戸籍を取れ」


翌朝、千隼はひとりで訟務係のクラウンに乗り、高速道路を北へと向かった。瀧川の住民登録の住所をナビに入力すると、Y町にあるゴルフ場の社員寮が表示されていた。六、七年前にそこで研修生として働いていたという情報がある。住民登録はそのときから動かしていないのだろう。

Y町の役場へ行き、公用申請書を窓口へ提出して住民票の写しを請求した。

「あれ」

瀧川の住民登録は異動していた。転居先として記載されていた住所は、H署の近くだ。転居届の提出は先週の日付である。クラウンに戻って荒城に電話をした。

「七年も放っておいたのに、先週になって転居届を？」

荒城がそう言うので、千隼は胸騒ぎを覚えた。

探しているのは瀧川蓮司の戸籍だ。戸籍を見れば、両親は生きているか、兄弟はいるのか、そういった情報から法定相続人を調べられる。

瀧川蓮司が死んだ今は、彼の財産も、そして、彼が損害賠償請求を求めて起こした訴訟も、法定相続人が受け継ぐことになる。

転居先の市役所に到着し、瀧川蓮司の住民票を請求して番号札を手にベンチで待つ。

請求したのは世帯全員の住民票だ。

単身者ならば、記載は瀧川蓮司分だけで、大きく余白が広がっているはず。

しかし――手渡された住民票には余白が少なく、二名分の欄があった。

「瀧川麗華、続柄、妻……嘘、あの人たち、いつの間に結婚していたの？」

しかも届出は三日前である。すぐ荒城に電話をかけた。

「――私、あの人たちが結婚しているようには、とても見えなかったんですけど」

千隼は、三日前、はからずも二人に会ったときの様子を伝えた。

「瀧川が訴訟に乗り気でなくなっていた……？　すると、結婚は偽装かもしれないな。大したものだ。丸山京子が手を回したのかもしれない。瀧川の動きを近藤麗華にグリップさせて……彼女には、形だけでも入籍しておけば、裁判が終わって金が入った後、離婚するときに半分以上ぶんどってあげるから、とでもアメを与えたのかもな」

「嘘でしょう。まさか、そこまで」

千隼は窓口で立ちつくした。

15

千隼の眠りは浅かった。

息絶えた瀧川蓮司の顔が浮かんでくる。ビルの谷間で、エアコンの室外機に指をかけながら、最後に何を見たのだろう。夜空か、あるいは、悪意を持った誰かの顔か――

ハッと目が覚めて飛び起きる。その度に、枕元に置いたデジタル腕時計を見て、先ほどの目覚めから、わずかな時間しか過ぎていないことを知る。そんなことを幾度か繰り返し、夜明け前にベッドを出た。

千隼は、いつもより早く登庁すると、法律書を手当たり次第にめくった。

原告が死亡した今、これからどうすればいいのか――

時が経つのを忘れて調べていると、裁判所の書記官から電話が来た。

「訴訟継承の上申書が提出されました。瀧川麗華さんが法定相続人として訴訟を受け継ぐそうです」

「もう、丸山弁護士が、そんな手続きを……」

「それと、もうひとつご連絡です。次回期日の場所と時刻が変更になりました」

千隼はメモ用紙にペンを走らせた。

「どうして変更になったんですか」

「……これは、被告側からの申出による変更なのですが」

「うちの方から？」

「和解の協議をしたいというお話でしたよね。ですので、次回は口頭弁論ではなく進行協議にしてくれと……部屋が空いてなかったので、日時も変更になります」

和解とは、原告・被告が話し合い、お互いに譲るべきところは譲り、訴訟を途中で終了させる手続だ。裁判官の面前で、示談金を支払うなどの約束を交わし、和解調書を作成すれば、法的には確定判決と同じ効力を有する。

「何かの間違いでは……？」

書記官との電話が終わると、千隼は、丸山京子の事務所に電話をかけた。

事務員に用件を言うと、保留メロディーを五分以上聞かされてから、丸山京子が電話に出た。

「……和解なんて聞いていない？　こちらに言われても困るわ」

「荒城さんはこの事件を外されています。私が担当なんです」

「指定代理人の解任届を受け取っていないのだけれど」

そういう手続が必要なのか。千隼は動揺をさとられぬように意識した。

「……手続中なんです」

「では、荒城さんはまだ代理権を有している。和解協議は荒城さんからの申出です。彼がした行為は有効です」

「荒城さんから？」

「ええ。昨日かしら、荒城さんから電話があり、見舞金名目で金を払うから訴えを取り下げてくれと打診されました。お断りすると、せめて和解協議のテーブルについてくれませんか、というお話を頂いたので――あの方、身勝手で無責任な人だったのね。偽証が露見したからって、訴訟を投げ出し、自分だけ助かろうとするなんて」

千隼は思い出した――丸山京子からは偽証罪で告発状が出ている。

「そうすれば告発状もなかったことになるんですか」

「いいえ。でも、訴訟が和解で終わり、終局判決まで進まなければ、実際に罪に問われることは少ないわ」

「告発は、荒城……巡査長も対象ですよね」

「偽証罪で告発したのは、宣誓した証人である青山巡査部長だけ。ただし、もし偽証罪が確定し、その中で、偽証が荒城さんの主導だったと露見すれば――重大な弁護士職務基本規程違反として、処分を免れないと思うわ」

信じられない――怒りが全身に満ち、受話器を握る手に力がこもった。

なにが「県警の守護神」だ。格好つけていたくせに、自分だけ助かろうとするなんて。

「法曹資格を失うのが怖いのでしょうね。どうせ、いずれ弁護士に戻るつもりなんでしょうから」

千隼は荒城に電話をかけたが、出なかったので「聞きたいことがあります。すぐ登庁してください」とメッセージを打った。文字だけではなく怒りの絵文字も連打した。

もう、法律書を当たる気分ではなくなっていた。机に肘をついてぼんやりとスマホでニュースサイトを眺めるうち、いつの間にか、眠気に襲われていた。

電話の音で目が覚めた。頭がぼうっとしている。腕時計を見ると夕刻になっている。やっと荒城が連絡してきたかと思い、不機嫌な声で電話に出た。

「訟務係ですけど」

「駒木だ」

駒木って誰だっけ――思い出す前に、相手は、千隼よりも不機嫌そうな声で言った。

「警務部長の駒木だ。例の訴訟、このところ報告がないのだが。どうなっている？」

千隼は瞬時に背筋を伸ばし、明るい声を出した。

「訟務係、扱い桐嶋です。発砲事案の訴訟ですよね。それなら私が担当です。すぐ行きます。ご報告したいことは、たくさんあるんです」

こうなると荒城がいないのが好都合だ。

勢い込んで廊下へ出たところで、荒城と鉢合わせした。

「……まだ来なくてよかったのに」

「おまえが呼んだんだろうが」

千隼は荒城に背を向けて歩き出した。

「どこへ行くんだ」

歩き出した千隼の後を、荒城がついてくる。

「駒木部長に呼ばれたんです。私ひとりで十分ですから」

「ちょうどいい。俺も今日、駒木部長に報告に行こうと思っていた」


駒木は、荒城をデスクの前に立たせたまま、ろくに視線も合わせようとしなかった。

「原告が死んだ？　それで、法定相続人の女が訴訟を引き継ぐのか」

「婚姻届はそのために提出されたものと考えます」

「その女は、瀧川から逃げようとしていたのでは……」

「金目当てでしょう。金額に色をつけて和解に応じさせます。こちらに不利な情報も葬れます」

「不利な情報とは？　まさか、君が画策した偽証のことか」

「それは……」

「相手の弁護士から告発状が出ていたな。それも無いことにさせようというのか。君の尻ぬぐいに余計な出費はしないぞ」

「申し訳ございません」

「金を積む必要があるならば、和解は無理だ。予算を取れないし、議会も通せない」

「何とかなりませんか。私も、一生懸命やったわけでして……」

駒木は立ち上がり、頭を下げている荒城を冷淡に見下ろした。

「情に訴えるのはやめろ。和解は認めない」

「それが、調べるうちに、まずいものが出てきたんです。国田リオですが、逆に、彼女の方が瀧川に未練を残し、つきまとっていたような情報もありまして」

「何だと？」

駒木は、荒城が差し出す書類を受け取った。荒城が距離を詰める。

「H署は隠していたようですが、瀧川からそのような申告があったと……」

「まずいじゃないか」

「ええ。全面勝訴が厳しい状況になっているところへ、相手が立てた新しい主張――国田リオが瀧川を傷つけるため故意に発砲したとの主張も、認められかねません。もう、和解で終わらせるのが一番です」

「……それ、本当なんですか」

しばらく姿が見えなかったと思えば、こんな情報を探しに行っていたのか――

「信じられません。荒城さんお得意の嘘情報じゃないんですか」

「おい、部長の前でなんてことを」

「絶対に嘘だ、リオさんがそんなことするはずが――」

千隼は我を忘れ、駒木から書類を取り上げようと手を伸ばしたが、かわされてしまった。

大声が聞こえたのか、秘書官が飛び込んでくる。

「君はこっちへ、部屋を出ろ」

16

「ああ、もう！」

怨嗟（えんさ）の言葉を口走りながら、千隼は廊下を歩いた。

顔が熱い。おそらく真っ赤になっているだろう。すれ違う内勤服の警察官が、恐ろしいものを見たかのように顔を背けていく。

エレベーターを使わずに階段を駆け上がった。

そのせいで、スマホが震えたのに気づかなかった。執務室に戻ってから着信があったことに気づいた。メッセージも来ていた。

『サイバー捜査隊の小河原です。直接話したいので、この番号に電話ください』

人気のない場所を探したが、県警本部の中は、所属職員以外立入り禁止の部屋ばかりだ。結局、隣接する県庁舎の二十階展望ロビーまで行ってから電話をかけた。

「桐嶋です。調査していただいて、ありがとうございます」

「いや、礼を言われる筋合いはないんだ。結局、何もわからなかった」

「そうですか、だめですか――」

千隼は小さくため息を漏らした。

「君はなぜ、あの動画の出所を調べているんだ？」

「誰が何のために撮影し、拡散させたのか知りたいんです」

小河原は瀧川が訴訟を起こしたことを知らなかった。千隼が説明すると、大きく息を吐くのが聞こえた。

「あの動画があるからこそ、裁判を起こせたんです。だから、動画の出所を調べれば、何かがわかるんじゃないかと思って……」

日本の警察官らしからぬ、ためらいのない流麗な銃の取扱い。

もしそれが映像に残っていなければ、原告は、リオがどのように拳銃を扱ったかを裁判官に説明し、立証する必要があった。訟務係で多少の経験を積んだ今では、それがどれだけ困難な作業であるか想像できる。

「実は、動画の出所を調査したのは、今回が初めてじゃないんだ」

「以前にも、誰かが？」

「警務課の指示で、事件発生直後に動画が出回ったとき、すぐに調査をした。佐川の紹介だから、特別に教えてやるけどな……」

小河原は佐川の警察学校同期生だが、サイバー捜査隊には、ＩＴ技術に長けたエンジニアも任用されている。彼らはすぐに、もっとも早くＳＮＳに動画を投稿したアカウントを特定した。

しかしそれは匿名のアカウントで、すでに抹消されていた。

「調査はそこまで……わからなければ仕方ないで終わった。でも、二回目の調査は上の方からの指示だった。隊長が生活安全部長室に直接呼ばれていたから、部長クラスの指示には間違いない」

　そのときは徹底的に調査し、ＳＮＳ運営会社に情報を開示させ、投稿元のＩＰアドレスを特定した。それでも個人の特定までは至らなかったという。

「アカウントに紐づけられたメールも利用実績がなかった。その投稿の直前に作られ抹消されていた……今回、もう一度調べさせてみたが、結果は同じ。そういうわけで役に立たず、すまない。だけど、あれを撮影した防犯カメラがあるだろう。その管理者は誰なんだ？　そこから、誰が動画を入手できたのか、わかるだろう？」

「それがだめなんです」

　千隼が調べたことを伝えると、小河原はしばらく黙り、やがて、理解不能というように大きなため息を漏らした。

「それじゃあ、あの映像を撮るためだけに、カメラが設置され、アカウントが用意され、事が終わるとすぐに跡形もなく消えたということかよ。事件がいつ起こるか、誰にもわからないのに。まして、警察官が拳銃を撃つなんて、県内で年に　度あるかどうかだぞ」

　あのとき、現場に向かえと指示を受けていたのは私だ。

　さらに思い出す。臨場の指示は、野上副署長が電話で伝えてきた。

　野上はあの日、勤務に就く前、私に向かって何と言った。

　拳銃をためらわずに使え——

「それから、どこで漏れたかわからんが、俺の動きが情報通信部に筒抜けで……あそこの技官どもが、誰から頼まれて調べている、とうるさいんだ。あんたの名前は出していないが、これ以上は協力できない」

千隼は、監察課へ駆け戻ってクラウンのキーを摑んだ。

高速道を走ってH署に到着すると、午後七時を回っていた。自動ドアがガタガタゆっくり開くのがもどかしく、半開きのところへ体を斜めにして入っていった。

入口近くの免許関係窓口はすでに照明が落とされている。総務係には、事務職員の若い男性がひとり残っているだけだった。

「野上副署長はいますか！」

カウンター越しに声をかけたものの、返事を待たずに中へ入っていった。スーツ姿の事務職員が呆気(あっけ)に取られ、奥へと進む千隼を見送った。

副署長のデスクは綺麗に拭き清められ、透明のデスクマットに照明が鈍く反射していた。ノートパソコンがないのは、退庁時に規程どおりロッカーへ仕舞ったのだろう。

「とっくにお帰りになりましたよ」

事務職員の硬い声が背後に聞こえた。

千隼は廊下に出た。H署に着任したとき、幹部の連絡先をすべて登録させられたことを思い出した。スマホの登録を辿り、野上の携帯番号を見つけた。

呼出音が鳴るだけで野上は出ない。二度、三度かけなおしても同じだ。

副署長が電話の着信を無視するはずがない。千隼からの電話とわかっているから出ないのだろう。

千隼は事務職員に電話を貸してくれるように頼んだ。

「だめですよ、自分の電話でかけてください」

「野上副署長、私の携帯からでは出てくれなくて……警察署の番号でかければ、必ず出ると思うんです。借りますね」

「そんなこと聞いたら、絶対に貸せないですよ」

「急いでいるんです」

「では、まず私が野上副署長に電話します。副署長にお客さんが来ていますがどうしますか、とお伺いを立てますから」

「だから、副署長は私のことを避けてるんですってば！」

埒が明かないので、千隼は総務係を後にし、交通課の方へと走っていった。交通課には、轢き逃げ犯の替玉出頭を疑い副署長に反抗した小島がいる。彼がまだ残っていることを願った。

交通課へ勢いよく飛び込み、小島の姿を探した。カップラーメンを啜っている大男が、箸を落としそうになっている。

「桐嶋ちゃん、どうしたんだよ」

「小島さん！　電話貸してください」

返事を待たずに手近な電話の受話器を取り、スマホで副署長の番号を確認しながらボタンを押す。呼出しが二回鳴っただけで、野上が出た。

「はい。何かあったか？」

「桐嶋です。聞きたいことがあります」

スマホの画面を確認しているのか、ゴソゴソという音がした。

「どこからかけている？　H署にいるのか？」

「今どこにいるんですか。すぐにお話ししたいんです」

「……そこから出ていけ」

電話を切られた。すぐに交通課長のデスクで電話が鳴り、小島が立ち上がって走った。

「はいっ、了解です」

それだけで小島は受話器を戻した。

「桐嶋ちゃん、まさか、野上副署長に電話したのか？　すぐにつまみ出せと、えらい剣幕で怒られたんだけど」

千隼はうなずき、唇をきつく噛んだ。小島が大声で言った。

「副署長の言いつけだ。さ、出ていってもらうぞ」

交通課には、まだ小島のほかにも警察官が残っている。面倒事は小島に任せておこうという雰囲気で、こちらを見ようともしない。

「さあ出ていけ、出ていくんだ」

そう言いながら、小島は音を立てぬようにデスクの抽斗を開け、封筒を手にした。

そして自らが先に立ち、廊下へ出ると、千隼を正面玄関の逆方向へと導いていった。暗がりに自動販売機の灯が浮かんでいる。その脇にあるベンチに千隼を座らせ、小島も隣に並んだ。

人がいないのを確認してから、小島が囁くように言った。

「何があった？」

どこまで話していいものか迷ったが、話をはじめると、止まらなかった。

訴訟に携わってから――いや、事故に巻き込まれてから、自分の話を受け止めてくれた人がいなかったような気がする。疑念や想いを口にしていくうち、時おり感情がこみあげて涙が出てきた。

「桐嶋ちゃんの事故について、この間、訟務係から問い合わせがあったよ」

「……それ私じゃないです」

「課長が受けた話なので詳しくは知らん。俺は課長の指示で、木暮がどこに収監されているか調べた」

「あのお爺さん、本当に犯人だったんでしょうか」

「あのとき、訟務係の荒城は、真実はどうでもいいから逮捕しろ、と言ったそうだな」

「荒城さんなら言うと思います」

「今さら……訟務係は、何をほじくり返そうとしているんだ」

小島が手にしていた封筒を開いた。

取りだされた捜査報告書を見て、千隼は目を見張った。

「事故の翌日に、隣県のストックヤードにハイエースが持ち込まれ、スクラップにされている」

事故を起こした車両は、現場に残った塗装片などからハイエースと特定されている。しかし、木暮の供述では、盗んだハイエースは事故後に乗り捨てたことになっており、結局、事故車両は行方不明のまま――千隼はそう聞いていた。

「この車が、もしかして……？」

「そこのヤードで働いているやつを片っ端から捕まえて、事故の痕跡はなかったか、どんなやつが持ち込んできたのかと聞いても、知らない、覚えてないと言うだけ。受入れ台帳に記録されていた車台番号だけが唯一の情報だった」

小島は車台番号を陸運局に照会し、ナンバープレートを突き止めていた。登録は東京都内の法人名義だった。

「盗難届は出ていない。住所地のビルにも行ってみたが、該当する会社は入居していなかった」

「いつの間に……そんな捜査をしていたんですか」

「俺ひとりで、勝手にやったことだ」

三枚目の捜査報告書を見て、千隼は固まった。

「Nシステムが撮影した写真だ。そのナンバーを付けたハイエースは、十二月二十四日の夜、東京からうちの管内へと移動していた」

運転席でハンドルを握る小太りの男。その顔にはもちろん見覚えがある。

地域課の先輩、青山優治巡査部長――

「これ……青山さんに見えます」

「俺もそう思う。交通課長に見せたら、顔が真っ青になったよ」

さらに報告書をめくる。事故現場の一キロ手前にあるコンビニの防犯カメラの画像が出てきた。事故現場方向へ向かうハイエースが映っている。添えられているコンビニ店長の調書を見て、千隼は頭を殴られたような衝撃を覚えた。

『事故当日に警察官が店を訪れ、この映像を提出しました。その後、警察から連絡を受けたことはありませんでした。提出前にコピーを保存していたので、今回、再度任意で提出します』

千隼は、混乱する頭で情報を整理しようとした。

事故直前に青山がハイエースを運転し、事故現場の方へ向かっている。

そして、翌日にそのハイエースは隣県まで運ばれ処分されている。

さらに、警察の誰かが有力な証拠映像を持ち去っている――

「このあとの捜査って、今どうなってるんですか」

「していわけないだろ。H署は木暮を逮捕し、送検して刑事裁判が終わっているんだ」

小島が苦笑いをする。己をあざ笑っているように見えた。

「やめないと交通課を追い出すと言われたよ。おまえは、自分たちがえん罪を作ったことを証明したいのか、と」

轢き逃げ事故の真犯人は青山で、H署は、真相を闇に葬ったままにしようとしている――

書類を持つ指先に力が籠り、紙の端が折れ曲がった。

「……小島さん、この報告書なんですけど」

「必要なら持っていきなよ」

「いいんですか」

「刑事裁判が終わっていて、今さらどうしようもない。そう思っていた。だけど……民事の裁判では、刑事裁判の判決と違うことを言うのもありなんだろ」

刑事裁判で木暮は有罪が確定している。それは覆らないかもしれない。

しかし、民事訴訟では異なる主張ができる。丸山京子が、瀧川を有罪とした刑事訴訟をさておいて、別の事実を主張しているように――

「俺にはそのやり方がわからない。だから、これは桐嶋ちゃんにあげるよ」

小島はいったん書類を千隼から取りもどし、封筒に入れなおした。

「桐嶋ちゃん、自分が巻き込まれた裁判で、警察官を辞める覚悟して内部告発したんだろ」

思い出すだけで胸が苦しくなり、千隼は顔を伏せた。

「俺たちの見立ても同じだ。事故の原因は、牧島がパトカーを路肩に寄せるためバックしたせい。訟務係のやつのおかげで裁判は有耶無耶になったようだけれど、桐嶋ちゃんは間違っていない」

「やっぱり、そうだったんですね……」

「赤色灯も消えていた。交番から現場まで桐嶋ちゃんがパトカーを運転していたというのは、嘘だろ？　赤色灯を消したまま路上にパトカーを停車させたとき、運転していたのは牧島なんだろ？」

千隼はうなずいた。

「牧島のおっさん、一切の責任を逃れるつもりで、運転していたのは自分じゃないと言い張ったんだな。正直、事故の直後は、あれほどの事故に巻き込まれた桐嶋ちゃんが回復するとは、誰も思わなかったから……」

千隼は声を震わせながら言った。

「この書類を貰っても、いまの私には、どうすればいいか、よくわかりません……」

「無駄にしても構わないよ。俺がそいつを託せる相手は、桐嶋千隼ひとりだけだ。警察官の魂を持っていて、それでいて、裁判に携われる立場のやつを他に知らない」

小島が立ち上がった。

「だけど無茶はするなよ」

封筒を胸に抱き、立ち去っていく小島の背に、千隼は深々と頭を下げた。

17

目眩を覚えた。

信じたくない――

千隼はクラウンを発進させず、シートを後ろに傾けた。体をシートに預け、目を閉じる。

H署に来たのは、野上副署長を問い質すためだった。十二月二十四日の朝、なぜ、私に拳銃をためらわず使えと言ったんですか、万波町の現場でカメラが待ち構えていると知っていたんですか、と。

その疑問が解けないうちに、自分を、そして宮永瑛士を撥ねて逃走したのは、青山かもしれないと知ってしまった。

もし本当ならば、木暮恵一は青山の身代わりということになる。

青山と最近話をしたのは、瀧川蓮司が亡くなった直後である。

青山は当直でもなく、事件扱いもしていないのに、瀧川蓮司が死んだとの情報をすぐに摑んでいた。

そしてすぐに、訴訟はどうなると電話で聞いてきた。

「まさか。瀧川さんのことも、青山さんが」

青山は偽証で告発されていた。有罪となれば、念願の刑事どころか、懲戒免職もありうる。瀧川蓮司が死ねば、訴訟は終わる――そう考えてしまったのかもしれない。

ただし、それは相続人がいない場合だ。

死の直前に婚姻届が出されていたので、配偶者となった近藤麗華が法定相続人となり、訴訟は続く。

もし青山が、警察官どころか人としての道を踏み外し、引き返せないところまで来ているのなら、次に狙われるのは――

千隼は弾かれたように上体を起こした。

急いでシートを戻し、ハンドルに右手をかけ、シフトレバーを動かす。気が急いてアクセルを踏みすぎ、クラウンの後輪が滑った。

18

万波町のマンションに着くと駐車枠にクラウンを頭から突っ込んだ。

上衣を着ておらず、風が冷たく感じた。

千隼は、麗華の住む三階の角部屋を見上げた。灯が消えている。彼女はキャバクラで働いていると言っていた。まだ帰っていないのだろう。千隼は腕時計に目を落とした。

ここで待つか、勤務する店を探して押しかけるか。

迷いながら顔を上げた。空には雲がたれこめ月が見えない。ふと事故に遭った日を思い出した。あの夜も月がなく、空は漆黒だった。

ふと、人の気配を感じた。駐車場にミニバンが停まっている。車内に人影はない。気のせいかと思ったが、二歩、三歩と進んで不意に止まってみた。

わずかな足音を耳が捕らえた。

千隼は戻り、ミニバンの後ろへと回った。

目出し帽を被った男がいた。男の手には伸縮式警棒――警察官の装備品を持っている。そして、黒ずくめの服装で小太りのシルエット。

「もしかして、青山さん？」

男が後ずさる。

「ここで何をしているの」

千隼に背を向け、男は駆けだした。千隼は後を追う。すぐに追いついて肩を手で摑んだ。

男が振り向く。言葉を発しないまま、千隼の頭めがけて警棒を振り下ろしてきた。千隼は身をよじってかわした。横へと跳び、男から距離を取る。

「青山さんでしょう。やめなさい！」

男は無言でじりじりと近寄ってくる。

身長は千隼より少し大きいだけ。しかし、青山は、署の幹部へのアピールの一環なのか、武道にも熱心で、剣道も逮捕術も警察署対抗戦のメンバー入りしていた。

今ほど体を軽く感じたことはない。

拳銃も、警棒も、装備品を何も身に付けていないのだ。

スーツとシャツの薄い生地を通して、風の冷たさが肌に伝わってくる。制服と耐刃ベストを着ていれば、風を撥ね返してくれるのに——

男が動き、警棒を構え、前に出て打ち込んできた。

千隼は、顔を防護しようと反射的に腕をあげた。男は巧みに体勢を変え、警棒の軌道を操った。頑丈な警棒が右手の甲を叩く。

「痛っ……」

千隼は思わず身を屈めた。じんと熱くなった右手を庇（かば）う。千隼の後頭部が無防備に空いたところへ、男は容赦なく警棒を振り下ろしてきた。

頭に衝撃が走る。視界が真っ暗になり、暗闇に線香花火のような光が無数に散った。千隼は崩れ落ち、地面に手をついてしまう。

二度、三度と脇腹に男の蹴りが飛んでくる。つま先が食い込む度に息が詰まり、頭が痺れる。何もできず、千隼はただ、体を丸めて必死に逃れようとした。

意識が遠のき、やがて、ふと気づけば、ひたすら全身が気だるく、麻痺したようになっていた。

衝撃はもう襲ってこない。

千隼はゆっくり体を動かし、背中を地面につけ、駐車場に寝転がった。夜空を見上げたまま、ぜいぜいと息をした。雲が動いて月が姿を現している。目の焦点が合わず、月の輪郭がぼんやりと滲んでいた。

地面を通して、タイヤが砂利を嚙む音が伝わって来た。顔を動かすと、ヘッドライトに目が眩んだ。ブーメラン型の赤色灯が放つ光が追い打ちをかける。パトカーが来たのだ。

「おい、誰か倒れているぞ」

聞きおぼえのある声——牧島巡査部長だ。

「あれ、桐嶋さんじゃないか！　一体、どうしたんだい」

地面に両手をつき、渾身(こんしん)の力で、どうにか上体を起こす。口元から、血液混じりの涎(よだれ)が糸を引いて垂れた。

「誰にやられた？」

牧島では、とても本当のことを話す気にはなれない。

「……わかりません。覆面をつけていたので」

「桐嶋さん、ここで何をしていたんだ」

「訴訟の関係者の所在を確認に」

牧島は、マンションの三階を見上げた。

「ここに、巡回強化の指示が出ているんだよ。三階の角部屋に住む女性を付け狙っている男がいると、弁護士が、警察署宛てに要請を出してきたから」

「丸山弁護士からですね」

やはり近藤麗華は狙われていたのだ。

「相手は？」

「……逃げられました」

「装備品はどうした？　警棒も、拳銃も、無線も、何もないのか」

牧島が咎めるような口調になっている。

「……すみません」

「そいつを捕まえれば一段落で、余計な巡回をしなくて済むようになっただろうに」

千隼は唇を嚙む。

ここで青山を取り押さえておけば。

そこへパトカーが来て、青山を引き渡していたならば。

現行犯で言い逃れができず、色々なことが明らかになったかもしれないのに。

千隼は、青山らしき男が消えていった方角の闇を見つめ、立ち上がろうとした。体が揺れる。

「救急車を呼ぶ？　でも、そうすると、警察官が一方的に痛めつけられ、被疑者を取り逃がしたということが知れ渡ってしまうけれど」

千隼は、パトカーで来たのが牧島でよかったと思いはじめていた。もう一人の相勤務者は、牧島が指示したのか、パトカーの運転席から出てきていない。

「……見なかったことにしてくれませんか」

署に連絡すれば、傷害事件として大騒ぎになる。

「私、転んだだけです」

牧島は頬を緩めた。

「わかった。気を付けて帰ってね」

パトカーが去っていく。千隼は、這（は）うようにしてクラウンに戻った。それから、高速道路には入らず、痛みに耐え、十分ほど運転しては路肩に停車し、シートに倒れ込んで体を休めることを繰り返した。

来るときには一時間の道のりだったのに、帰路は一晩を費やすこととなってしまった。

19

体が熱を持ち、起き上がることができない。

千隼は、体調不良を言い訳にして、仕事を休んだ。

警棒で打たれた右手が腫れている。後頭部でもじんじんと疼痛（とうつう）がする。足蹴にされた脇腹は、呼吸をするたびに痛む。

休みを二日、三日と重ね、四日目の朝、ベッドに身を横たえていると、遠くから地鳴りのようなエンジン音が近づいてきて、階下の駐車場で止まった。

警察官の官舎に、そのような音を立てる車が入ってくるのは珍しい。もしやと思ううちに、誰かが階段を上がってくる。

ドアが叩かれた。鍵を開けなくてはと思うが、体が動かない。ようやくベッドから身を起こしたとき、ドアが開く音がした。

入ってきたのは、やはりリオだった。築四十年の官舎の単純な鍵は、彼女には全く妨げにならないようだ。

「様子を見に行ってくれ、と頼まれたの」

「もしかして、荒城さんに？」

答えないまま、リオは断りもなく、千隼のTシャツをめくりあげた。

「……誰にやられたの」

「言いたくないです」

リオは出ていったが、すぐにオレンジ色のバッグを手に戻って来た。中には湿布薬や鎮痛剤が入っている。

「何があったの。警察署に被害届は？」

「誰にも知られたくなくて……」

警察官になってから初めてひとりで凶器を持った男と対峙し、恐れず立ち向かえた。

でも、敵わなかった。

野上の言葉が脳裏に響く。女性は体力で劣る。執行力、すなわち強さが求められる警察の現場でウィークポイントになりうる——それを自分で証明してしまった。

悔しくてたまらない。千隼の目に涙が溢れてきた。

強張る体を動かして、内出血で茶色くなった脇腹に湿布を貼る。リオは、冷めた目で見ているだけで、手伝おうとはしなかった。

「警察の先輩として言っておく。あなたは警察官失格。この仕事に向いていない」

千隼は、力なくリオを見つめた。

「正義の味方を気取ったところで、犯人に負けて、捕まえることもできていない。何より、いまは裁判担当だよね。私を護ると言ったけれど、どうなったの？」

千隼はうつむくほかない。

「ひとりで頑張ろうとして、事態を悪くするのが、いちばん警察官としてよくないと思う」

リオは、窓の外を見ながら、顔の前で手を組み合わせていた。

「警察官も、ただの人間なんだから。ひとりで出来ることなんて限られてる。だけど、応援を呼べば、いくらでも人が集まる。そこには男も女も関係ない。警察官は何百人、何千人もいるんだよ。ひとりをやっつけても、次から次へと戦力が補給されて、こっちを倒すまで絶対にやめない……」

「……こっちを倒す？」

話の視点に違和感を覚えた。千隼はリオの過去を思い出し、海外での経験談なのかもしれないと思ったが、黙っていた。

「だから、警察は強くて、怖いんだ。だめな警察官も多いけれど、組織としては最強。それなのに、ひとりで応援も呼ばずに突っ走るなんて、馬鹿みたい」

「そんなこと、今さらリオさんに言われなくたってわかってるよ」

だけど、あのとき、誰に応援を求めればよかったのだろう——

「リオさんは、私を助けてくれる？」

「あなたとは所属が違う。まず荒城さんでしょ」

「……リオさんにお願いしたいんです。瀧川蓮司さんが死んだ夜、青山優治巡査部長が何をしていたのか、調べてもらえませんか」

「青山のアリバイを？」

千隼は、ようやく、自分が格闘して取り逃がした相手はおそらく青山であると話した。

「リオさんだって、瀧川さんが死んだのは事故じゃないかも、と言っていたでしょう。彼がいなくなれば、裁判が終わると思ったから、きっと——」

リオの目がすっと細くなった。

「そう考えるなら、一番、強い動機があるのは、この私にならない？」

千隼は首を振った。リオは、裁判が起きたとき、闘おうとせずに警察を辞めようかとも言った。それに、そもそも、瀧川の死が事件である可能性を指摘した本人だ。

「じゃあ、荒城さんは？　あの人、裁判に勝つためならば何でもやるんでしょ」

「あ！　確かに」

千隼は即答した。

「荒城さんのアリバイも調べてもらえますか」

「いまのは冗談のつもりだったんだけど」

リオが呆れたように言った。


夕方になり、リオからの電話で目覚めた。

「青山は普通に勤務している。予定より早く、昨日から刑事課に移っているみたい。アリバイについては、まだわからない。本人に聞くわけにもいかないから、勤務状況を調べた。瀧川蓮司が死んだ日は、勤務日ではなかったので行動履歴は不明」

「そう……」

「それから、あの近藤麗華という女性だけど、部屋にはもういないよ。弁護士がシェルターに匿ったらしい」

そのため、巡回の強化もなくなったと言う。千隼は胸を撫でおろした。少なくとも彼女の身に危険はないだろう。

「リオさん。裁判のことだけど」

千隼は、口ごもりながら言った。

「偶然、悲鳴を聞いて駆けつけたと言ったよね。あの現場には、きっと、私が行くはずだったんだ」

「それ、前にも聞いたと思う」

「リオさんの動画が拡散したのは偶然じゃない。野上副署長は、カメラが仕掛けてあるのを知っていた。本当のことを聞かせて。現場で、何があったの」

「……それがわかれば裁判に勝てるの？」

「ええと、それは……はっきりとは言えないけれど……」

電話が切られた。

20

ベッドに寝たまま、ぼんやりと天井を見つめているうちに、千隼は思い出した。

――警察の仕事は団体戦だ。俺たちひとりひとりは小魚でも、集まって泳げば、大きな魚に見える。ひとりが喰いつけば、すぐ仲間がくる――

そのように警察学校で教えてくれたのは、瀬賀だ。

H署乙戸交番で勤務していたときは、必ずペアを組む相手がおり、単独行動はなかった。何か事案が発生すれば――たとえそれが、職務質問をした相手が言うことを聞いてくれないというような、犯罪とはいえない事態であっても――無線連絡をするだけで、現場にパトカーが続々と集まってくれた。

しかし、今の千隼は訟務係である。荒城のほか、どこの誰に応援を求めればいいというのか。

警察官になったのは、助けを求める人のところに駆けつけ、護る――そういう姿に憧れたからだ。

民事訴訟では、本来は護るべき市民と争うことになる。

中には、丸山京子のように、明確な敵意を持って刃を向けてくる人もいるだろう。

だが、裁判を起こすこと自体は法律違反でも何でもない。駒木警務部長も「裁判を受けるのは国民の権利」と言っていたではないか。

それなのに、荒城は、手段を選ばずに相手を負かして「警察官を護る」という。

その信念は、絶対に、自分とは相容(あいい)れないような気がするのだ。

迷ったあげく、瀬賀に電話をかけた。千隼は、寝転がったままで枕の傍らにスマホを置いた。

「瀬賀教官。今、お話ししてもいいですか」

「時間は大丈夫だが……もう、教官と呼ぶのはやめてくれ」

「いえ。瀬賀教官は、今はH署の刑事課長で、確かに警察学校の教官ではないですけれど……誰でも、恩師のことは、教官って呼び続けます。変じゃないですよね」

「桐嶋がまだそう思っていてくれているとは。驚きだ」

瀬賀は、以前の訴訟で、荒城の作戦に従い、千隼を騙したことを気にしているのだろう。

「教官、聞きたいのは、そのことなんです」

不思議なことに、騙されたとわかった瞬間のことを思い返しても、もう悔しさが蘇ってこないのだ。

「教官は、あのときどんな気持ちだったんですか？　荒城さんの作戦、良い考えだと思っていましたか」

「いや。荒城とは一年近く一緒に仕事をしていたから、少しは慣れていたつもりだったが……良い気持ちではなかった」

「やはり、そうだったんですか。でも、結局は荒城さんの作戦にのったんですよね。その理由を教えてもらいたいんです」

千隼の脳裏に、第一回口頭弁論に喪服で現れた女性の姿が浮かぶ。亡くなった少年の母、宮永由羅だ。真実を知りたいので裁判に訴えることにした、と涙ながらに言っていた。

「訴訟に勝つのが任務だから、相手が可哀そうとか、そういう感情に流されてはいけないとは思うんです。でも、訴訟の相手は法を犯した犯罪者ではありません……」

「俺よりも、荒城に聞いてみるべきじゃないのか」

「それが出来ないから、瀬賀教官にお電話してるんです」

「俺は聞いてみたよ。そこまでやる必要があるのか、とね」

瀬賀が言葉を切り、少しの間沈黙した。

「……荒城は昔、交際中の女性を殺されたことがあるんだ」

「えっ……」

思いがけない話に、千隼は、慌てて身を起こした。スマホを手に握りしめ、体の痛みに顔を歪めながらも、ベッドの上に正座をした。

「理不尽な事件だった。その女性はストーカー被害に遭っていて、警察署に相談していたそうだ。担当の警察官は、きちんと上に報告し、対応しようとした。しかし……」

またもや瀬賀が言葉を切る。嘆息を漏らすのが伝わってきた。

「犯人はバイト先の大学生。その両親が息子を溺愛していて、警察署が警告を出そうとすると、そんなはずはない、自意識過剰な女の被害妄想だ、えん罪で息子の人生を台無しにしようというのかと言い出し……金に飽かせて、弁護士を雇い、警察署を責め立てたそうだ」

「訴訟を起こしたんですか？」

「嫌らしいことに、訴訟をちらつかせて、担当する警察官や、そのラインの上司をねちねちと責めた。事実誤認がある、手続のミスがあるとかいって、毎日のように内容証明郵便を送り、電話で脅し……これ以上ストーカー規制法の手続を進めたならば、関係する警察官の個人名を特定して、すぐに訴訟を起こすぞ、とね」

瀬賀は、そのために警察の腰が引けた――とまでは批判しなかった。必要以上に慎重になりすぎ、時間をかけすぎ、所轄だけの責任にならぬよう県警本部に上げるための根回し工作をやりすぎたのだろう、と言った。

「そんなことに時間を費やしても、ストーカー本人と被害者の状況は、何ひとつ変わらないのにな」

相談から二か月以上が経過しても、何ら有効な手が打たれなかった。そして、凶事が起きたという。

「その事件は本県で起きたものではないが、報道をよく覚えている。二十三歳の大学院生が、縛られたまま暴行され、アパートの浴槽に沈められて溺死したんだ。第一発見者は、交際相手の男性と報道されていた……荒城だと思う」

千隼は言葉を失った。そのときの絶望がいかほどのものか、想像する気にもなれない。

「荒城がよく言うだろ。警察官を護るのは大事な任務だ、と」

「……いつも聞かされてます」

「その続きは、まだ聞いたことがないか？　警察は訴訟に負けてはいけない。敗訴事例は現場を萎縮させる。理不尽な訴訟に巻き込まれた警察官を護ること、すなわちそれは国民を護ることなんだ、とね」

千隼は、ようやく、荒城が警察官になった理由が見えたような気がした。

どこで起きた事件かわからないが、そこの県警察本部が、訴えられても必ず護ってやるから、現場の警察官は何も恐れることなく国民を護るため全力を尽くせ、というような組織だったなら……悲劇は起きなかったのだろうか。

21

「すみませんでした。一週間も休んでしまいまして」

久々に登庁すると、千隼は荒城に頭を下げた。

「おまえに任せると言ったけど、取下げだ。勝手なことばかりしやがって」

千隼の椅子のまわりには、リオの訴訟に関する書類のファイルが見当たらない。荒城が片づけてしまったのだろう。かわりに、先週届いたという別事件の訴状が入った封筒が投げ出されていた。

「そいつのコピー、それからファイリングしてくれ」

「後でやります。その前に、お話聞いてもらっていいですか」

「なんだよ」

千隼の真剣な眼差しに、珍しく荒城がたじろいだ。

「私、色々と調べたことがあるんです」

千隼は、指を折りながら、まだ伝えていなかったことを話していった。

防犯カメラが無くなっていたので、誰が設置したのか探したけれどわからなかったこと。

誰が動画をネットに上げたのかも不明——映像を一番早く入手できたのは、警察の誰かであるかもしれないこと。

カメラは、本当は、リオより身長の低い自分に合わせてセットされていたと思うこと。

そして、轢き逃げの犯人は青山であるかもしれない。さらに、瀧川蓮司は、青山に殺されたのかもしれず、青山は近藤麗華をも狙っていたこと——

話しながらも、時おりこみ上げるものがあって息苦しくなる。

千隼が話し終えると、荒城は立ち上がって紅茶を淹れてくれた。

「話してくれてありがとう、なんてことは言わない。俺はおまえの上官だ。本来ならその都度、報告があるべきだった」

荒城が置いてくれたティーカップから、ハーブの香りが漂う。

「なぜ、今になって、すべてを報告したんだ？」

「その、警察の仕事は団体戦だとか……」

「その話、訟務係には当てはまらないぞ。訴訟は、権限を委任された指定代理人しかできない。俺たち以外の警察官には何の権限もない。チームを組みようがない」

「……ですよね」

荒城の過去を知ってしまったことが、少し後ろめたかった。千隼は、ティーカップに唇をつけたまま、荒城と視線を合わせなかった。

「それより仕事だ。桐嶋、H署に電話しろ。野上を呼び出せ」

「副署長をですか？　私からの電話には出てくれなくて……」

「おい、いつまでH署の新人巡査のつもりでいるんだ」

荒城が、机の上の警察電話を指さした。

「警務部監察課訟務係、係員、桐嶋千隼巡査に命ずる。H署副署長の野上警視に出頭を命じろ」

荒城が何も言わなければ、千隼は、県警本部二階の受付まで出向き、野上を迎え、七階まで丁重に案内しただろう。

しかし、千隼は、荒城の指示どおり野上を七階エレベーターの前で待ち構え、無言のまま、打合せ室まで連れて行った。そこには荒城だけが待っていた。

「警視を呼びつけておいて、巡査長しか出て来ないのか」

「訴訟は俺に任されています。それに、内緒話もしたいのでね」

「課長補佐は俺が来ているのを知っているのか？　監察の補佐は、刑事部の後輩だ。呼んでくれ」

「必要ありません。桐嶋、はじめよう」

荒城は千隼に視線を投げた。緊張に乾いた唇を舐めてから、千隼は口を開いた。

「野上副署長。あなたは、昨年十二月二十五日未明、私を万波町のマンションに臨場するよう指示をした。そこにはカメラが仕掛けられていた。そうですね」

野上は目を瞬かせた。

「そして、国田リオさんが発砲する場面の動画をネットで拡散した。目的は、世の中に議論を巻き起こすため。そして……警察庁の審議官が国会で発言するため。H署の事例を見習って、拳銃の適正な使用……本音では、積極的使用を推進していくべき、というメッセージを発信するために」

「何の話だ。わからんな」

「カメラをセットしたり、出所がわからないように動画を上げたのは情報通信部の人ですね。近藤麗華さんを部屋の外へ誘い出すため、お店のスタッフを装って電話をかけたのも」

情報通信部は、警察庁から出向の技術者で固められている。R県警の組織ではあるが、事実上、警察庁の直轄領といってよい。

「あなたの役目は、私を現場へ送り込み、私が拳銃を使うように仕向けておくこと。だけど……事故のせいで、私は行けず、国田リオさんが臨場した」

そこで千隼は、小島から預かった書類のコピーを野上の前に広げた。

「でも、わからないんです。どうして、青山巡査部長は、私と宮永瑛士さんを轢いたんですか。そして……どうして、替玉だとわかっていて、木暮さんを逮捕したんですか！」

野上は書類を手にした。

「誰がこんなものを……交通課の小島か？」

荒城が椅子を引き、野上の正面に座った。

「いったん別の話をしましょうか。野上さんは、警察庁の刑事局に出向したとき、古藤審議官と、机を並べていたんですって？　彼は、拳銃推進派として有名だったそうですね」

「……そんな派閥はない」

「警察庁では知られた話じゃないですか。審議官の奥様と生まれたばかりのお子さんが、銀行の籠城事件に巻き込まれた。駆けつけた警察官は拳銃を撃たず、説得を試みるばかり。ようやく突入したときには、残念ながら、もう……」

「よせ」

「その影響があるのは間違いないでしょう。以降、古藤審議官は、武力で国民を護る警察を志向。九州でK県警本部長を務めた時には、勝手に拳銃使用を進めて問題となり更迭。その後は他の省庁へ出されていたが、やっと警察庁の審議官に返り咲くやいなや、拳銃を積極的に使用するよう上申し、使用規程の改正を試みたそうですね。でも、庁内では理解を得られず、追随する人がいないとか」

「……腹を割ってみれば、人柄は良いんだ」

「それも聞きました。警察庁には、全国都道府県警からの出向者が来る。古藤審議官は彼らの面倒をよく見た。今でも全国に、上司と部下のような関係を保っている警察幹部がたくさん散っていると」

荒城が身を乗り出し、野上に顔を近づけた。

「古藤さんは退官が近いんですよね。それで今回、勝負をかけたんですか？　野望の実現のために」

野上は、不快げに荒城から顔を背けた。

「目論見（もくろみ）どおり、動画は話題となって賛否を呼んだ。そして、古藤審議官は国会で、国田リオの発砲は正当であり、見習われるべきと言い切った……国会中継の動画を見ましたよ。よくも悪くも、力の入った答弁だったな。見得を切ったりして、歌舞伎を見ているようだった」

「やっぱり、あの動画には、私が映るはずだったんですか」

千隼が問いかけると、野上の代わりに荒城が答えた。

「おまえは有名人、ネームバリューがある。あの桐嶋千隼が発砲した動画となれば、日本にとどまらず、下手すると、世界中に拡散しただろうさ」

荒城は野上に向き直った。

「古藤審議官は、全国にいる部下たちの状況を調べたんでしょう。そして野上さんが選ばれた。H署には、元競輪界のトップレーサーで五輪銅メダリストの桐嶋千隼がいる、署長が療養休暇のため不在で、署内は野上さんの思うがまま。R県警なら、北村本部長も子飼いの部下だ。条件は完璧。それで——貧乏くじが回って来たというわけか」

野上は深く息を吐き、両手で顔をこすった。

「野上さんの役回りは、桐嶋千隼が発砲せざるを得ない状況をつくること。ターゲットを瀧川に決めたのもあなたでしょう」

「瀧川はな……以前、うちの女性警察官が職務質問した際、大暴れしたことがある。男性警官による取調べでは、気の強い女を見ると殴りたくなる、と言っていた。キレやすく、女に威張られるのが大嫌い……酒を飲ませて、逃げた女を見つけさせて、そこに女性警察官をひとりで行かせれば、抵抗するに決まっている」

千隼は思い出した──青山は、セクハラを本部に通報されて、女性警察官とペアを組むことを禁止された。それがなければ、千隼はあの夜、牧島ではなく、青山と二人で現場に臨場していただろう。

それを言うと、荒城は大げさに二度、三度とうなずいた。

「すると、青山は、現場のマンションに着いた後、桐嶋をひとり先に行かせる予定だったのかな。そして、画面に映らないところで、拳銃を抜け、撃て、と指示をする」

野上の口からは、否定の言葉が出て来なかった。瞼に指を当てている。どう答えるべきかを悩んでいるように見えた。

「青山は、使いやすい男ですよね。刑事への栄転を餌にすれば、何でも言うことを聞きそうだ……でも、決行の直前に、本部からの指示で、桐嶋と組ませることが出来なくなった。今さら延期とは言えない。そこで野上さんはこう考えたんでしょう──桐嶋さえ行かせれば、撃たなくても、計画は決行したが現場で手違いがあったと言い訳が立つ」

「でも、偶然近くにいたリオさんが臨場し、発砲しました。申し分のない映像が撮れてしまった……だから後付けで、私ではなく、リオさんが指示を受け現場に向かっていたということにしたんですね」

通常は、事案が起きれば、現場近くにいる警察官に出動指令が出る。万波町のマンションの近くにいたリオを差し置いて、距離の離れた交番の千隼に指令を出したとなれば、辻褄が合わなくなるのだ。

「その計画に私を利用したのは、もう、どうでもいいです。でも」

千隼の声は震えていた。

「青山巡査部長は、私と宮永瑛士さんを撥ねた。私、事故が起きる直前に、停車しているバンを見かけた覚えがあります。彼は私を待ち構えていたんですか。一体、何のために」

「桐嶋、思い出せ。昨年十二月二十四日に勤務していた警察官のうち、野上さんの命令ならば何でも聞く、という人物はいたか？」

「副署長の命令ならば、誰でも聞くに決まってます」

「違う。おまえひとりを現場に突っ込ませ、自分は隠れたまま、何とか拳銃を使わせろというような不自然な命令だぞ」

荒城の問いかけに千隼はリオの言葉、そして瀬賀の教えを思い出した。警察の仕事は団体戦だ。普通の警察官なら、応援も呼ばないまま、ひとりで現場に突っ込めと命じるはずがない。

「あの日、おまえがペアを組まされた牧島巡査部長は、どんな男だ？」

自分の身を護ることが大事で、頑張ることをしない。上から言われるとおり、裁判でも嘘の陳述書を作った。そして、轢き逃げ事故の原因を作ったのに、千隼に責任を押しつけようとした——

「青山と違って、定年間際の牧島には、ぶら下げる餌がない。ひとりで行かせて拳銃を撃つようけしかけろと命じれば、その不自然さに気づく。保身が第一の男だ。強硬に命じれば、誰かに相談するかもしれない。その牧島が、多少の違和感はあっても、抵抗なく従える命令は何だろう。それを考えれば、想像がつく」

小島の書類は机の上に広げられたままである。それを千隼は手にした。ハイエースは都内の法人名義だが、法人の実態は不明。所有者に辿りつくことはできない。その車を、青山は都内からH市に運んできている。まるで、犯罪のため、足のつかない車を調達してきたようではないか。

「青山巡査部長は、わざと事故を起こすために、私を待ち構えていた……？」

荒城はうなずいた。

「パトカーの後ろから追突し、接触事故を起こして、逃げる……それが青山の役割だ。事故発生の一報があれば、野上さんは、事故処理のため、牧島だけがそのまま現場で待機するよう指示する。

一方で、桐嶋には、万波町のマンションまで走っていけ、ともかく臨場しろと言う。これならば、牧島も、多少変だと思ってもそのとおり従うでしょう……これで、桐嶋をひとりで現場に臨場させる準備が整う。合っていますか、野上さん」

野上は姿勢を崩し、椅子の背に身を投げ出して、天井を見上げた。

「しかし、目論見と違い、青山は重大な人身事故を起こしてしまった。なぜ青山を庇ったんですか。木暮を替玉にしたのも、あなたですか」

荒城の問いかけに、野上は応じなかった。荒城はしばらく待っていたが、立ち上がると、壁に埋め込まれたエアコンの操作パネルに近づいた。

天井から低い唸り（うな）が聞こえ、吹き出してきた冷風が千隼の前髪を揺らした。

「犯人を捕まえてしまえば事実を隠蔽できると思ったんでしょうが、逮捕まで間が空いたのが誤算でしたか？　その間に丸山京子が情報をつかみ、木暮を丸めこみ、パトカーがバックしてきたという内容で陳述書を作ってしまったようだ」

荒城は野上に近づいて、反応を確かめるかのように顔を覗き込んだ。

「再び話を変えましょうか。俺は、国田リオの訴訟に関して、瀬賀さんに、誰かを証人として差し出すよう頼んだ。瀬賀さんのことだから、野上さんに報告し、指示を仰いだと思う。なぜ青山を出したんです？」

「……黙らせるにはちょうどよかった。青山は、いつ刑事にしてくれるんだ、と煩かった。だが、セクハラで注意歴がついたばかりの男を、すぐ刑事に抜擢できるはずがないだろう」

「渡りに船、だったんですね。監察課の依頼で汚れ仕事を頑張ったとなれば、言い訳がたつ」

「……逆効果になってしまったがな。偽証での告発状が出てから、青山は、正気を失っていたようだ。警察をクビになったらどうしよう、と怯えていた」

「死亡事故を起こしたのに、よくもまあ、そんな自分勝手な考えができるものだ」

荒城は呆れたように首を振る。

「青山巡査部長は、刑事になることだけを考えていたと思います。それが全てのような感じでした」

千隼がその話を聞いたのも、この部屋でのことだった。千隼は野上を正視した。

「副署長、どうして真実を隠したんですか。亡くなった宮永瑛士さんに申し訳ないとは思わなかったんですか。理由を教えてください。警察官なのに、どうして――」

野上は腕を組み、口を引き結んでいた。荒城が言った。

「古藤審議官の計画を台無しにしたくなかったから、ですか？　青山が喋ってしまえば、計画の首謀者である古藤審議官をも巻き込み、大変な不祥事となる。それとも、単純に、H署員から犯罪者を出したくなかったんですか？　H署の責任者として署員が起こした轢き逃げ事件の始末に追われるより、真実を隠蔽する方を選んだ？」

「……どちらにしても、保身のため、ということじゃないですか」

千隼がそう言うと、野上は千隼を睨んだ。

「俺はH署の副署長だ。問題を起こす署員もいれば、上層部から断れない裏仕事も下りてくる——それでも、俺には、H署の全ての業務を滞りなく回し、管内の治安を護る責任があるんだ。そのためならば……」

千隼は怒りを覚え、野上を睨み返した——が、野上のギロッとした目から、すっかり力が失われているような気がした。

「そろそろ本題に入りましょうか」

荒城の声音が急に変わった。

「今日はH署からお越し頂き、ありがとうございます」

野上は、警戒するような目つきで荒城を見た。

「我々は、目的を同じくする仲間です。訟務係はもちろんのこと、野上副署長たちも、訴訟に勝つ必要があった。国田リオの発砲が違法だったと裁判所に判断されては、全てが水泡に帰すばかりか、古藤審議官の首が飛ぶ。事実関係が詳らか（つまび）になれば、あなたも道連れになりかねない。だから訴訟に負けることは許されない——そうですね」

野上は小さくうなずいた。

「青山を切りましょう」

「……切るとは？」

「あいつは、もはや警察官ではありません。原告の瀧川蓮司は死んだが、配偶者がおり、訴訟は継続になった。すると今度は、その配偶者——相続人の近藤麗華を狙っている。近藤麗華に法定相続人がいれば、同じことを繰り返すつもりですかね。もはや、ただの連続殺人鬼ですよ」

「私も、ここまでの暴走は予想していなかった……」

「これ以上、青山を放置してはいけない。捕まえてくださいよ。瀧川蓮司が死んだ経緯について、きちんと捜査してください」

荒城は、嫌らしく唇の端を上げて言った。

「それとも、青山の凶行も野上さんの指示だった？」

「馬鹿なことを言うな」

「じゃあ、しっかり仕事しましょうよ。それに、青山が全部ぶちまけても野上さんは大丈夫ですよ」

「ちょっと待って。そんなのおかしいです」

千隼が口を挟んだが、荒城は構わずに続けた。

「発砲の動画が計画されたものだったことは、今さら暴露しても意味がない。野上副署長は色々と計画したけれど、ことごとく失敗し、実現していないんだ。そして、国田リオが発砲したことには、誰の演出も入っていない。彼女自身が現場で判断し、職務として撃った。それが真実だ」

「でも、青山さんは交通事故を起こして逃げたんです！　それは絶対に見逃せない」

千隼は、机の上の書類に手を置いた。荒城はちらっと見ただけで、続けた。

「その交通事故は、もう木暮が出頭し、刑事罰が確定している。今さら、真犯人は私です、と青山が名乗り出たところで覆らない」

「そんな……荒城さんは、それでいいんですか！」

荒城は千隼を無視し、野上に向き直った。

「大丈夫ですよ、俺、この間、関西の刑務所まで行って、木暮の様子を確かめてきました。もう病状が悪化していて、話ができる状態じゃなかった。野上さん、心配はない」

「……君の言うとおりにすれば、訴訟に勝てるのか」

「俺に任せてください。和解に持ち込んでみせる。古藤審議官のメンツを潰すようなことはしません。それでね、ひとつお願いが……」

これ以上は耐えられなくなり、千隼はひとり部屋を出た。

22

リオのスマホに電話をかけたが、電源が入っていないとのメッセージが流れた。

交番での勤務中であれば、私用のスマホは携帯していない。千隼は連絡をくれるようにメッセージを入れた。

電話が来たのは、夜になってからだった。

「遅くなった。なかなか交番に戻れなくて」

「忙しいのにごめんなさい。何か起きてるの？」

「まあね」

リオは言葉を濁した。

「あの、ちょっと、話を聞いてもらえるかな……」

千隼が言いかけたとき、急に騒がしい音が聞こえた。リオの背後では無線が飛び交っているようだ。

「戻らなきゃ。電話切るよ」

「何が起きているの。まさか、青山さんの関係じゃないでしょうね」

「……そうだよ」

リオが煩わしげに言った。

「あいつ、勤務中に拳銃を持ったまま、行方不明になった。署員総出で探しているところ」

千隼は監察課の部屋に走った。千隼が来たのに気づくと、事務職員が言った。

「あ、桐嶋さん。この間もお願いした、朝の当番だけど、やっぱりだめですかねえ。都合悪くなった人がいて……」

「公用車の鍵を出してください。後で何でもやりますから！」

いつもの古いクラウンではもどかしい。

千隼は、強引に課長専用車のスマートキーを奪い取り、地下の車庫へと駆け降りていった。スバルのセダンのドアを開け、ルーフに赤色灯を載せる。県警本部を出ると、すぐにサイレンを鳴らした。前を行く車が、左に寄って道を空けてくれる。いつもは高速道の入口まで二十分を要するのに、半分もかからない。

高速道では制限速度が一般車と同じなので、いったんサイレンを止める。インターを降りると再び緊急走行に入り、時速八十キロで飛ばしていった。

Ｈ署の管内に入り、最寄りの交番で止まる。Ｈ署の無線を聞かせてもらおうと思ったが、交番は無人で施錠されていた。

青山はどこに――

小型のパトカーが通りかかり、ウインカーを灯して路肩に止まった。

千隼が駆け寄っていくと、パトカーの警察官が降りてくる。顔に見覚えはない。スバルの覆面パトはＨ署に配備されていないので、千隼を本部の人間だと思ったのだろう。相手は千隼に敬礼をした。

「青山は？」

警察官は無線を聞きながら言った。

「小桜町で、車を乗り捨てて、徒歩で逃げているようです」

スバルに駆けて戻った。四輪駆動の効果で、荒々しくアクセルを踏み込んでも挙動が乱れない。すぐパトカーを置き去りにし、夜の帳が下りた街中を、サイレン音を響かせながら走っていった。

小桜中央通りに入ろうとすると、警察官が一般車両の進入を止めていた。千隼のスバルを通してくれたが、狭い通りは既にパトカーや救急車で溢れている。千隼はスバルを路上に停め、降りて走っていった。

通りの両側には、飲食店の入居する雑居ビルが並んでいる。これからが賑わう時間帯で、人通りは多い。加えて、騒ぎを聞きつけた店員やお客が歩道に出てきている。声高に話す酔客をかき分けていくと、アルコール臭が鼻をついた。

五階建てのビルの前で、複数の警察官が動き回っている。その中にひときわ身長の高い女性警察官を見つけ、千隼は駆け寄っていった。

「リオさん！」

「……来ちゃったの？」

リオが驚いたような声を出す。

千隼はビルを見上げた。一階に中華料理店、二階にはマッサージ店が入っている。それらの窓からは灯が漏れていたが、三階から上は暗い。ビルの階段入口の表示を見ると、三階から五階は「改装中」と貼り紙がしてあった。

「青山は、ここに……？」

「追われて、挟みうちになって、このビルへ逃げ込んだ。いま、何人か上に行っている。五人ぐらいかな」

「それだけ？」

千隼は周囲を見た。パトカーはざっと七、八台いる。警察官も十五人以上は集まっているのに、野次馬の交通整理をしているか、所在なげに無線を耳にしているだけだ。

「私らには待機の指示が出ている」

上空の方で火薬が弾ける音がした。千隼は思わず首をすくめた。

警察官たちが忙しく動きはじめた。ビルを見上げ、指さしている。無線で指示が出たのか、野次馬たちを後方へと下がらせはじめた。

もう一度、炸裂音（さくれつおん）がした。野次馬の中から「銃声じゃないか」という声があがり、スマホを構える人の数が増える。

二階のマッサージ店の照明が消えた。やがて、警察官に付き添われ、店員らしき二人の女性が階段を下りてくると、そのまま野次馬の列に加わった。

「リオさん、状況を教えて」

「……青山は五階にいる。五階は工事中で、内部は壁が取り払われ、フロアがぶち抜きになっており、遮蔽物がない状態。青山は拳銃を所持。地域課長と刑事課の班長ほか、計五名が、四階と五階の階段踊り場にいる」

「さっきの銃声は？」

「班長が五階入口まで進み、声をかけたところ、発砲してきた。班長には当たっていない。踊り場まで後退した……」

リオは、右耳に入れた無線のイヤホンに指を当て、ビルを見上げた。

「……動きがあった。もう一度、班長が五階に上がっていく」

一階の中華料理店も、この日の営業を諦めたのか、看板の灯を落とした。周囲のビルでは、スナックやクラブの店名を記した看板が煌々と輝いている。そんな中、目の前のビルだけが暗く、一切の光を失っていた。

千隼は五階付近に目を凝らした。耳をすましたが、野次馬のおしゃべりが邪魔で、五階からの物音は聞き取れない。

「まさか、突入を？」

「いや。説得をしているみたい」

無線から流れる音声が聞き取りづらいのか、リオはもう一度イヤホンに指を当てた。

「……だめ、もう、錯乱していて、話が通じないって」

パン、パンと銃声が連続した。

これで四発撃った。警察官の持つＭ３６０は五連発。残るはあと一発――

「リオさん、どうなっているの？」

「……しばらく様子を見る、と言っているようだけれど」

リオは両手を腰に当て、再びビルを見上げた。

「あと一発なら、それを撃たせてから、突入するのかな。班長たちが固めている階段以外に出口はないし」

追われて、追い詰められて、残った弾丸はひとつだけ。千隼は、以前にリオが聞かせてくれた話を思い出した。

「リオさんは、最後の弾丸は、何に使おうとしたんだっけ……」

千隼は、一歩前に出た。さらにビルの階段へ近づこうとする。千隼は、腕を掴もうとするリオの手を払いのけた。

「やめなよ」

リオが再び腕を掴もうとする。千隼は振り返り、両手でリオの体を突き飛ばした。手のひらに耐刃ベストの硬い感触が伝わってくる。不意を突かれ、リオは後ずさった。

「私は行く。警察官だもの」

青山の生命が危機に瀕(ひん)している。千隼はリオに背を向けて駆けだした。

ビルの狭くて急な階段を、一段飛ばしで上がっていく。

四階まで行くと、暗がりの中、囁き合う小声が聞こえてきた。踊り場に警察官がたむろしている。

地域課長の長谷がいた。千隼はその背中を押した。

「誰だ。桐嶋か……？　何をしている」

長谷は千隼の肩に手を当て、その場に押し止めようとした。

「待つんだ。危ない」

「ごめんなさい！」

千隼は制止を聞かない。先頭にいた班長のベルトを摑んで引く。不意を突かれて班長の頑強な体がぐらっと揺れ、階段を滑り落ちた。

長谷が叫んでも千隼は止まらない。

五階に上がると、階段の横手に錆の浮いたスチールドアがある。半分だけ開き、中を覗き込んだ。照明はない。窓が外されているのか、風が吹いてきて前髪を巻き上げた。建物の外から、近隣のビルの灯がぼんやりと差し込んでいた。

暗がりに目が慣れてくる。

改装中の五階は、がらんどうの空間となっていた。床材が剝がされコンクリートが露わになっている。徹底的なリノベーションをしているのか、壁材も今はなく、建物の軀体が剝きだしになっていた。

ひんやりとした空気の中、青山が、フロアの中央にしゃがみ込んでいた。

目を凝らすと、手にはＭ３６０があった。青山は、グリップを握らずに、両手でフレームを包み込むように持っていた。そして、茫然と、自らに向けた銃口を見つめている。千隼はドアを開け放った。

「青山……さん。やめてください」

青山が弾かれたように立ち、拳銃を握りなおす。トリガーガードに人差し指をかけ、拳銃を千隼に向けてきた。

千隼はとっさに身を引き、壁に隠れた。

銃声は鳴らない。

数秒の間を置いてから、再び、そろそろと壁から顔をのぞかせていった。

「その声は……桐嶋か」

青山は、今度は拳銃のグリップを握り、銃口を己のこめかみに当てていた。

千隼は部屋に入った。青山とは五メートルの距離がある。千隼は、努めて平静な声を出した。

「だめ、撃たないで」

「……今さら、どうしろと言うんだよ」

「私が聞きたいです。どうしてこんなことに……青山さん、あの夜、何があったんですか」

青山は、迫りくる恐怖を一時でも忘れたいかのように、早口で喋りはじめた。

「……くそっ、暗闇の中にパトカーがいて、バックしてくるなんて想像もしなかったんだ。避けられなかった……」

「やっぱり、それが真実なんですね。でも、どうして逃げたんですか」

「俺はあのとき、大役を担っていたんだ。警察庁の幹部が計画した秘密プロジェクトと聞いていた。それに成功すれば、ようやく、刑事に引き上げてもらえるはずだった。俺が捕まったら台無しになるかもしれない、そう思うと……」

「いいえ――青山さんが刑事になれるはずがない。救護義務を果たさず逃走した瞬間、あなたは犯罪者になったのだから」

青山について聞いた評判や、監察課のデータベースで見た情報が脳裏によぎった。空回り気味ではあったが、刑事を目指すため、警察の仕事には熱心に取り組んでいたという。

警察官になるときには、誰でも必ず、宣誓をする。

何ものにもとらわれず、何ものをも恐れず、何ものをも憎まず、良心のみに従い――と。

かつて青山も、そのように宣誓をしたはずだ。刑事を夢見て、希望と緊張に満ち溢れていたはずだ。

しかし、どこかで崩れてしまった。

夢に固執するあまり、警察官としての義務より、刑事になることを優先してしまった。その瞬間、警察官としての青山優治は終わったのだ――

「野上副署長を脅したんですか。自分を庇うようにと」

「脅した？　副署長の指示で俺は動いていたんだ。指示役で共犯者だ。俺を庇うのは当然だ」

「木暮さんを出頭させたのも青山さんですか」

暗闇の中、青山が首を振っている。

「後始末は全部、副署長だ。あの人は裏社会にもパイプがある。ハイエースを調達したのも、処分したのも、替玉を探して交通課を抑え込んだのも、すべてあの人だ」

野上も同じだ。H署管内の治安を護る責任があると言っていた。それは本心からの言葉だろう。だが、その強靱な意思が、どこかで、警察官としての判断を歪ませてしまったに違いない。

千隼はやりきれない怒りを覚えた。

「青山さん。あなたは近藤麗華さんを襲おうとしていた。もしかすると、瀧川蓮司さんのことも、あなたが――」

「あれは事故だ。あいつを小桜町のバーで待ち伏せ、ビルの階段に連れ出した。すぐには無理だけど、俺が必ず三千万円払ってやるから、裁判をやめてくれと言った……だが、あいつは酔っ払っていて、話にならなかった。俺が脅迫をしたと言い、黙っていてほしければ一億出せとか、そんなことを言い出して……」

「喧嘩になったんですか」

「違う。一方的にあいつが殴りかかって来たから、軽くいなしたら、自分で階段から落ちた」

「今さら隠しごとはやめてください。瀧川さんは、下まで転落せず、一度はエアコンの室外機を掴んだのでしょう。どうして、助けなかったんですか」

「……すぐに下へ行ったら、あいつが喚くんだよ。俺に突き落とされた、殺人未遂だ、とか言いやがって……」

「瀧川さんを助けなかったんですか」

「どうしてやろうかと思ううちに、あいつの手が震えだして、小指、薬指、中指と外れていって……」

「見ていただけなら、殺したのと一緒じゃないですか！」

たまらなくなり、千隼の声が大きくなった。青山の方へと一歩近寄った。

「来るなよ！」

青山が、反射的に千隼へと拳銃を向けた。直径一センチに満たない銃口と目が合った。青山の手が大きく震えている。千隼が動く暇もなかった。弾丸を詰めたシリンダーが回転をはじめ――オレンジ色の小さな炎が広がった。

轟音が耳を打ち、ひゅん、と頭の脇を風が通り抜けた。

不意に、千隼の背後で班長の叫び声がした。五発目の銃声を待っていたのだろう。

「青山、もう逃げられないぞ！」

その声に弾かれたように、青山は、何かを叫びながら部屋の奥へと走り出した。

腰高の位置に窓がある。工事中で建具は外されており、壁に穴が開いているのと同じだ。そこまで来ると、青山は身を乗り出して、下を見た。

身を投げようとしている。

「だめ――」

千隼は叫び、走った。青山が窓に手をかけた。右足で床を蹴り、いったん窓枠によじ登る。

建物の外へと青山が跳ぶ。

千隼はその後を追い、夢中で右手を外へと伸ばした。右手が青山の手首を摑んだ。

勢いが余り、千隼も窓の外へと飛び出そうになる。落下する青山の体重。右腕が伸び切り、肩が抜けるかと思うほどの衝撃が来る。

左手で窓枠を摑み、体を支えようとした。足が床から浮き、腰骨が壁に押しあたる。千隼は、下半身に渾身の力を入れた。太腿を壁に密着させ、腹筋にも力を込める。

青山が重すぎて、少しずつ、上半身が外へ引きずり出されていく。入口の方を振り向くことはできなかった。

青山が千隼を見上げている。青山の足がバタバタと空を切っていた。

「放せ。死なせてくれ……」

「嫌だ！　絶対に放さない。私、警察官だから」

右手が痺れてくる。千隼は歯を食いしばった。

青山が見上げてくる。顔が真っ白だ。すうっと下から強い風が吹き上げてきた。

「……た、助けてくれ！」

不意に青山が叫んだ。千隼へ向かって左手を伸ばしてくる。窓枠までは届かず、青山の左手の爪が外壁を掻く。青山が宙で身をよじるたび千隼への負荷が増す。

千隼にはもう、声をかける余力がなかった。力を込めすぎて体が破裂しそうだ。視界がぼやけて狭まってくる。全身がわなわなと震えだした。壁に押しつけていた下半身がずりっ、ずりっと持ち上がってくる。

不意に、後ろから誰かが抱きついてきた。千隼の体を摑み、強い力で、後ろの方へと引いてくれる。

応援が来てくれた――だけど、もう――

右腕の痺れは限界を超えていた。感覚が消え、ふっと体が軽くなった。

「あ、ああっ――！」

青山の悲鳴。大きく目を見開いた青山の顔が、千隼から離れていく。

千隼は思わず目を閉じた。出来ることならば耳も塞ぎたかった――

バサッ。聞こえてきたのは、軽い音だった。

おそるおそる千隼は目を開いた。

路上では、緊急車両の赤色灯が幾つも瞬いている。警察官だけでなく、消防士も動いているのが見えた。

十数人でクッションを広げており、その真ん中に、青山が横たわっている。

体から力が抜け、千隼は床にへたりこんだ。

千隼が右手をさすりながら階段を降りていくと、リオが怖い顔をして待っていた。

「また、無茶をした」

「……青山さんは、きっと死ぬつもりだと思ったから。助けに行かなくちゃって思うと、体が勝手に動いてた」

よろける千隼をリオが支えた。青山を見ると、両側から警察官に挟まれ、パトカーへと押し込められていく。

「あいつ、助かったけど……その方が辛いかもね」

「それでも最後には、助けて、って私に言ったんだ。助けを求められたら、誰であろうと、絶対に助けに行くよ」

「パトカー借りていいですか」

リオはペアを組む警察官にそう言うと、パトカーの後部座席に千隼を押し込み、自分は運転席に入った。

「本当に呆れた。青山は、あなたを轢き逃げした張本人なんでしょう」

リオは、ハンドルの上で腕を組み、ふうっと大きく息を吐いた。

「ねえ、私の話、聞いてもらっていい？」

――十二月二十五日の未明、リオは、先輩警察官の使い走りで買物に出た途中、女性の悲鳴を聞き、マンションの三階へと駆けあがった。

そこでは、刃物を手にした男性が、女性と言い争いをしていた。

瀧川蓮司だ――と一目でわかったという。

「高校生のとき、パパに連れていかれたゴルフ練習場で知り合った。付き合っていた――とまでは言えないかな。関係があったのは一瞬だけ。レッスンでは優しかったけれど、すぐに本当の性格がわかった」

リオはすぐに関係を切ろうとした。すると彼は、女子高の前でリオを待ち伏せし、車に乗るよう怒鳴ったという。

「ホテルに連れ込んで、殴ったり蹴ったりして、言うこと聞かせようとしたのだろうけど……相手が悪いよね」

同級生に見られたくなかったので、大人しく車に乗り、ホテルまでついていき、邪魔が入らない状況になってから、逆に叩きのめしてやったという。

「帰国してから一年以上経っていて、暴れるのは久しぶりだったけど……それでも、あんな男に負けるわけない」

そのとき、瀧川蓮司は、リオに対する恐怖、そして憎悪を植え付けられたのだろう。

「あいつ、外面はよくてゴルフを教えるのも上手だから、パパとはずっと繋がっていたの。私も、パパに何があったか言わなかったしね。警察官になったことはパパが話したってさ。びっくりしたみたいよ」

瀧川蓮司も、駆けつけてきた警察官を見て、リオだとすぐ気づいたようだった。

驚いたように目を見開いたのも束の間、すぐに顔が紅潮し、目が剣呑(けんのん)な光を放ったという。

「そして――あいつ、持っていた包丁を、私に投げようとしたんだ」

「……そうだったんだ」

ようやく腑(ふ)に落ちた。

法廷での近藤麗華は、嘘のストーリーを語っているような不自然な感じがなかった。

当然だ。撃たれる直前、瀧川蓮司は彼女を刺そうとしていなかった。彼は、リオに投げつけるため、刃先を前方のリオに向けた形で、包丁を振りかぶっていたのだ。

包丁を自分の方には向けていなかった――近藤麗華の言葉に嘘はなかった。

「蓮司は子どもの頃は野球のピッチャーだったと聞いたことがあるし、ダーツバーに勤めていたこともある。あいつが包丁を投げてくるとわかった瞬間、危ない、と思った」

「……それで？」

「拳銃を抜いて、撃った。体が勝手に動いていた。私の頭に浮かんでいたのは、危ない、やられる……本当にそれだけ。法律なんか思い出す暇もなかった」

「なぜ黙っていたの？　相手が殺意を持って襲ってきたなら、正当防衛だよ。発砲は適法だったと主張できるのに」

「私も、今になって冷静に考えれば、そう思う」

瀧川蓮司を取り押さえ、無線で応援を要請すると、すぐに大勢の警察官が臨場してきた。

H署にリオが戻り、事情をどれだけ説明しても、野上は聞く耳を持たなかった。

――男が女を刺そうとしていた。これは殺人未遂だ。女が刺される寸前で、おまえが見事、拳銃を使って男を倒し、女を救った――

千隼には、その理由が容易に想像できた。

千隼が巻き込まれた事故の一報があり、それなのに予定どおり発砲事案が生じたという。混乱する中、野上が事情を把握する前に、リオの動画はすでにネット上へ放たれてしまったのだ。

古藤審議官は、世間に訴えるため、単純でわかりやすい事例を求めていたのだろう。

駆けつけた警察官が昔の知り合いで、彼女への恐怖心や憎悪から警察官を殺害しようとして――そんな込みいった事例は求めていなかった。

野上はきっと、古藤審議官に本当のことを説明しようとすら思わなかっただろう。

そして事実は歪められた。

女が男に刺されそうになっている場面に女性警察官が駆けつけ、危機一髪、鮮やかな拳銃さばきで人命を守った――そんなストーリーを纏って、発砲の瞬間を捕らえた動画はネットで拡散されたのだ。

瀧川蓮司は、H署で口裏合わせを迫られたのだろう。近藤麗華への殺人未遂。それに加えて、公務中の警察官への殺人未遂も罪に問われたなら、はるかに長い懲役刑が待っている。

言うとおりにすれば、近藤麗華への殺人未遂だけで、後は不問にしてやる。罪状も、送検するときには暴行にまけてやるから実刑にはならない……とでも言えば、喜んで応じただろう。

「どうして裁判を起こしたのか、蓮司に聞きに行ったら、自分も本当は乗り気じゃないと言っていた……わけがわからないよね」

それは本心かもしれない。民事訴訟で色々ほじくり返されるのが嫌だったのだろう。おそらくは、丸山京子と近藤麗華が手管を尽くして訴訟に引きずり込んだのか。

「ふうっ……」

リオは、パトカーの運転席に座ったまま、ハンドルに顔を伏せて大きなため息をついた。

「私も嘘をついた。正直……あいつを刑務所に行かせたいとは思わなかった。もし、あの日、あそこに現れた警察官が私でなければ、きっと、こんなことにはなっていなかったから」

「なぜそう思うの？　まさか、まだ瀧川さんを好きだった、とか……」

「あるわけないでしょ」

リオがはじめてリアシートを振り返り、怖い目で睨みつけてきた。

「私は別に、あいつを憎んでいない。前に私が話したこと、覚えてる？」

かつて、一人の警察官がギャングを恐れずにリオを救ってくれたという話だ。

「私が警察官になったのは、悪いやつを捕まえるためじゃない。きちんとした道に戻す……更生させたいんだ。蓮司だって、私にとってはそのひとり。死んだときは、ああ、何もできなかったと思って、少しだけ悲しかった。これで話は終わり」

「どうして今、私に、話をしてくれたの……？」

「この話を法廷に出して。そうすれば、私が正当防衛のため撃ったということになって、訴訟に勝てるでしょう？　私、やっぱり嘘をつくべきじゃなかったと後悔してる」

「それでいいの？　そんなことを公にしたら、リオさんは……」

「千隼は凄い。前に警察官失格と言ったけど、撤回する。ごめんね」

リオの青い瞳が千隼を見つめている。

「助けを求められたら護りたい……それを実行している。だけど私は駄目。道を外れたやつを更生させる――そうやって誰かを護ってあげたいと思って警察官になったのに、蓮司を護ることができなかった。私が嘘をついたからなのかもしれない……警察官失格なのは、私の方だった」

23

二着しかない黒のパンツスーツはどちらも埃まみれで、皺だらけになっていた。

朝から雨が降っている。少し肌寒かったけれど、千隼はスーツを諦め、白いポロシャツ姿で裁判所へと向かった。

ひとりで来ても、もう迷うことはない。ロビーに入って、廊下を右側に行けば簡裁の法廷。千隼が向かうのは、左側の階段を上がった民事部の書記官室だ。カウンター越しに係員をつかまえ、協議が行われる部屋を確認した。

薄暗い廊下を早足で歩きながら、千隼は、両手で自らの頬を三度叩いた。

荒城は「来るな」と言った。

だけど私は行く――この事件を正しく終わらせるために。

開始時刻を過ぎているのを確認してから、千隼は「和解室」と札のかかったドアを開いた。

中へ入れば、そこは普通の会議室と変わらない。裁判官、原告、被告がひとつのテーブルを囲み、法廷よりぐっと近い距離で話をするための部屋だ。公開の法廷ではなく、傍聴人のいる場所はない。

「今日は、被告側に和解の意向があるとのことで、口頭弁論の予定を変更し――」

裁判官は黒の法衣を纏わず、グレーのスーツ姿でテーブルの奥の席についている。

荒城が右側にいて、書類に目を落としていた。その隣、本来は千隼がいるべき席に、神経質そうな男が腕組みをしている――駒木警務部長だ。

テーブルの逆側に丸山京子。柔らかそうな生地のライトブラウンのスーツを着ている。その手元には無骨なデザインのペンケースが置かれていた。

彼女が千隼の方へ振り向くと、ふわっと香水の匂いが漂った。遅れて、男たちの視線も千隼に集まる。

千隼は入口から一歩進み、テーブルを見渡しながら、立ったままで口を開いた。

「私に話をさせてください――国田リオ巡査から、十二月二十五日の未明、何があったかを聞き取りました。本当のことを、お話しします」

千隼は、リオから聞いた話を訥々（とつとつ）と喋っていった。

瀧川蓮司が近藤麗華を刃物で襲おうとしていたので、やむを得ず発砲したと証言した。だけど本当は違う。瀧川が包丁をリオに投げようとしたので、自分の身に危険を感じ、発砲したのだった――

「それが真実です。国田巡査の発砲は、瀧川蓮司さんから身を護るための正当防衛であったと考えます。よって、違法でも何でもありません」

「おまえ、自分の行動の意味がわかっているのか？」

荒城が冷たい目で千隼を見ている。

「もちろんです」

「前回の証言は嘘だったと認めるなら、国田リオも偽証罪に問われる可能性がある。いや、その前に、指示されたとはいえ、警察への報告を偽ったことも大問題だ。懲戒免職ものだぞ」

「リオさんは私に言ったんです。嘘をつくべきじゃなかった――だから、覚悟の上で、私に真実を託してくれたんです。法廷ですべて話してほしいと」

喋っていて胸が詰まりそうになる。荒城は千隼から視線を外し、呆れたように言った。

「法廷で真実を明らかに、か。国田リオが桐嶋に影響され、まさか真似をするとはね。そこは読めなかった。やれやれ、手続をしておいてよかった」

そういえば、駒木がなぜ、この場にいるのだろう——

「裁判官、先ほど届け出たとおり、被告は、駒木警務部長を指定代理人に新たに加え、桐嶋千隼を解任しております。従いまして、桐嶋はもはや本件訴訟に関して権限を有しておりません」

千隼は、丸山京子に電話で言われたことを思い出した——まだ荒城の解任届は出していない。それなのに、勝手に荒城が、私の解任届を出したというのか。

「それじゃ、今、私が話したことは」

「気がついたか。少しは勉強したようだな」

もはや千隼は指定代理人ではない。この裁判に関して、何もすることができない——

「こいつが今、色々と喋っていましたが、傍聴人が騒いでいたのと同じことです。何ら意味がありません」

丸山京子は、もう千隼を見ようともしていなかった。

「そういうことだ。出ていけ」

「この事件は私に任せると言ったじゃないですか……」

「おまえに任せるのは取下げ、とも言っただろう。和解協議は非公開で、部外者は入れない。だから来るなと言ったんだ。おまえはこの部屋に入ることすら許されていない」

荒城が裁判官に顔を向けた。

「失礼しました。手続の進行をお願いします」

千隼は立ったまま、怒りに体を震わせながら、荒城の背中を見つめた。

テーブルには十人以上座れるのに、埋まっているのは四人分だけ。

千隼は、ドアに一番近い位置の椅子を引き、勢いよく座った。

「いま、荒城代理人が言ったとおり、当事者以外は入れないので……」

裁判官が注意しても千隼は動かなかった。やがて、裁判官が諦めたように視線を戻した。千隼の存在を無視することに決めたようだ。

「ええと……前回は、原告側が新しい主張をされた。たしか——国田巡査が瀧川蓮司氏と面識があり、感情的な理由から、計画的に瀧川氏を拳銃で害したというお話でした。その点については？」

「そのように主張します。ただ、警察側が和解を申し出てきたので主張書面の提出を保留します」

「和解に応ずるおつもりは？」

「訴状記載の請求額は三千万円でしたが、一億円に増額します。和解というならば、そうね、半額の五千万円は払っていただこうかしら」

「ちょっと要求が過大ではありませんか」

荒城が顔をしかめると、丸山京子は微笑みを浮かべ、間髪を入れずに返した。

「じゃあ決裂ね。裁判官、原告は和解に応じることができません。協議を打ち切ってください。こちらは判決を頂きたいのです。判決では、警察側の偽証行為も含めて、厳正な事実認定をお願いします。意義ある裁判例として、全国の関係者が注目するものと思いますので」

荒城が腕組みをして黙る。今度は駒木が口を開いた。

「こちらの示せる条件をはっきり申し上げましょう。見舞金が五十万円。そして、警察官の拳銃使用が適正であったと確認すること。加えて和解条項の保秘。これ以上は譲歩できない」

「検討に値しません。原告の瀧川麗華氏にお伺いを立てる気もしません」

荒城がたしなめるように言った。

「駒木部長、そんなことを言うために、わざわざ指定代理人になったんですか。これでは、本当に決裂してしまう」

「和解は、金額によっては議会も絡んでくる。これればかりは、君の勝手にさせるわけにはいかない」

丸山京子が裁判官に向きなおった。

「原告は、損害賠償請求を増額します。国田巡査は、過去の恋愛感情のもつれに起因して、瀧川蓮司氏を殺害しようとしたのです。市民を護るべき警官に襲われた。その恐怖は察するに余りある——慰謝料は一億円を下らないでしょう」

「待ってください」

黙って聞いていられない。仲間割れをはじめた荒城に任せていられない——千隼は立ち上がった。

「そんなの嘘です。証拠はあるんですか。瀧川さんだって、そんなこと証言でまったく触れていなかったのに」

「そうだ。立証できるはずがない。彼はもう死んでいる。今から新しい証言をすることもない」

「荒城さんは黙っていてください！」

「お二人とも、当方が立証できないだろうという点だけは意見が一致しているようね。しかし……」

丸山京子が笑みを消し、荒城、それから千隼へと視線を動かす。

「当職は、国田リオ巡査が瀧川蓮司氏に未練を持ち、ストーカー行為をしていたという証拠書類を入手しております」

丸山京子が屈んでバッグを開け、書類を取りだすと右手で高々と掲げた。

「近藤麗華氏がDV被害をH署に相談したとき、瀧川蓮司氏も警官から事情を聞かれました。そのとき、逆に、瀧川氏から国田巡査からのストーカー被害についての相談があったそうです。これは、そのときの報告書の写しです」

それはまさか——千隼は、書類をよく見ようとテーブルの上へ身を乗り出した。

しばらく姿を消していた荒城が戻って来たとき、こんな情報があったといって駒木に渡した書類。

それがいま、丸山京子の手にある。

「どうして、それが……」

「前と同じよ。心ある警察官から提供された、とだけ言っておく」

丸山京子は、書類を恭しく裁判官へと手渡した。裁判官の視線が書類をなぞりはじめる。

嘘だよね、リオさんに限ってそんなことがあるはずない——

千隼が固唾を呑んで裁判官を見つめていると、荒城の声が聞こえた。

「裁判官、その書類を見る必要はありません。証拠として価値のあるものではない」

「何を言うんですか。警察内部から入手したものに間違いありません」

「それは偽情報です。丸山弁護士は、ガセネタを摑まされてきただけです」

「いい加減にして。ここは裁判所です。訴訟代理人を侮辱することは、不法行為として損害賠償の対象になりえますよ。訴訟をまたひとつ増やしたいんですか？」

「侮辱ではない。事実を言っているだけです」

荒城は丸山京子をしっかりと見据えた。

「なぜなら、その捜査報告書を作ったのは、この俺なので」

「何ですって……？」

そう叫んだのは千隼だった。丸山京子は黙って腕を組み、荒城を見つめていた。

「その書類は、俺がでっち上げたものです。警察にいる内通者をあぶりだすために」

裁判官が、戸惑ったように、荒城と丸山京子の間で視線を往復させている。

「すみませんが、いったん休憩し、当事者だけにしてもらえませんか」

裁判官は無言で立ち上がり、出て行った。


ドアが閉まるのを待ち、荒城は席を立った。裁判官が座っていた椅子に移り、丸山京子との距離を詰める。

「丸山弁護士、誰から情報を買った。警察官を唆して情報を売らせたのだろう。地方公務員法違反だ」

丸山京子は、ため息をつきながら手をテーブルの上に置いた。ペンケースを弄ぶように触りつつ、言葉を発しない。

「俺は、警察官だ。弁護士会への懲戒申立てのようなことはしない。徹底的に捜査し、検挙して送検する。有罪にして、弁護士資格を喪失させてやる」

荒城は横にいる駒木の方を向いた。

「駒木部長、俺はその書類をあなたにしか渡していません。それを誰に渡しました？」

「それは……」

駒木が答えを言い淀んでいる。

「荒城さん、それで勝ったと思っているのかしら」

丸山京子には動揺が見えない。

「貴方は誤解をしている。私は誰にも情報の漏えいを依頼していない。情報は勝手に送られてきた」

「なんだと？」

「これ以上、私に喋らせない方がいいのでは？　民事で敗けるだけでなく、大変なスキャンダルが出ることになりますよ」

「駒木部長、教えてください。俺から受け取った書類を誰に渡したのですか」

駒木の視線は床に落ちている。腕組みをしたまま、顔を上げようとしなかった。

「……あの書類を渡した相手はこの丸山京子だけ。そんなことはないでしょうね」

「もうやめてあげたら？　駒木さんが困っていらっしゃるわ」

「駒木部長、あなただったんですね――この訴訟に負けるための画策をしていたのは」

段々とひとつの考えがまとまってくる。同時に、千隼には言いようのない悲しみがこみ上げてきた。

「訴訟に勝とうとしたのも、負けようとしたのも、全部、警察だったというの……？」

古藤審議官に賛成する者ばかりではない。駒木は、拳銃は危険なものだと口にしていた。瀬賀も、佐川も、プロジェクトの趣旨に賛成はしていなかった——そのような警察官は大勢いるのだろう。

古藤審議官の行動に危惧を抱いた人々は、民事訴訟に活路を見出したのだ。

民事訴訟で、裁判所に、国田リオの発砲は不適正であり、違法だったと認定させる——

駒木の冷ややかな北村本部長の評価を思い出す。駒木の立ち位置は、北村、野上、青山——手段を選ばず訴訟に勝とうとした男たちの逆側にあったのだ。

「駒木部長が今日ここに来たのは、万が一にも和解が成立しないよう、俺の邪魔をするためだったんですね」

荒城の問いに、返事は返ってこない。駒木は顔色を失っている。職務上の秘密を漏えいしたことが明るみに出れば、法律違反で罪に問われる。しかも警察を敗訴へ導くことが動機だ。情状は悪く、実刑判決もありうるだろう。

「私から情報をくれるよう依頼したわけじゃないわ。情報を漏えいした警官はともかく、私が罪に問われることはない」

丸山京子は荒城に視線を向けつつも、その当事者である駒木に言い聞かせているようだった。

「もういい？　終わりにしましょう。桐嶋さん、裁判官を呼んできて」

千隼は動けなかった。

裁判官が戻れば、手続が終わってしまう——

そのとき、乾いた笑い声が響いた。見れば、荒城が唇を歪ませ、笑っている。

「丸山弁護士のお話は全部嘘でしょう。警察から勝手に情報が送られてきたなんて、ありえない。言い逃れしようと足搔（あが）いているだけです」

荒城は、テーブルに置きっぱなしの書類を指さした。

「駒木部長、教えてください。あの書類を誰に渡したのですか。R県警の警察官であれば誰でも構いませんよ。その警察官が丸山弁護士から唆され、情報を漏えいしたとしてもおかしくありません」

「……荒城さん、突然、何を言い出すのかしら？」

「その警察官は、丸山弁護士に騙されたんでしょう。情状酌量の余地ありで立件しない。内部での処分もしない。それでいいですね？」

荒城は、駒木の隣の席へと戻った。

「すべては丸山弁護士の企みだったんです。自らが代理人となった訴訟に勝つため、警察官を唆して情報を漏えいさせた。地方公務員法違反です」

「そんな事実はない。今、説明したでしょう」

「苦し紛れの嘘をついただけだろう。起訴された後に、刑事訴訟の公判で、被告人として裁判官に同じ話をしてみるんだな。こっちは万全の捜査で挑む。証拠をたくさん集めて検察に渡す。裁判官は、あんたの話を鼻で笑い飛ばすだろうよ」

「まさか、虚偽のストーリーを作って私に罪を被せるつもり？　故意にえん罪を作ろうというの？　そんなこと、許されるわけがない」

丸山京子が勢いよく立ち上がり、両手を広げてテーブルを叩いた。呼吸が荒くなるのを隠そうともしていない。

「禁固以上の刑が出るだろう。弁護士法の欠格事由に該当し、あんたは弁護士バッジを剝奪される……事実がどうあれ、な」

「それでも警官なの？」

「警察を舐めるな。残念だったな。弁護士バッジがなければ、あんたは只の人だ。もう俺たちと闘うこともできない」

「そこまでするのね。それで、要求は何？」

「訴えを取り下げてくれないか」

再び沈黙が訪れた。荒城は何も言わず、ただ、丸山京子を無表情に見つめていた。

千隼はたまらなくなり、立ち上がって席を移動し、荒城の左隣の椅子に座った。丸山京子は拳を震わせている。彼女の気持ちがわかるような気がした――千隼も怒りにとらわれていた。

「荒城さん、私たち警察官は、そんなこと絶対にしてはいけません！」

「うるさい、部外者は黙っていろ」

「荒城さんがなぜ警察官になったか、瀬賀教官から聞きました。訟務係の任務にかける想いも、わかります。だけど、やっぱり、勝つために何をしてもいいなんてことは、ありえないです――」

「瀬賀さんも口が軽いな」

荒城が視線を手元に落とした。ふうっと息を吸い込む音がした。

「今の俺を見て柚季がどう思う、とでも言いたいのか？」

柚季――今は亡き荒城の大事な人なのだろう。千隼は、頭の中でその名前を繰り返した。

言葉が続かなくなり、束の間、室内が沈黙に覆われた。

「もう、いいかしら」

丸山京子がペンケースを手元に引き寄せた。

それを開いて、中身を荒城の方へ示した。千隼も覗き込んでみる。「あっ」と小さく叫んでしまった――ペンケースの中に、小型のカメラが隠されている。

「ただいまの荒城さんの言動は、脅迫罪に該当します。録画させていただきました」

先ほどの感情の昂りはみじんも残っていなかった。

「桐嶋さん。前回の口頭弁論で、貴方は口を滑らせた。忘れていないでしょうね」

千隼は記憶を呼び覚ました。

丸山京子はこう言った――リオが瀧川蓮司を殺害する意図を持ち、ひとりで現場に行った、と。

それに反論するため、千隼は、実は自分が臨場を指示されていた、と言ってしまった。

丸山京子は、千隼の言葉を裏付けるため、H署の十二月二十五日の通信記録などを一切合切提出しろと言った。

しかし、さらに前の裁判で、千隼はその夜、暴走族の取締りに当たっていたと証言している。丸山京子の言うとおりに通信記録を提出したならば、前の裁判で千隼が偽証したことが明らかになる。

前回は警察側の勝訴に終わったものの、新たに、千隼の偽証を咎めて損害賠償請求等を起こすことができる。

つまり、今回の事件と前回の事件、両方の勝利を維持することはできないのだ。

「そうなると、荒城さんのことだから、きっと、何か悪いことを考えるはず、と思っていたわ」

丸山京子は、テーブルの上の書類を指し示した。

「そして、この書類がタイミングよく届けられた。私は最初から疑っていたの。荒城さんが作った偽物ではないか、とね。今日、私がこれを出せば、貴方は、絶対に何か仕掛けてくる、と」

丸山京子が指先で小型カメラを弄ぶ。

「俺の行動を読んでいたのか。さすがだね、丸山先生」

「それと、この書類を当職に送付したのは、駒木慎吾警視正で間違いありません」

名前が出た瞬間、駒木がびくっと震えた。

「連絡先として唯一記されていたメールアドレスを調べたところ、アカウント作成に使われた電話番号が駒木氏の私用携帯のひとつと一致しました」

「……嘘だろう。そんなこと調べられるはずが……」

うめき声をあげた駒木に向かって荒城が冷静に言った。

「丸山弁護士は、裏の世界にも顧客が多いそうですから……駒木部長、ずいぶんと不用心でしたね」

丸山京子はテーブルに身を乗り出し、書類を手元に引き寄せた。

「この書類は、荒城さんが作った偽物かもしれない。だけど私は、これを証拠として裁判所に提出します」

「偽物だとわかっているのに、か」

「はたして、裁判所はどう見るかしら？　警察がわざわざ、どうぞこれを使ってください、と送ってきた情報です。出所は、県警ナンバー2の警務部長ですよ。警察職員の監察の責任者でもある方が送ってきた書類。裁判所がそれを、偽物と切って捨てることは出来ないんじゃないかしら」

駒木が消え入りそうな声を出した。

「そんなことをされたら、私は……」

「そうなることはお望みではない？　では、駒木さんにご相談です。荒城さんを懲戒免職にしてください。そうすれば、この書類は裁判所に出しません」

　駒木が、疑わしげに丸山京子を見返した。

「私は先ほど、荒城さんに、警察権力を駆使してえん罪を作るぞ――と脅されました。脅迫罪が成立します。私は、動画を添えて被害届を提出します」

「荒城を逮捕しろと言うのか……？」

「いいえ、事件化して送検しろとまでは言いません。クビにして、警察を放り出してくだされば十分です。後は自分でやります。あいにく私は警官ではありませんので……弁護士会に懲戒を申し立て、弁護士資格を失わせるくらいしかできませんが」

　荒城が静かに言った。

「意外だな。丸山先生は警察が嫌いなんだろう。駒木部長とは手を組むのか」

「警察は、国家のシステムに必ず必要なものです。私は、警察そのものを憎んでいるんじゃない……憎いのは、国民から託された権力を濫用し、不正を隠そうとする警官です。そういう悪い警官を探して制裁を与えたいの」

「警察官の過ちを糺したいなら、警察に入った方が良かったんじゃないか？　丸山先生なら、内部監察の仕事など、大いにやりがいを感じると思うよ」

「私には、司法の場しか選べなかったのよ」

「駒木部長に制裁はいらないのか？」

「……警官による拳銃の積極的使用なんて、権力の濫用そのものだと思っているわ。駒木さんの行動は理解できます」

丸山京子の顔には、まだらに赤みが浮かんでいた。収めていたマグマが、体表近くまで噴出してきたかのようだ。

千隼は彼女から目が離せなくなっていた。訴訟に勝つだけでなく、荒城さんを標的にしていたなんて。何がこの人を突き動かしているんだろう――

荒城にはしかし、焦った様子がない。

「俺からも、もうひとつだけ、話をさせてもらっていいかな。瀧川蓮司と近藤麗華の婚姻届だけど、市役所に提出したのは、丸山先生だね」

「ええ。二人から頼まれたので手続を代理しました」

丸山京子の顔にちらり、と不安の影がよぎったように見えた。

「あの婚姻届、偽装じゃないのか？　少なくとも、瀧川蓮司に婚姻の意思があったとは思えないのだが」

「それは荒城さんの印象に過ぎないわ」

「近藤麗華に頼まれたのか？　訴訟は勝てそうで、少なくとも三千万は瀧川に入ってくる見込みだった。持ち逃げされないように、あるいは……」

「結婚の理由なんて色々あるものよ。他人のことなんて関係ない、どうでもいいでしょう」

「……そうだな、失礼した。ちなみに、瀧川蓮司の転落死についてはH署が捜査をしているよ。殺人事件だった可能性も視野に入れている」

「……今さら？」

「容疑者は、H署の青山優治だ。そして、H署は、近藤――いや、瀧川麗華が共犯である可能性も考えている」

丸山京子の顔から血の気が引いていった。

「桐嶋。民法八九一条を、丸山先生のために読み上げてやれ」

千隼は急いで検索し、該当条文を探した。

「次に掲げる者は、相続人となることができない……故意に被相続人を死亡するに至らせ……刑に処せられた者」

もし、仮に、瀧川麗華が青山と共犯ということになれば、彼女は相続人の地位を失う。

つまり、瀧川蓮司の起こした訴訟を受け継ぐ者がいなくなるので、訴えは消滅し、訴訟はなかったことになる――

「そんな馬鹿なこと、あるわけないでしょう」

丸山京子は、今度こそ、演技ではない動揺を見せていた。

「捜査中なので、これ以上、何も言えませんがね」

「訴訟に負けたくないという理由で、彼女に殺人のえん罪を着せるつもりなの？」

「……立件までは、できないかもしれない。ただし……瀧川麗華を取り調べる中で、彼女は、丸山弁護士に唆され、虚偽の婚姻届けを提出しました、なんて話をするかもしれない」

「……彼女を追い込んで、そう言わせてやる、というふうにしか聞こえないのだけれど」

「そんな話がでてきたら、それを理由にして、俺が、あなたの弁護士バッジを飛ばしてやるよ」

千隼はハッとした。荒城が野上を追及しつつも、一転して交渉を始めたのは、これを仕込むため――？

「荒城さん、勝ったと思わないでください。私にもカードがある。先ほどここで撮影した動画だけでも、貴方の懲戒を申し立て、弁護士資格を剝奪できる」

「相討ちだね。構わないよ、俺は」

「そんなことをしても、この訴訟はこちらが勝つ。形勢はひっくり返らない」

「そうだね。問題は、丸山さん、あなたが、弁護士バッジを失ってまで、この訴訟に勝ちたいかどうかだ。この事件に全てを捧げ、弁護士として二度と法廷に立てなくなるリスクを取れるかな？」

「それは、荒城さんだって同じでしょう」

「……違うよ。俺は、訴訟に勝つことが全てだから」

荒城は静かに言った。

「危険な現場で、己の身も顧みず、職務に当たった警察官を――国田リオを護る。彼女の行動が違法と認定されたら、全国の警察官がそれを知るだろう。いざという場面で、拳銃を使ったために哀れな末路を辿った警察官のことが、脳裏によぎるかもしれない。それが原因で、警察官に護られるべき人が、護られる機会を失い、犠牲になる――そんなことがあってはならないんだ」

荒城は目を閉じた。

「……そのためならば、弁護士資格を失うことなど、全く怖くない」

丸山京子は、身を固くして荒城を見つめていた。わずかな吐息の音が聞こえる。壁掛け時計の秒針が、耳障りなリズムを刻む。

やがて、丸山京子はふっと体の力が抜き、椅子の背もたれに体を投げた。

「こちらが訴えを取り下げるとしたら？」

「取下げに同意する」

荒城は即座に返答した。

「瀧川麗華の目的は金だろう。請求額の三千万、丸山先生が払ってあげれば、文句は言わないでしょう」

荒城は丸山京子から視線を外し、今度は駒木にぐっと顔を寄せて耳打ちをした。

「それでいいでしょう？　そうすれば駒木部長のしたことも表には出ない……民事訴訟で負けるという目的は果たせず、誰かに怒られるかもしれませんが……犯罪者として追われ、キャリアを終えるより遥かにいいでしょう」

駒木は重々しくうなずいた。丸山京子が言った。

「わかった。訴えを取り下げましょう」

「よかった。これで話し合い成立だな。桐嶋、裁判官を呼んできてくれ」

裁判官が戻ると、丸山京子は訴えを取り下げると申し出た。裁判官は訝し気な表情を見せたが、当事者の決断に異を唱えるはずもない。「はい、ごくろうさまでした」と言うと、すぐに出ていった。

荒城は立ち上がり、丸山京子に握手を求めて手を伸ばした。

「丸山先生には弁護士バッジがあるじゃないですか。これからも、警察の過ちをしっかり糺してくださいよ――ただし、相手を選んでいただくようお願いします」

丸山京子が握手に応じる気配はない。荒城をしっかりと睨みつけ、ドアの方へと歩き出した。

「待って！」

千隼は丸山京子を呼び止めた。

荒城のアタッシュケースを奪い取り、開けようとしたが施錠されている。

「私の書類を返してください。H署の小島さんからもらった大事な書類を」

「あの書類を、今……？　何のために」

千隼は、入口で立ち止まっている丸山京子をちらりと見た。それから、荒城に向かって「早く」と手を伸ばした。

「……わかったよ」

荒城から書類を受け取ると、千隼は、ためらわずに丸山京子に近づいていった。

書類を見せると、丸山京子の顔色が変わった。

「なに……これ」

丸山京子はデスクの上に書類を広げた。一枚、また一枚と目を通していくたびに、内容にのめり込んでいくようだ。

「……あの事故の本当の轢き逃げ犯は、H署の青山だったというの？」

「それ、あげます」

「なぜ。これでまた、何か罠にかけようとでもいうの？」

「刑事裁判は、木暮さんが有罪になって終わっています。それはもう覆らないでしょう。だけど、荒城さん、言いましたよね」

千隼は荒城に視線を移した。

「民事訴訟ならば、真実は複数あってもいいんでしょう。それなら、この書類を使って、民事訴訟で、本当に悪い人の責任を追及してもいいじゃないですか」

「青山だけでは済まないわよ。個人としての青山だけでなく、青山の使用者である県警の責任も追及する。パトカーをバックさせた牧島の件だってある」

「じゃあ、そうしてください。私たち警察官のせいで色々なことが起きた……だけど、一番の被害者は、轢き逃げされた少年、宮永瑛士さんです。彼とその遺族は、まだ何の償いも受けていないです！」

「……丸山先生、俺は桐嶋を止めないよ。これを材料にして、損害賠償を取ったらどうですか」

丸山京子は書類を見終えると、まとめてから手元に引き寄せた――もう返さないという意思が表れていた。

「青山はH署の野上副署長の指示で動いていた。個人の行為ではなく、職務行為という整理ができるかな……牧島の方は完全に職務中だ。県警の責任を追及できるだろう。丸山先生は、また母親の代理人となって、億単位の損害賠償請求をすればいい。丸山先生の事務所では、弁護士報酬を何パーセント取っているか知りませんが……瀧川麗華に支払う三千万は、その報酬で補塡したらいかがですか」

「R県警は損害賠償請求に応じてくれるのかしら。私は再び、こちらの県警を訴えるかもしれないのよ。そうしたら、貴方はどうするの？」

「警察官を護るため最善を尽くす。それだけです」

「では、青山や牧島を護るために闘うと……？」

「ごく一部の連中を除けば、警察官は、正義感に溢れ、身体を賭して職務に当たっているんですよ。そんな彼らを――あるいは彼女らを、俺は護りたい」

荒城が一瞬だけ千隼の横顔を見た――

それから、椅子に座ったままの駒木に言い聞かせるように、荒城は声を張った。

「罪を犯し隠蔽しようとした、ごく一部の警察官を護る必要はない。それを歪めれば、その他大多数の警察官を侮辱し、プライドや信念を傷つけてしまうだろう。護られるべき警察官はどちらですか？もし丸山先生から訴状が届いたなら、訟務係としては――応訴せず争わないことが最善だと上申するかもしれませんね」

「……そうなるといいんですけどね。とりあえず、ひとつ貸しにしておくわ」

丸山京子は、書類を丁寧に揃え、封筒に収めながら言った。

「これこそ、まさに情報漏えい――地方公務員法第三十四条違反の現行犯ね。でも今回だけは見逃してあげる」

「永遠に貸しといてくれませんか。警察官でいる限り、二度とお会いしたくないのでね」

24

裁判所の外に出ると、ポロシャツ姿の千隼に風が冷たく吹きつけた。

「勝手なことをしやがって。やはり、おまえの解任届を出しておいて正解だった」

二人きりになった瞬間に、荒城は千隼を叱り飛ばした。

「私は……リオさんから真実を託されてきたんです。リオさんが――」

「私が、何？」

千隼の背後に私服姿のリオが音もなく現れていた。

「裁判はどうなったの」

唇を噛んだ千隼に代わって、荒城が答えた。

「終わった。勝った」

「……そう。じゃあ、私、辞職願を出さなきゃいけないね」

「その必要はない」

「本当のことが表に出たのなら……私はもう警察にいることはできない」

「ああ、桐嶋とかいう部外者が乱入して、何やら言っていたけどね……俺が、別の手段で丸山京子をねじ伏せてきた。原告は白旗をあげ、訴えは取り下げられた。もう誰も、国田リオ巡査の発砲行為を違法だと訴えてはいない」

リオは目を見開いた。

「なぜ？」

「自分で言ったとおりだよ。真実を暴露した場合、訴訟に勝っても、国田リオ巡査が警察官を続けられなくなるからだ」

「私はそれを覚悟のうえで――」

「訟務係の仕事は、訴訟に勝つことだけ。おまえ個人の気持ちはどうでもいい。そして……」

いつも無表情なリオが珍しく、頬を紅潮させていた。

「訴訟に勝つのは、巻き込まれた警察官を護るためだ。法廷で真実を明かせば、勝訴判決を目指して闘うことはできる。しかし、国田リオ巡査はどうなる？　内部の報告書に虚偽の内容を記載したり、瀧川蓮司の刑事訴訟に関して嘘をついていたり……色々な罪を問われて、懲戒免職は間違いない」

「私は、それを覚悟していた。そういった処分を受けるべきじゃないのですか？」

「訟務係の知ったことか。どうしてもクビになりたいならば、どこかの警察署へ自首しろよ」

千隼は何も言えず、うつむいていた。

「国田リオ巡査はきっと優秀な警察官になる。この先、活躍してもらいたいね。そのために訟務係は全力を尽くした。警察官としてのおまえを護るために訴訟を闘い、勝った」

「……千隼は、それで納得できる？」

「桐嶋がどう考えようと、それが訟務係の仕事なんだよ」

きっぱりと荒城は言った。

「桐嶋、おまえは国田リオを護ることを放棄した。訟務係失格だ」

千隼の心が乱れた。どうにも悔しくて、だけど、リオが警察官を続けられることに安堵している自分もいる。

「千隼、ありがとう」

リオの瞳に涙が盛り上がっていた。

つられて千隼も涙ぐみそうになった。

――そういえば、私、荒城さんに、お礼を言ったことがあったかな。

リオは裁判に巻き込まれ、警察官を辞す覚悟を決めたが、荒城のおかげで首がつながった。その点は千隼も同じなのだ。

「桐嶋、戻るぞ」

荒城が呼んでいる。いま、失格と言ったばかりのくせに――

「先週訴状が届いた事件、まだ手を付けていない。今日は残業だ」

「はい」

警察官を護る仕事。弁護士資格を持つ荒城と、同じことが出来るはずはないけれど——訟務係失格とは二度と言わせたくない。私に出来ることを、必ず見つけるんだ。

千隼は荒城の後を追った。

荒城が見ていないのを確認してから、千隼は、両手で頬を三度叩いた。気持ちが引き締まってくる。体温が上昇するだけでなく、警察官としての魂が、全身にくまなく広がっていくような気がした。

エピローグ

千隼は、久しぶりにロッカーに仕舞いっ放しだった制服を着用した。ライトブルーのシャツに紺色のパンツ。自分のＩＤが刻まれた銀色の階級章を磨く。制帽を被り、曲がっていないか姿見で確かめる。鏡の中に警察官がいる。気分が良くなってくる。

公用車を借りるとき、「何でもやる」と言ったことをしっかり覚えられており、交通整理の当番を引き受けた。しかし、千隼にとっては役得のようなものだ。

やるべき任務は、県庁前交差点で、通学時間帯の交通整理。

小学生が、「お巡りさんありがとう」と手を振ってくれる。千隼は小さく手を振り返した。

ああ、今日は素敵な朝だ——太陽に目を細めると、スーツを着た細身の男が、通りの向こうで赤信号を待っているのに気づいた。

荒城だった。

爽やかな気持ちが吹き飛んだ。見つかったら、また怒られるかもしれない。気づかれないよう、千隼は顔を背けた。

荒城に背を向けたまま、彼が横断歩道を渡っている間、誘導棒を持った腕を伸ばし、車を止めていた。

荒城さん歩くのが遅い、早く行って——と心で念じる。

その時、ライトバンが止まらずに突っ込んできた。運転手の視線はカーナビに向いている。

千隼は鋭くホイッスルを鳴らした。誘導棒を振りながら、荒城の前へ、壁になるように立ちはだかる。急ブレーキの音。危うく停車したライトバンに駆け寄り、運転手に注意を与えた。

信号が変わる。歩道へ戻ると、荒城が立っていた。

見つかっちゃった。千隼は首をすくめた――が、荒城はフッと表情を緩め、聞き取れないくらいの声で何かを言った。

「……『ありがとう』……？　まさかね」

県庁舎の奥に、県警本部の建物が見えている。

そちらへと向かって、荒城の背中が小さくなっていく。

腕時計を見た。当番は八時十五分までだ。

千隼は、訟務係のある県警本部の七階あたりを見上げた。

頑張ろう。今、私の居場所は、あそこにしかないんだから。

そこは、私が警察官であり続けるため、荒城が用意してくれた場所だから――

書棚に収めた収納ボックスに、先ほど、お菓子を補充しておいた。チョコレートはいつもより多めに買ってある。

千隼の好みとは違うけれど、奮発して大人向けのチョコ――カカオ濃度が高くて甘くないものも幾つか入れてみた。

そのチョコだけは、いつの間にかなくなっていても、気づかないふりをしてあげるつもりだ。

第二回警察小説新人賞は、二〇二三年六月に開かれた選考会にて、最終候補作三作に対し議論が重ねられた結果、「県警訟務係の新人」を受賞作と決定した。

最終候補作

「花嵐の夜」露刃

「県警訟務係の新人」水村舟

「破断山脈」御剣多聞

第二回　警察小説新人賞選評

※以降、本受賞作の核心に触れる部分があります。

今野　敏

選考委員はプロの小説家なので、それぞれに主義主張やスタイルがある。当然作品の読み方も違ってくる。どれが正しくどれが間違っているという問題ではない。すべてが正しいのだ。だから、当然評価は一致しない。

今回、「県警訟務係の新人」を推す派と「破断山脈」を推す派に、まっぷたつに分かれた。議論は伯仲し、こう言ってはナンだが、とても面白い選考会だった。

「花嵐の夜」――タイトルから判断すると、ラストシーンが一番書きたかったのだろう。万引き、猫の誘拐、同僚女性警察官の過去の誘拐事件と、ちゃんと事件は起きて、しかも、万引きと過去の誘拐事件がつながるなどの仕掛けも用意されている。

面白い物語になる要素は充分にある。しかし、それらを生かし切れていないのが残念だ。人間関係が複雑だが、構造的で実感を伴っていない。

警察機構があまりにでたらめ。他のジャンルであるなら目もつむれるが、警察小説の新人賞に応募するからには、もう少し警察のことを調べるべきだろう。

全体のトーンが軽く深みがない。警察小説の形を借りたライトノベルでしかない。これはラノベに与える賞ではない。そういうわけで評価はし難かった。

「破断山脈」――親の代で迷宮入りになった事件を、息子である刑事が解決。迷宮入りになったのは、山窩の掟を守るため、手がかりとなる集落の人々が全員姿を消したから。

　これは、面白い小説になり得たはずだ。だが、そうなっていない。その理由はおそらく、説明に終始していて、物語のダイナミズムが損なわれたせいだろう。

　掟のために山を漂泊する高志の描写はなかなか魅力的だが、それがストーリーの中にうまく溶け込んでいない印象がある。

　警察官たちのキャラクターがもっと活き活きとしていたらかなり印象が違ったはずだ。とはいえ、小説としては読むべきところがたくさんある作品だったと思う。

「県警訟務係の新人」――驚いた。新人賞のレベルをはるかに超えていると感じた。

　何より、警察小説としての魅力にあふれている。機構についてもほぼ正確だし、さりげない警察のディテールに驚かされる。訟務係という目の付けどころがとてもいい。警察小説としても楽しめるし、法廷ものの面白さもある。

　ただ、五章から別の小説になった印象があった。もしかしたら、四章までをいったん書き上げ、その続編を付け加えたのではないか。終盤、ちょっと息切れをした感がある。カーチェイスや銃撃戦のドタバタはむしろ不必要かとも思ったが、全体のレベルはとても高く、受賞作に推した。

相場英雄

〈総評〉昨年と違い、頭抜けた最終候補作がなく、審査は意見が割れる展開となった。それだけ実力作が集まったことの証左かもしれない。タイプの全く異なる作品群に接し、刺激を受けた。

　奇抜な設定あり、ファンタジー的要素もあり、かつ大河小説的な力作もあった。『警察』というテーマを軸に、バラエティ豊かな作品群を味わうことができたのは、プロの作家としても貴重な機会となった。今後も第3回、4回と多様な作品に出会うことを楽しみにしている。『警察』を描くにあたっては、正義でなくとも組織を描写できる。悪徳警官や反社会的勢力の側からも物語は創造できるはず。SF的な味付け、切り口でもストーリーを紡げる。固定観念に縛られることなく、自由に創作をしてほしい。

「県警訟務係の新人」――昨年と同様、県警訟務係を舞台にした作品。訟務係が民事訴訟を担当するという奇抜な設定は、昨年唸ったばかり。惜しくも大賞を逃したものの、再度同じテーマで挑んできた点は評価に値する。訟務係が「真実」ではなく「勝利」に力点を置き、裁判を戦うという設定は他に類似作品がなく、面白く読んだ。

一方、キャラクターに深みがなく、それぞれの人物たちに感情移入しづらい点が、個人的には減点材料になった。また、チャプターごとに、キャラクターの視点がブレたり、他の視点が混ざり込み気味になる点も気になった。最終盤でいきなり新たな視点が登場し、ストーリーを強引に回そうとしている気配もあったので、こちらも減点材料とさせてもらった。

「花嵐の夜」――主人公キャラの言葉遣い、心理の描写がクドいと感じた。主人公の心情が本当に本編と関係するのか。キャラを補強するために〈変な言葉遣い〉を狙ったのであれば、明らかに悪い方向に作用したのではないか。本編の核心となる事件の真相、夕子と修司の過去は重く、意外性もあった。それだけに、前半の主人公のキャラクター造形との比較が鮮明となり、マイナス要素になってしまったのは残念。

「破断山脈」――個人的に一番高く評価した作品。迷宮入りした事件を追う刑事たちの群像劇にプラスし、かつて九州に実在した山窩の人々の生き様を重ね合わせ、長いスパンでストーリーを構成した筆力は高く評価したい。九州の険しい山並みを描く様、そして刑事たちの執念と山窩に向けられた優しい視線が複雑に絡み合い、最後にこれが氷解する展開は見事だと感じた。

一方、捜査会議での報告などが詳細すぎ、これがストーリーの展開を遅らせ、かつ読者を飽きさせてしまったことは残念。また、松本清張を意識しすぎの面もマイナス要素となった。設定と巧みなキャラクター造形があっただけに、完全オリジナルを読ませるという気概が足りなかったのかもしれない。他は修正すべき要素が最終候補作中一番少ないと感じたので、今後も骨太で壮大なスケールの作品を期待したい書き手だ。

月村了衛

前回に比すると、今回の選考は難航した。「県警訟務係の新人」と「破断山脈」の評価が拮抗したためである。

「花嵐の夜」は、最初の投票から評価を得られなかった。会話が冗長で緊張感を削いでいるばかりか、サスペンスの醸成にも貢献していない。その一方で、必要な描写が決定的に不足している。この作品が読みにくいのは、サブプロットが多すぎるため本筋が見えなくなっているせいだ（理由はそれだけではないのだが）。作者にはそのあたりに留意して古今東西の名作を真剣に読み直すことをお勧めする。それは今後の創作活動において必ず役に立つだろう。

「破断山脈」は、読み始めてすぐに松本清張か水上勉の作品を想起した。案の定、作中に松本作品のタイトルが出てきたので、作者が強く意識していることは疑いを容れないし、そう読んで欲しいとのサインであると解釈するしかない。体半分だけ焼かれた死体、住民全員が失踪した村など、提示される謎も魅力的で、中心となる題材もいい。情景やディティールの描写も文句なしだ。しかし劇的な盛り上がりに欠け、作品に対する興味を維持することが難しい。描かれているのはひたすら事件の事実だけであり、それらは説明であって推理ではないし、ましてや人間描写などではない。

松本清張は優れたミステリ作家であると同時に、正統派伝奇作家でもあった。松本作品のロマン、情感、大河ドラマ的興趣といったものを目指すのであれば、「物語を駆動させるシステムは何か」ということを松本清張から学ぶべきであった。大変な力作であるだけに惜しまれてならない。

「県警訟務係の新人」は、前回の最終候補に残った作者が、同じ題材で再挑戦した作品である。その熱意を私は大いに評価したい。嬉しいことに、前作よりも明らかに上達している。ストーリーラインがはっきりしていて、サスペンスも迫力もある。意外な展開も効果的に配されている。前作の主人公であった訟務係の荒城（名前が少し違うので、別人の設定と解釈すべきか）は本作ではかなり後退し、ヒロインの物語として一貫しており、爽快な読後感を残す。だが前作と同じく「根本的にあり得ない、破綻したプロットである」という指摘もあった。実際にその通りであるのだが、今回は修正可能ではないかと判断した。瑕疵も多いが、よいところも多い作品で、その美点を拾い評価することも公募新人賞の役目であろう。なにより、〈訟務係〉という着眼点は、「警察小説新人賞」にとって埋もれさせるにはあまりに惜しい。これればかりは作者の執念の勝利と言っていい。

プロットを強引に複雑化させる癖を改めれば、さらに良い作品を執筆できると思う。

水村さん、おめでとうございます。

長岡弘樹

「花嵐の夜」――重度のシスコンで、他人を歪ませたがっている主人公。この異常なキャラクター設定には興味を持った。しかし、事件と事件のつながり方が散漫なせいか、作品全体からは迫ってくるものを感じられなかった。本作のセントラル・クエスチョンは「修司は夕子を歪ませられるか」であるはずで、私はそのつもりで読み進めた。ならば最後までこの二人を徹底的に対峙させるべきではなかったのか。ところが、一方は物語の途中で退場する形になってしまう。ここにプロット上の大きな計算ミスがあったように思えてならない。夕子の真っ直ぐで可愛らしい人物像など、なかなか上手く造形できていただけに残念だ。

修司の妹については、実在するのかどうか分からないような描き方がなされていて、何らかの工夫を施そうという意欲は感じられた。しかし、このような筆遣いにした意図がうまく伝わってこないため、単なる思わせぶりに終わっている。この点も、もったいなかった。

「破断山脈」――とても実直な作品だと感じた。丹念で地道な筆致には、非常に好感を持った。ただ惜しいことに、その丹念さと地道さが度を越しているせいで、読みやすさを損ねる結果になってしまった。情報や設定は細部まできっちりと作られ、一つ一つ律儀に提示されているが、各シーンに奔放な面白さが不足しているため、どうしても読み手に辛抱を強いてしまうのだ。せめて重要な情報は描き込み、そうではない事柄は大胆に省略する。そうした濃淡の付け方を、もう少し意識してもよかったのではないか。

たいへんな力作であることを認めたうえで、あと一つ言わせていただくと、刑事たちの人物像にもっと個性を与えてもいいはずだ。作中で最も存在感のある人物は高志だが、彼は山窩側の人間である。本賞が警察小説を対象としている以上、警察サイドにも彼に匹敵するか、あるいは上回るキャラクターを造形してほしかった。

「県警訟務係の新人」――裁判の緊張感を描くには、筆致がややライトすぎる。人物の言動にも妙に軽いところがあり、ともすれば漫画じみている。タイトルに一工夫あってもいいのではないか……。など、気になった点は幾つかあるものの、全体としては十分魅力的な作品だと感じた。

まずもって、同じ題材で二年連続最終候補になった実績は、大きく評価されるべきだろう。前作で目についた欠点も、本作ではよく解消されていた。そして、何よりも着眼点のよさに賛辞を贈りたい。警察が民事訴訟に臨む話を本格的に描いた小説は、いままでありそうでなかったと思う。本作を嚆矢として、「訟務係モノ」とでもいった警察小説の新ジャンルが切り拓かれていくことを願っている。

どの作品についても、短所にはできるだけ目をつぶり、長所を評価するように心がけたつもりだ。結果、最もリーダビリティが高く、エンターテインメント小説として勝れていた「県警訟務係の新人」を推した。

東山彰良

「県警訟務係の新人」の作者は昨年のファイナリス

トですが、たった一年でよくぞここまで伸びたなと感心せざるをえませんでした。キャラクターの造形にぶれがなく、お互いが目指す正義や目的のために、ときに激しくぶつかり合いながらも少しずつ真実に迫っていく展開に引き込まれました。しかし一方で、今作でも破綻が見られました。拳銃の使用を推進したい警察上層部があれこれ策を弄し、そこへ主人公たちが巻き込まれていくという筋立てですが、上層部の見込みがあまりにも甘く、計画もずさんなものでした。もっと簡単なやり方や、誰もが危惧するであろう単純なリスクにあえて目をつぶっているように思えてなりませんでした。加筆修正後の出版ということなので、そこに期待したいと思います。

「花嵐の夜」は社会不適合者である刑事が、その嗜虐性を押し隠して同僚の女刑事を精神的に堕落させようとします。事件をとおして、結局は主人公のほうがクソ真面目で天然キャラの女刑事にほだされてひと肌脱ぐことになる、恋に似た感情すら芽生えるんじゃないかと思っていたら、まったくそのとおりになりました。言い換えるなら、この物語の肝である主人公の悪の華の部分があまり発揮されていませんでした。作りがゆるく、展開も物語の要請に従ったものではなく、作者の都合を優先させていました。主人公は狂気走っていて、鋭い観察眼で被疑者を追い詰めていくという設定です。しかしその狂気の部分でさえ妹を偏愛していることくらいで、それすらも狂気の域に達しているとはとうてい言えません。推理は甘く、しかも物語の見栄えを狙うあまり、それぞれの事件に説得力がなかったように思います。

今回の受賞は「破断山脈」で決まりだろうと思っていたのですが、蓋を開けてみれば本作の支持率の低さに愕然としました。約五十年前に起きた殺人放火事件の裏に隠された真実を、親子二代にわたる刑事の執念が暴き出していきます。長い時間軸のなかでようやくひとつの事件の全容が見えてくるという仕掛けにもかかわらず、けっして感情的にならず、むしろ淡々と客観的に描いたことで時間の流れや人々の想いが効果的に表現されていました。ひとつの事件を境に分断されてしまったふたりの少年の友情を、壮大なスケールで見事に描き切った力作だと思います。かつて日本に実在した漂泊民の在り方を垣間見せると同時に、読み応えのある警察小説でもありました。選考会では松本清張や水上勉との類似、それゆえに本作の弱さが指摘されましたが、それは作者にとってあまり公平だとは思えませんでした。これだけの筆力を備えているのだから、どうかこれにめげずいい作品を書きつづけてください。

作品の魂は細部に宿りますし、警察小説とは細部を楽しむものなのかもしれません。しかし細部にこだわりすぎて、角を矯めて牛を殺すようなことがあってはなりません。牛がちゃんと生きているなら、角なんか少しくらい曲がっていたっていいと思います。

本書は第二回警察小説新人賞受賞作「県警訟務係の新人」を改題、改稿した作品です。

※この作品はフィクションであり、登場する人物・団体・事件等はすべて架空のものです。

水村 舟（みずむら・しゅう）

旧警察小説大賞をきっかけに執筆を開始。第二回警察小説新人賞を受賞した今作でデビュー。

編集 富岡 薫

県警の守護神 警務部監察課訟務係

二〇二四年一月二十七日 初版第一刷発行
二〇二四年六月十二日 第三刷発行

著者 水村 舟
発行者 庄野 樹
発行所 株式会社小学館
〒一〇一-八〇〇一 東京都千代田区一ツ橋二-三-一
編集 〇三-三二三〇-五九五九 販売 〇三-五二八一-三五五五
DTP 株式会社昭和ブライト
印刷所 萩原印刷株式会社
製本所 株式会社若林製本工場

©Shu Mizumura 2024 Printed in Japan ISBN 978-4-09-386705-4